海上生明月

杨林静 著

中国书籍出版社
China Book Press

图书在版编目（CIP）数据

海上生明月 / 杨林静著. -- 北京：中国书籍出版社，2023.12
ISBN 978-7-5068-9508-8

Ⅰ.①海… Ⅱ.①杨… Ⅲ.①散文集—中国—当代Ⅳ.①I267

中国国家版本馆CIP数据核字(2023)第137607号

海上生明月

杨林静　著

图书策划	孟怡平
责任编辑	王　淼
责任印制	孙马飞　马　芝
封面设计	蔡立国
出版发行	中国书籍出版社
地　　址	北京市丰台区三路居路97号（邮编：100073）
电　　话	（010）52257143（总编室）　　（010）52257140（发行部）
电子邮箱	eo@chinabp.com.cn
经　　销	全国新华书店
印　　刷	三河市富华印刷包装有限公司
开　　本	880毫米×1230毫米　1/32
字　　数	273千字
印　　张	10.625
版　　次	2023年12月第1版
印　　次	2023年12月第1次印刷
印　　数	0,001—3,000册
书　　号	ISBN 978-7-5068-9508-8
定　　价	49.80元

版权所有　翻印必究

前言

尘世的莲花座

作为一个业余写作者，几十年断断续续，却始终没有完全舍弃，其实也很可以作为一个值得点赞的励志事件。

我的写作时间，都是在晚上 11 点之后，经常写到凌晨一两点，有时会写到四五点，偶尔有时候也会一直写到天亮，写到星星和月亮都隐入天际，新一天的太阳慢慢升起……

这样的动力来自哪里，真的是无解。

小时候确曾是把文学作为理想的，从上小学就开始以鲁迅为偶像，并且深信自己才华盖世，立言著述能够藏之深山传之后世。可是现在，作为一个非常客观清醒的中年人，对于写作，头脑里已经确定没有梦想幻想的成分了，写作的热情却丝毫没有消减，而是始终近于不可思议。对于一个工作好像一直很繁忙，家庭和孩子又样样不想亏欠的女人来说，写作的时间，实在是从人生的海绵里拼命挤出来的。无数个万籁俱寂的深夜凌晨，思绪如潮汐奔涌、火花迸射，不得不记录下来，所以我的床头柜上，始终放着纸和笔。

写公文需要绞尽脑汁构思，虽然有时也很有成就感，但是大多数时候是痛苦的，而写散文纯粹是一件快乐的事，那些篇章词句不请自来，像大海的潮汐送来了闪光的珠贝，而我好像仅仅只是需要弯腰拣拾而已。

也许这就是所谓的灵感，其实更应该叫做生命的果实。那些文字的潮汐思想的火花，无不是你读过的书、走过的路、经历过的人和事，所有人生的经历和体验、生命的风雨和波澜。

天意恩厚，馈赠丰盈。几十年来，我已经断断续续写了四本书，这是第五本。这本书收录的作品，有一小部分是前面几本书曾经收录过的，之所以再次收入，是对那时心境情怀的纪念与留恋。一个写作者，即使后来自己的深刻与工巧都远远超越了过去，但是，恰恰是那年那时的那种朴拙，永远难再有。

前些年，我的文风是有些凝重的，这些年，我的文章里却越来越多了一些欢乐调侃的语句，而且不是刻意为之，是写着写着就不由自主地欢乐起来的。当我年华渐老时，我的心灵却没有随之衰老。这是文学的馈赠，是书写的副产品。在阅读和写作里，一个人不知不觉间就变得洒脱超越了，精神的羽翼，引领人上升。

文以载道，文学肩负着伟大使命和人间道义，但它不是要板起脸来说教的，文学的使命担当无须刻意追求，一个人的人生观世界观和价值观会自然而然地体现在字里行间，即便嬉笑怒骂，也可以传递超正的三观。

人生不如意事十常八九，每个人都会有挫折有磨难有悲伤有痛苦，但是一个有所热爱的人更容易排遣化解各种心中郁结。写作的那种专注投入、干净纯粹的状态，会让一个人心有莲花静静绽放，意如流水宠辱不惊，无论陷于怎样的深渊，都能够不失诗意地仰望星空。

哪怕漫漫长夜星月无踪，在写作里，一个人也可以忘却、治愈、重生，穿过最浓重的黑暗，看见光明。这是上苍的恩赐，这是永恒的力量，这是修行者的舍利子、尘埃里的莲花座。

海上生明月，这一轮明月，将人间照彻，这一轮明月，清辉万里，静静地洒向这尘世的莲花座，此间山长水远，天高地阔。

2023 年 12 月

目录

海上生明月

盛夏的花事 / 3

海上生明月 / 8

不　易 / 13

刹　那 / 16

新茶初绿可当酒 / 22

下在朋友圈里的雪 / 27

A 和 Z / 32

谢谢你，野草莓 / 36

牡丹的通知 / 38

钱塘观潮 / 40

大泽小沛

大泽小沛 / 47

置个场 / 71

刺　秦 / 81

留侯故国今何在 / 88

三代人的家园 / 103

大风新唱谱华章 / 120

穆如春风

穆如春风 / 129

两个小人物 / 133

还　乡 / 137

后宫女汉子 / 143

滑滑梯的诗人 / 147

两个有钱人

两个有钱人 / 155

最忠实的粉丝 / 160

遥远岁月的纸质芬芳 / 163

多年夫妻 / 167

筷笼里的康乃馨 / 172

十项全能炼成记 / 175

妈　妈 / 181

纸戒指 / 184

你是我生命的奇迹 / 187

每一朵花开都值得赞美 / 193

人生脱敏

幸福的人都有秘诀 / 201

人生脱敏 / 205

美好的事物正在发生 / 210

以科技之名 / 215

佛　光 / 219

陈油坊的葡萄熟了 / 223

凭什么你长得那么好看 / 227

洪雅的午后 / 234

我们都是罗小布 / 238

只是当时已惘然

满想的中秋 / 243

只是当时已惘然 / 251

无　常 / 255

水上仙居 / 261

故乡的雨 / 265

卿卿我我 / 270

那个人的城 / 273

永远没有那么远 / 276

动物笔记

鹅的风度 / 285

狗的忠诚 / 288

鸡的哲学 / 292

猫的角色 / 295

羊的样子 / 300

飞鸟印象

杜鹃啼血 / 307

关关雎鸠 / 311

绵蛮黄鸟 / 314

维鹊有巢 / 318

燕燕于飞 / 322

海上生明月

钱塘观潮

牡丹的通知

谢谢你，野草莓

A和Z

下在朋友圈里的雪

新茶初绿可当酒

刹那

不易

海上生明月

盛夏的花事

> 所有的花都会开，只要春天还在。万紫千红，由春风主宰。

盛夏的花事

　　窗台上的长寿花又在枝叶间拱出了一丛丛的花骨朵，她让我惊诧了，我被她震撼了。

　　百度说，夏季一定要给长寿花修剪枝条，把已经盛开过的花朵也剪掉，否则它会一直努力地开放，直到把养分完全耗尽，把生命的能量全部用完，以生命的终结告白夏季，辞别人间。

　　长寿花有两盆，我心想，那就做个实验吧，一盆修剪，一盆不修剪。虽然有点残忍，终是忍不住想看看，一盆小花将以怎样的姿态为百花的气节代言。

　　其实还应该照料得更精心一点，盛夏酷暑，一早一晚可以把花儿放在阳光照射的地方，其余时间应该把花儿放在阴凉处。万物生长靠太阳，但是凡事都有尺度，太强烈的阳光，对大多数花儿都是一种伤害。但是花儿到了我手里，都只能说有点命苦，因为我从来不是个喜欢侍弄花花草草的人，有生以来弄点花草在家里的次数屈指可数，只有搬新家的时候。花草的生命在我手里只有一季，最后都只剩下空盆。

两盆长寿花摆在飘窗，我有时去看看，也常常忘记了。不经意间，两盆花走向了截然不同的命运，修剪的那一盆，最初看上去伤痕累累，在经过短暂的修整疗愈之后，叶片越来越茂盛，后来枝桠处渐渐冒出新的花骨朵，她涅槃重生了。没有修剪的那一盆，一朵朵朴素而执着的小花顶着赤热的阳光绽放，叶片却在渐渐枯黄，她用生命的全部热诚来祭献这短暂的花期，一生一次，一次一生。

面对这怒放的生命，我第一次感到词穷。无论是涅槃重生还是怒放尽兴，一盆小花，都远比我们人类更襟怀浩荡节操澄明，可在千疮百孔里重生，也可在繁华极盛后凋零。非生即死，非死即生，人如此，花亦如是，何所畏惧？生而为人，未必能比一朵小花性情更刚烈情怀更超脱。

栀子花的香气实在是太浓郁了，满室生香。细碎的小白花，开在浓密的绿叶间，简洁素雅，印证着那句哲言："愈是单纯朴素的花，愈是具有内在的芬芳。"还没有等到我百度应该怎样来养育她，她洁白的小花就迅速地枯萎了，可能它对有害物质的抵抗力较差。新入住的房子，虽然装修已经简洁到极致了，但是甲醛之类的污染肯定依然无处不在。我们人类只能无可奈何地适应污染并与污染共存，我们在很多时候连大气也不敢喘，可是栀子花有她的气节，她敢于说不，她保持自我，她决绝地走了，留下自惭形秽的我，与无处不在的甲醛共迎晨昏日月，共此流年蹉跎。

绿萝不是花，应该是花草概念里的草，而且是打不死的小强，号称"生命之花"。掐一片枝叶就能发一株新芽，浇一次水就茂盛得一塌糊涂，感觉他就是个没心没肺兴高采烈的二小子，给点阳光就灿烂，用不着花心思花工夫去伺候。不矫不作，更容易被忽略，所以我连绿萝也没有养活过，最后都把人家给养死了。经过深刻反省，我深知从来都不是花草的错，全是我的错，连这么皮实的一把草都养不活，我还有什么话说。我痛改前非，认真耐心地去百度，还好，绿萝没有在我百度到他之前死去，目前还在兴高采烈地茂盛着。老父亲眼神不大好了，看到茂盛的绿萝，问我，这是假花吗？可把我给笑坏了，我还是平生第一次能把花草养得这么好，好得都能比得上假的了。您老就不能换一种方式夸我吗！

君子兰真的很君子，别的花草各种寻死觅活死去活来，只有君子兰始终不动声色，好像一直都没有任何改变。我这么说，绝对不是贬低别的花草，我只是拿她们开个玩笑，在这里我对所有提及的和没有提及的花草满怀敬意，我只想用尽所有的褒义词向她们致敬。

君子兰是最难养的，对土壤、水分、光照、温度都有一定要求，养不好，她要么以身殉节，让你空留叹惋；要么绝不开花，给你个难看。高贵自有高贵的理由，难养也有难养的道理。过程越艰难越能实现结果的珍贵，任何事物的难得、不可得才能让事物充满了神奇的魅力，才能让实现和得到具有更强烈的成就感。所以我看到朋友圈经常有一些朋友晒她们养的君子兰开花，没有人晒绿萝发芽。也许有人不服，今天就非得晒绿萝发芽，那也很好，我也给你点赞。虽然就此事来说你只是个杠精，但是换个事件和背景你可能就是特立独行的英雄。世界如此寂寞，因为有你，人间才万紫千红。

其实君子兰也不是没有任何改变，她是在默默地改变，叶片更绿了，更丰厚了，还悄悄地长出了新的叶芽，应是在厚积薄发。小人革面，君子豹变。她无长袖不善舞，无风情悦俗尘，不像迎春身姿婀娜，不像牡丹仪态万方，她那只此青绿中规中矩朴实无华的叶片，在默默积蓄着石破天惊的能量。这个酷热的盛夏，因为有此花可待而清风自来。所有的花都会开，只要春天还在。万紫千红，由春风主宰。

满天星最惊艳，刚买来时就在盛开，确如繁星点点，诗意而梦幻。可是她的花期最短暂，两周左右就凋谢了，不知道是我照顾不周还是因为她嫌弃我是个不谙花事的俗人。身为一朵小花而怀有星星的志向，她显然是别有怀抱不同流俗的，因此我对她怀着不明觉厉的敬仰。更让我惊叹的是，满天星的生与死其实并没有太大的区别，都是很惊艳的存在。别的花枯萎了是形神尽失，花与叶都将衰败凋落，满天星却只是颜色改变了，失去了水分，整个植株形状几乎没有任何改变，花与叶也都没有凋零，她变成了一株美丽的干花。她是有灵魂的植物，她只是灵魂出窍了，飞向了那灿烂星河。

一株终生囿于泥土的小草，她向往着满天繁星，我不知道人世间，还有什么能比这更让人感动。

也许下一个春天到来的时候，春风抚过那点点繁星，终将唤醒她沉睡的梦。

丰子恺说："人间的事，只要生机不灭，即使重遭天灾人祸，暂别阻抑，终有抬头的日子。"

小时候读过的书，真的都算数啊，从深夜写到黎明，在凌晨的一阵暴风骤雨里，不知该如何作结，忽然想起丰子恺的这句话，犹如神来。小时候家里很穷，当然那时候大家都穷，你穷我穷全都穷，虽然那么穷，我还是毫不犹豫地拿出宝贵的零花钱，去苏北小镇当时唯一的一家书店买了一本丰子恺的《缘缘堂随笔》。关于人间事的这段话，如霹雳惊雷，炸裂在我年少懵懂的心灵，在每一个人生的转角，尤其是艰难困苦时刻，它温暖着我照耀着我，肯定也照耀过和照耀着每一个与它有缘相逢的你和我。

以此作结，致敬丰老先生，致敬以文字烛照世界和生命的人。

> 江畔望月的你我，无论伫立多久，无论有多少留恋不舍，都终将匆匆别过，都是人间暂寄客。

海上生明月

我望着月亮，月亮也望着我。
她凝望着万古人间，悠悠岁月，悲欢离合，沉浮起落。
月亮从来无语，却又道尽了一切。

这是张若虚的月。春江潮水连海平，海上明月共潮生。海上升起的这轮明月，她照过远古的洪荒，也照着今世的繁华；她照过秦砖汉瓦，旧时宫阙，也照着现代的车水马龙摩天大厦。人生代代无穷已，江月年年望相似。人事有代谢，往来成古今。一个人如果能够真正读懂《春江花月夜》，就会拥有月亮的视角。有限的人生短短一瞬，永恒的明月照彻古今。不知乘月几人归，落月摇情满江树。这一轮明月清心洗尘，她让你通透明了，但并不悲观绝望；这一轮明月流光如水，她让你明白没有什么可以永恒永在，江畔望月的你我，无论伫立多久，无论有多少留恋不舍，都终将匆匆别过，都是人间暂寄客。紧握的手，掌心将一无所有。一念放下，轻轻放开，却终将清辉徐来，明月满怀。

这是苏东坡的月。这一轮月，照彻了天上人间；这一轮月，看尽了生离死别；这一轮月，历遍了人间情劫；这一轮月，品透了无限滋味沉浮坎坷。有人说，人生缘何不快乐，只因未读苏东坡。也许所有的天纵奇才，都必有另外的某种短缺来折中，否则显得上苍太偏心，把太多的恩典给了同一个人。才华横溢溢出到月亮上、前无古人后无来者的词坛 NO.1 苏东坡，用他的一生验证了一个人的人生之路究竟可以有多曲折。一生三起三落，从政 40 年，其中 33 年都是在贬谪流放中。用一句话总结就是：他不是被贬谪，就是在被贬谪的路上。但是被天磨折做诗人，家国身心的磨难和不幸，历来都是艺术创作的催化剂。苏东坡一再被贬谪的人生之路，始终伴随着他更杰出的作品的横空出世惊艳冠绝。

被贬黄州，他写出了《念奴娇·赤壁怀古》，大江东去，浪淘尽，千古风流人物，故垒西边，人道是，三国周郎赤壁。这一曲酣畅淋漓，这一番豪气干霄，这一派云天无羁。可以说，这首词给中华民族奉献了咏叹抒怀的经典范本。你抬头望月，回首人生，感慨万千，欲语又停留，你搜肠刮肚绞尽脑汁言尽词穷，最终，你觉得所有的尝试还是抵不过一句：人生如梦，一樽还酹江月。对此，你也不要感到羞愧，抵不过才是正常的，要不然，难道你还想超越苏东坡咋地？

从杭州降职调任密州,他写出了《水调歌头·中秋》,明月几时有?把酒问青天。不知天上宫阙,今夕是何年。我欲乘风归去,又恐琼楼玉宇,高处不胜寒。起舞弄清影,何似在人间? 转朱阁,低绮户,照无眠。不应有恨,何事长向别时圆?人有悲欢离合,月有阴晴圆缺,此事古难全。但愿人长久,千里共婵娟。在这里,忍不住全文转一遍,因为我想通过这种方式向它致敬,向它表白:读你千遍也不厌倦!

把酒问青天,独与天地精神往来的苏东坡,不仅仅用他的词作表达面对人生坎坷的放达情怀,更用美食表达着对得失沉浮的淡定超然。罗浮山下四时春,卢橘杨梅次第新。日啖荔枝三百颗,不辞长作岭南人。这是被贬惠州。黄州好猪肉,价贱如粪土,富者不肯吃,贫者不解煮。慢著火,少著水,火候足时它自美。每日早来打一碗,饱得自家君莫管。这烟火气浓郁得化不开的《食猪肉》,描绘的是被贬黄州的日常。东坡肉至今是美食名吃,从这个意义上说,苏东坡也许还是被诗词耽误了的大厨。只要吃得下,人生就没有什么看不开。

这是李太白的月。床前明月光,疑是地上霜。举头望明月,低头思故乡。平白如话,却意蕴无穷,臻于化境。这是中华民族文学史上的一个奇迹、一座丰碑。黄口小儿,牙牙学语,最初的吟诵,必有此篇。这几乎是我们所有人人之初的启蒙篇章,它高蹈俗尘,把我们的精神引领到月亮之上。在人生的起始,如果你学会了抬头望月,你必将终身受益,超脱俗世的猥琐。无论历经多少尘世的沧桑,你的灵魂之上,都永远洒满了明月光。这是思念的月,这是乡愁的月,这是我们永恒的牵挂,这是我们精神的原乡。无论我们走到哪里，无论我们出走多久，这轮明月，都会牵着我们回家。

太白也是谪仙人，疾恶如仇，快意恩仇，是他人格上的光风霁月伟岸磊落，于官场而言却是最容易招致排挤诬陷的致命缺点。谪仙人的长安居终成昨日梦，宏图大展的政治抱负无奈化作江湖遨游的侠客行。

这是诗人政治生涯的不幸，却又是他文学创作方面的有幸，是中国文学史的大幸。如果李白久居庙堂，恐怕中国诗歌史都会因此而黯淡几分。走出长安之后，诗人笔下，仅仅是月色，就呈现出了更为纵横捭阖的万千气象。长安一片月，万户捣衣声。明月出天山，苍茫云海间。举杯邀明月，对影成三人。俱怀逸兴壮思飞，欲上青天揽明月。

从长安月到关山月，从杯中月到天上月，这一轮明月，高悬于唐诗巅峰的巅峰之上，其华灼灼，永不泯灭。

有一年去峨眉山，山路辛劳，疲惫不堪，走到一个转角，忽见山崖石刻《峨眉山月歌》：峨眉山月半轮秋，影入平羌江水流。夜发清溪向三峡，思君不见下渝州。顿觉疲累顿消，愁烦全无，心有莲花，慢慢绽开。走马观花地看过许多山山水水，都忘记了，那座山崖上的峨眉山月歌，却始终难以忘怀。

这是王维的月。独坐幽篁里，弹琴复长啸。深林人不知，明月来相照。月亮历来是中国人高洁情怀的寄托，寓意清静淡泊、孤高出尘的灵魂与品行。明月松间照，清泉石上流。寥廓凉天静，晶明白日秋。王维笔下的月，更倾向于表达这种意向。高远、沉静、出世、无争如月，也依然无法避免人间的扰攘甚至指指点点。为什么没有人会去指点数落哪一颗星星？因为它们太普通。作为月亮，已经只能这么静默了，皎洁高悬清辉满天，不是月亮的错。朝着月亮吐口水的人，唾液还会落到他自己脸上。

这是柳永的月。写多情月，悲情月，写人间情痴伤怀离别，鲜少有人能够超越"奉旨填词柳三变"。念去去、千里烟波，暮霭沉沉楚天阔。多情自古伤离别，更哪堪、冷落清秋节。今宵酒醒何处？杨柳岸、晓风残月。

这是刘禹锡的月。湖光秋月两相和，潭面无风镜未磨。

这是杜甫的月。露从今夜白，月是故乡明。

这是王建的月。今夜月明人尽望，不知秋思落谁家。

这是张九龄的月。海上生明月，天涯共此时。

海上生明月。这是此时此刻中秋的月，也是五千年前的月，亘古如斯的月。今人不见古时月，今月曾经照古人。穿过苍茫时空，历经轮回交错，能够在此时此刻共此明月光的，都是依稀故人；能够在今生今世相逢相遇的，都是有缘人。

若无相欠，怎得相见？

珍重珍惜，此情此缘。

但愿人长久，千里共婵娟！

> 无论人世间又过了几千年,那些词语永不老去,永远青春,比如咫尺天涯。

不 易

  古诗文里的很多句子,吟咏品味之时,以我短浅的才识,感觉是真的没有更好的词语可以来形容的。那真的就像是见到了一个极其有缘分的人,一眼惊艳,一见倾心,一生难忘,成为永远的心头好、永恒的白月光。犹如宝黛初见,黛玉是大吃一惊,心中想道:"好生奇怪,倒像在哪里见过,何等眼熟到如此!"黛玉是内心波澜含而不露,宝玉则是直截了当一吐为快,笑道:"这个妹妹我曾见过的。"贾母笑道:"又胡说了,你何曾见过?"宝玉笑道:"虽没见过,却看着面善,心里倒像是远别重逢的一般。"

  《论语》有"唐棣之华,偏其反而。岂不尔思,室是远而"之句,第一次读到的时候,那种惊艳之感是难以形容的,说不出哪里好,但是就是再也忘不了。就像宝黛初见,一时痴绝。这样的句子怎么用得着去刻意背诵呢，根本不需要读第二遍，它一下子就刻在你心里了，一辈子也难以忘怀，并且无可替代。

唐棣的花朵啊，翩翩地摇摆，我岂能不想念你呢？只是我们住的地方相距太遥远了。

朱光潜说，要见出事物本身的美，须把它摆在适当的距离之外去看。山阻水隔，烟波迢遥，不见，不能，不得，不可，这种遥远的距离的缺憾，构成了一种独特的美。美人如花隔云端。美人之美，正在于遥隔云端，遥不可及。美人如果每日入厨下，洗手作羹汤，其魅力就会打点折扣了。

古时候见一个人有多难啊！是矫矫乘马，载驱载驰；是还顾望旧乡，长路漫浩浩；是道路阻且长，会面安可知；是胡马依北风，越鸟巢南枝；是征蓬出汉塞，归雁入胡天；是孤帆远影碧空尽，惟见长江天际流；是天长路远魂飞苦，梦魂不到关山难……

正像木心说的：从前慢，车、马、邮件都慢。

黛玉从扬州出发，去京城的姥姥家，走京杭大运河，沿途大概用了50天时间，现在高铁只要5个多小时。

千里江陵一日还，在李白的大唐时代还是浪漫的想象，今天却已是最寻常的现实。

每次坐高铁，都忍不住感慨，高铁，改变生活。那种关于距离的古典的忧伤，似乎也已经永远地被改变了，除了高铁、飞机，还有手机，即使远在地球的那一端，轻触屏幕，也可以视频相见。三千里五千里，再也不会觉得是一种距离。

以为拥有的，都会是永远。

然而疫情三年，反反复复，才知道有些距离永远是距离，有些本来不是距离的，也成了距离。你会佩服那些创造了某些词语的人，无论人世间又过了几千年，那些词语永不老去，永远青春，比如咫尺天涯。有时候，咫尺，真的就是天涯。

有些地方，无论是高铁还是飞机，都不能带你去了；有些人，你想去见，却一次又一次甚至好像是永远都很难去见了；有些人，不能迈出自己的家门了，有些人，迈出自己的家门就不能再回来了……

相遇不易，地球上两个人相遇的概率是千万分之一。人间一擦肩，原是前世在佛前求了五百年。沛县人，同顶这一方蓝天，哪一个又不是低头不见抬头见！血脉相连，心手相牵，这一刻，我们每个人都是130万分之一。

走过艰难时刻，一定要去见你想见的人，去走你想走的路，去乘你的千里快哉风，去圆你的十万八千梦，不要等到来不及。

人生不易，感谢一切际遇！

> 哪个九十七岁死,
> 奈何桥上等三年。

刹　那

　　这些年的印象里,春光好像都是突然到来的。因为呼朋引伴,踏青觅春,已经是尘封已久的往事了。虽然不知道每天忙的都是什么,时间总是不够用却是真的。

　　孔子以家国天下为题考问诸弟子,子路、冉有、公西华均对以治国理政之策,唯有曾晳说,理想的人生就是"莫春者,春服既成,冠者五六人,童子六七人,浴乎沂,风乎舞雩,咏而归"。

　　这貌似完全不在得分点上的对答,却让夫子喟然叹曰:"吾与点也!"

　　孔夫子内心是有多少欲说还休的人生滋味,需要用春光漫掷和山川忘怀来表达?

　　中年滋味,总是让我想起周星驰《大话西游》里的那句台词：你看，那个人好像一条狗哎！年轻的时候看到这里，会笑得前仰后合，拊掌跳脚，这无厘头地搞笑和调侃，蕴藏着无尽的欢乐。人到中年，再看到这里，也会笑，却是笑中有泪，含泪带笑，笑着哭，哭着笑。穷的富的，贵的贱的，尊的卑的，高的矮的，几十年坎坎坷坷走过，风吹过雨打过，悲欢离合经历过，还有什么没有体味过？周星驰的搞笑剧永远是幽默里有深刻，喜剧里有悲剧，这一句台词实为封神之作，寻常人用一万字也写不出来这种感觉。

那天在朋友圈里看到有人发图，寒梅数枝初绽，才知道春天又来了。去年也是在朋友圈里看到春天的信息，感觉简直就像是一转眼一瞬间一刹那间的事。这几年朋友圈里的春光比往时更烂漫，因为不能拥有，因为失去了拥抱春光的自由，所以春光在人们心里更加可贵。得不到和已失去，永远是最美最珍贵。人们对春光的怀念和向往之情，无所寄托，爆发在朋友圈里，以致朋友圈里年年春光漫漶，而且天南地北天涯海角，无论你是多么能跑能跳的驴友，也未必能走遍这么多地方。所以人生有失去，也永远有得到。我们虽宅于方寸，却又遍览山河。得亦失，失亦得。

前几天，大学闺蜜冯为艳在同学群里发了许多学生时代的老照片，勾起满满回忆，青春年少的我们，回不去的旧时光，一张张看去，一寸寸怀念，忽然看到一张很眼熟，我赶紧问冯为艳，这个是我吗？她说是的，是毕业时我赠送给她的留念照。错愕之余，回味良久，哭笑不得，我竟然完全不记得有过这张照片了，也不记得穿过那样的粉紫裙，时光飞逝，光阴易老，怎么能够想到，有一天，在时光里，我们自己竟然能够忘记了自己！那时往事仿佛还在眼前，岁月却早已经是久远。

这两天降温，单位楼下园子里，一群老人在寒风里吹拉弹唱，似乎完全感觉不到寒冷，走过他们身边，不禁驻足凝望，那一刻，感觉春日傍晚的微寒，完全被这些激情洋溢的老人们驱赶走了，他们人生的日暮已经降临，白发苍苍满脸皱纹，但是他们浑然忘我，在春天里歌唱，歌唱着春天，仿佛还是一群青春少年。望着他们，想起叶芝：当你老了，头发白了，睡意沉沉，炉火旁打盹……多少人爱过你青春欢畅的时辰，爱慕你的美丽，以假意或真心，只有一个人爱你那朝圣者的灵魂，爱你衰老了的脸上痛苦的皱纹……

刚刚过去的2022年的冬天，好像是一个告别的冬天，"走了"的人特别多，有许多文艺界的大师级人物，有的人朋友圈一次能发满九宫格，全是离别。他们带走的，往往是一代人甚至几代人的美好回忆。从事文艺工作的人往往都是高寿的，因为做文艺的事能够让人沉静、纯粹以及常怀天真，但并不是幼稚，是知世故而不世故，是世事洞明而有所不为。

66岁的"关云长"走了，75岁的谢莉斯走了，87岁的胡福明走了，96岁的星云大师走了，103岁的杨苡走了……他们在不同的领域里都是星光闪耀的存在。

中国文化的博大精深在对生命状态的描述中又一次得到深刻体现。走，平时是指走路，用"走了"代指死亡，是中国人对死亡的坦然直视和超然无畏。梁实秋说，人生，不过是一段来了又走的旅程。在人生的道路上，无论走的是长是短，最后都是要"走"的。

天真无邪的小孩子，快乐地玩耍一天，天黑的时候回头看，他觉得一天就像是一刹那；青春年少的读书郎，考试的时候回头看，他觉得一年就像是一刹那；老黄牛一般负重前行的中年人回头看，觉得十年八年就像是一刹那；走到人生尽头的垂垂老者回头看，这漫漫人生的长途，也不过是宇宙春光里的一刹那。

忙里偷闲看看手机里的小视频，经常刷到一个蜘蛛精的故事，说神仙用三千年时间问了蜘蛛精同一个问题：人生最珍贵的东西是什么？第一千年，蜘蛛精说，人生最珍贵的是得不到的和已失去的。第二千年，蜘蛛精还是说，人生最珍贵的是得不到的和已失去的。第三千年，蜘蛛精说，人生最珍贵的是当下的幸福和快乐。

当然，蜘蛛精的心理变化历程还涉及许多细节，我们就不研究了，我们只研究最重要的事，蜘蛛精用三千年悟出的道理，难道不值得我们深深体味吗？我们都不是蜘蛛精，我们也没有三千年时间，人类在世间愚痴短暂的几十年，在无垠无际的时空里实如晨露一瞬、秋虫朝夕，连想太多都是笑话。

乍暖还寒的早春傍晚，天有点阴，夜幕已经完全垂降下来了，天地之间灰蒙蒙一片，心情也有点灰蒙蒙的。视线不好，慢慢开着车，匆匆忙忙的车流人流穿梭，恍如那首歌："为了生活，人们四处奔波，却在命运中交错，多少脸孔，茫然随波逐流，他们在追寻什么……"心情越发随着渐渐渐黑的夜幕低沉下去，像是被夜的阴影罩住了。就在这时，道路两边的路灯突然亮了，黑沉沉的夜幕刹那消遁，仿佛天地的巨幕突然拉开，绽放了一个星辉灿烂的舞台。

在路灯下行走行驶是最稀松平常的事，看到路灯突然亮起来却好像还是第一次。天黑了有灯，下雨了有伞，水穷处云起，峰回处路转。岁月在每一个当下都埋藏了惊喜。

星云大师说，我一生虽然遭逢大时代的种种考验，但我感到人生非常幸福，我享受苦难、贫穷、奋斗、空无，我体会四大皆有，我感觉人生花开四季。

我写东西从来都是忽有所感，一气呵成，基本上是不修改的，同时还有一个习惯就是写完随手记下时间。这些文字是写于上周末2月26日，不知道为什么却总觉得是一个未完结篇，感觉没有写完，却又不知道该再说些什么。直到今天看到朋友圈里很多人发的消息，刘三姐的扮演者黄婉秋也走了，才知道冥冥之中可能是在等她吧，等着在这里跟她道一个别！刘三姐是一个时代的白月光啊，她所塑造的世界，那么纯那么美，但是大时代的乌云笼罩了她的人生，在最美好的青春年华，她被当成大毒草打压15年，历经磨难。人生能有几个15年？尤其是最美好的青春年华，15年，就等于被戕杀了整个青春，也等于改写了整个人生！刀削斧砍般地记得刘三姐的一句歌词：哪个九十七岁死，奈何桥上等三年。真的是秒杀了人世间所有的海誓山盟吧，大约除了乐府民歌"上邪"之句，再也没有其他篇章能够与之平分秋色。

冬天过去，这个春天，依然是一个陆续有人走了的春天，这个人世间，也永远是有人在陆续走了的人世间。这是生命的常态，也是人间的常态。不过就是在奈何桥的两端，彼此等待。从这个意义上说，在人间，每个人都是向死而生，都是真的勇士。

上周筹办会议，发给打印社小妹一个会标时间。她说，姐姐你晕了吧？我定睛一看：2003年！

这无意的谬误让我错愕良久，2003年，那是多么金贵的年龄时段啊，如果能够回到那一年，我一定会在睡梦里都笑醒来，可是当时我也没有想到要去珍惜吧，那个365天里，一定也有过不少烦恼忧愁气愤焦虑悲伤难过的日子，这是多么愚蠢的事情啊。

我们生命里的每一天都将是余生最年轻的一天呀，都值得歌之咏之，欣然以待。春色渐浓，又将姹紫嫣红开遍，每一个刹那，仿佛都是永远。

> 岁首春暮,饮茶人共斜阳坐,茶中深醉,落花无声。

新茶初绿可当酒

走过曲曲折折的林间小道,发现落红满径,缤纷如梦,才忽然意识到,时至暮春,这最美的人间四月天,已经姹紫嫣红开遍,又将走过它至极的绚烂,归于平淡。

3月底的一个周末,摄影协会的同志们筹备了一个樱花谷之行,还建了一个出行的群。我本来以为这个春天能够和摄影协会的美女们一起留下一些美的影像,结果因为各种琐事,一拖再拖,至今未能成行。群里一位美女摄影师告诉我,樱花花期已过,再看樱花只能等待来年,或者再选别的景点。红了樱桃,绿了芭蕉。年年岁岁与花约,岁岁年年负花期。

我对花事,概念模糊,不知道各种花的花期都是什么时候,只知道桃红杏白,梨花似雪,蜡梅和迎春有着相似的骨格。牡丹雍容,可以开,苔花卑微,也可以开,这是大自然最博大的恩典，苍穹之下，大地之上，任何花朵和植物都没有高低贵贱，各有各的风姿和格调，各美其美，美美与共，共同组成春天这幅波澜壮阔的精美画卷。

大自然具有人类的一切美德，但是它从来不像人类一样善于嫉妒。这就是大自然的魅力所在。所以，人类喜欢寄情于自然，登山则情满于山，观海则思溢于海。这是人类对于大自然的崇拜，对于自己向往的事物寄情观照，这也是人类在大自然面前承认自己的渺小和卑微。

开完一个加长版的座谈会，坐了近4个小时，腰又有点疼了，这个问题，医学上叫做腰间盘突出，尽管拍了片子，医生还耐心地指给我看了，我到底也没有看懂腰间盘是个什么东东，但是它疼起来可是真的能要你的命。这个世界上能够让我们乖乖地举手投降的，可能只有岁月。这和你的意志，和你的气节，和你的盖世英雄梦都没有任何关系，你服也得服，不服也得服，你只能乖乖地接受这岁月的热情馈赠。

躺在沙发上向岁月妥协的我接到了一个电话，这个电话我犹豫了很久才接，因为是一个编辑老师催稿的，从2020年底开始向我约一篇稿子，到2021年4月了，我还没有完成任务。我看到这个电话号码就有一种恐惧感，就像小时候没有完成作业的学生害怕老师检查一样。这个漫长的春天，我还欠下了另外几位编辑老师的约稿，这让我整个春天都像一个没有完成作业的小学生，每天都过得忐忑不安心怀歉疚。这个年代了还有几个愿意为你留着版面向你约稿的编辑朋友，实在是人生的一大幸事，有此幸运却懒于提笔实在是欲辩无辞亦无颜自辩。

整整一个春天，我没有写一句话，这对于一个以写作为唯一业余爱好的人来说，应该是很不正常的。这就像老师没有上课，厨师没有做菜，画家没有拿起画笔，歌唱者没有张口一样，甚至也可以说，就像春天来了，树上的叶子没有萌芽，枝头的花朵没有绽放一样。春天是万物生长生机勃发的季节，正常情况下，如果一个写作者有话可说，春天也应该是说得最多的时候，但是，我确实是一句话也不想说。每当我想说什么的时候，我都觉得我想说的一切都已经被前人说尽了，我再说什么都是肤浅的，幼稚的，甚至是可笑的。

　　无话可说的我，在这个气温低迷徘徊的漫长的春天，终于喝出了一杯清茶的味道。

　　中国人的茶道，实在是人世间最玄妙高深的事物。佛教界有一句著名的禅语，叫做"吃茶去"，源自唐代一位造诣高深的禅师。禅师酷爱茶饮，也喜欢以茶作喻教示弟子。禅庙里来了两个新僧人，禅师问其中一个人："曾经来过吗？"僧人说没来过，禅师便跟对他说："吃茶去。"又问另一个僧人同样的问题，另一个僧人说："曾经来过。"禅师也跟他说："吃茶去。"这时候旁边有人颇为不解，就问禅师："为什么来过的要吃茶去，没来过的也要吃茶去？"禅师便也对这人说："吃茶去。"

　　佛陀在菩提树下静坐，七天七夜顿悟，坐化成佛。这是传奇，也是佛家教化的原始读本，全在一个"悟"字。佛家讲究于万事万物中参悟禅机，道在天地云泥，无时无刻无处不可参悟。

一杯清茶中，有浓淡，有深浅，有沉浮，有冷暖，有纷纭世事，有人间万象，有喧嚣沸腾，有宁静致远。一杯茶，如果你能够从热喝到冷，从浓饮到淡，自然能够悟出其中的诸般滋味、无限玄机。

朋友圈里有不少结缘茶道的朋友，做茶的、卖茶的、爱茶的，她们喜欢翻山越岭去寻茶，也是去问道，云海苍茫间，山色有无中，雾雨其蒙，晨露沾衣，不懂茶的人永远不知道这份热情和执着来自哪里。

茶的滋味，也是岁月的馈赠，小孩子只喜欢喝饮料，不经世事，未染风霜，生活对他们而言是蜜里还要再加点糖。血气方刚的年轻人只喜欢喝酒，以为自己可以指点江山策马奔腾，挥洒倜傥剑气如虹。人只有到了一定年龄，才会爱上茶。因为只有经过岁月的磨洗，一个人才能找到自己，在沉浮起落的方寸之间看到整个世界。

其实我一直也是饮茶人中的叶公，懵懵懂懂，喝了很多年茶，喝过各种各样的茶，却始终并不知道茶的滋味。在这个漫长的春天里，偶尔漫不经心地品一杯茶，却忽然品出了它的滋味，真正的好茶都不是纯粹的甘甜，亦不是入口即甜，而是微微的苦涩之后慢慢地回甘，这也是茶的玄机所在。糖是甜的，但是喝糖水永远不会成为一种文化，更不会成为禅语。万事万物，都在曲折变化中呈现出它的美，比如线条，当然直线也是美的，但是其美感极其单调，只有千变万化的曲线才具有更丰富的美感。亦如对事物的追求，唾手可得的事物所带来的成就感，远不如千辛万苦历尽波折之后得来的事物其成就感更强烈。

诗经里的伊人，因为在水中央，在水中坻，在水之涘，在水中沚，道阻且长，缥渺恍惚，遥不可及，因而成为人类辗转反侧寤寐思服永恒追逐的完美意象。岸上的邻家姑娘，即使她长得再漂亮，也不可能具备这样的美学价值和意义。

朋友送我明前茶，并问之优劣。明前茶采制于清明节前，嫩、鲜、美，是茶中佳品。佳品之中，再区分优劣，差别已不是太大。茶在其次，情在其中。一杯茶里品浓淡，品的不是茶，而是人生。

写完这些废话，夜色已深，看到单位同事发的一条朋友圈，她拍下了楼下林间花瓣飘落的过程。晚风里花瓣静静飘落的场景实在是太美，这是我没有留意到的场景，我被这场景深深地震撼了。大自然的美无处不在，无时不有，无论是落红满径，还是飘落的过程，都美到无以言说，无法形容。天地有如此大美却从不言语，我这个肤浅的俗人却时时想用自己笨拙的表达来描述它的深意，似有唐突与愚妄，然而，天地有大美，亦有大德，它以它的恩厚宽广，包容了一切，无论是崇拜者的唐突还是晚风中的花香。

新茶初绿可当酒。岁首春暮，饮茶人共斜阳坐，茶中深醉，落花无声。

> 在这个大雪纷飞的夜晚，有把酒作歌的人，有伤怀吟咏的人，有快乐的人，有哭泣的人，有幸福温暖的人，有无家可归的人，有一枕好梦到天亮的人，也有在深夜的大街上冒着严寒为你劳作的人。

下在朋友圈里的雪

这是今年冬天的第二场雪，也是 2019 年的第一场雪。

雪不过下了短短一个晚上而已，但是看起来却像是下了整整一万年，在朋友圈里。

说到雪，我潜意识里总是用女字旁的她来指代，因为女儿是水做的骨肉，男儿是泥做的骨肉，这么纯洁的事物，一团泥巴肯定无法取代。我不是歧视男同志，更不敢与占全世界二分之一分量的群体为敌，这只是个人思想意识形态里的一点小自由，男同志总是心胸宽广的，也不会为这一点小事耿耿于怀，或者睚眦必报提刀相见。

雪下得有点薄，有点小，与她的蓄势已久极不相称，这之前的一段时间，我的一个工作群里，气象局长是最受关注的人物，是群里的群红，因为沛县的风霜雨雪都是他掌管，从这个意义上来说，他是一个呼风唤雨的人物。他每天忠实地在群里预报天气，一段时间以来，他的预报基本上都有雪，但是都下在了局部地区，全国的局部地区都下了一个遍，沛县还是没有下，以至于大家都对气象局长失望了，认为他和雪神也没有什么交情，他在雪神面前远没有他在工作群里那么红。

2019 年的第一场雪终于下下来了，气象局长立即第一个发布，并且晒出了他们人工增雪的现场作业图，不知道他们到底增加了多少雪花，也不知道这纷纷扬扬飘洒的，哪一朵雪花是人工增加的，哪一朵雪花是上天派来的，总之，人工的和天赐的雪花纷纷扬扬不分你我共同完成了一场浪漫的使命，满足了人们对冬天的期待，没有雪，冬天总归不像个冬天的样子，人们除了焦虑地奔波柴米油盐地生活，还需要偶尔停下脚步抬头望月低头吟哦，让生命拥有十分之一或者百分之一的风花雪月。

一场雪，让小城按下了休止符，12 小时，朋友圈里的雪，下得比自然界的雪大了不止一百倍一千倍，雪花勾起的无数人的悲伤和快乐，如果你仔细体会一遍，好像把人生过了几百遍。

"晚来天欲雪，能饮一杯无？"很多人把酒相邀，酒和菜都在图片上，你来与不来，菜都在那里，你喝与不喝，酒都在那里。朋友圈里晒上这么一桌，可以邀很多人，也真的会有很多人应邀而来，举杯痛饮，把酒作歌，在评论里。岑夫子、丹丘生，将进酒，君莫停。几杯下肚，你可以是刘十九，可以是李白杜甫，可以仰天长啸壮怀激烈，可以大漠射雕华山论剑，然后在一场酣梦里洗尽疲惫，醒来继续抖擞精神面对无论是完美还是不完美的人生、无论是万事顺意还是千疮百孔的生活。

"雪还是童年的雪，我却不是童年的我了"。有人怀念童年，这也是我们共同的怀念，童年的记忆里，总是有铺天盖地的大雪，有时候深可没膝，为什么想起童年我们总是更多地与雪天联系在一起？人类的记忆一定有它独特的密码，这是我们无法了解的。童年的雪花飘落在我们共同的记忆里，甜美、温暖、有淡淡的忧伤。小孩子经常会在大雪里迷路，天地苍茫，找不到归途，这样的情景你在漫长的人生之路上会一再遇到，所以你一再渴望回到童年，童年的雪地里总有妈妈的呼唤带迷路的你回家，她呼唤的是你的小名，那是人世间最动听的声音和最好听的名字，这个世界上再也没有第二个人，能把你的名字叫得那么动听，哪怕你是叫狗剩。所以，这个夜晚，在朋友圈里怀念童年的人，我知道你是想起了老母亲，人间的或者天上的母亲，这一瞬间我觉得你就是我的兄弟姐妹，我们亲如一人，我们有共同的母亲，这个世界上的母亲原本都是一个版本，慈祥、温暖以及有永恒的爱。

"有些时间，是要拿来浪费的，比如和你聊天，一起虚度光阴，在茫茫大雪里和你一起走到白头"。这是深夜的朋友圈里，美好的忧伤和情话，犹如写在雪上的文字，太阳出来以后，便消失无踪了。所以你不必当真，所有的情事都曾经是故事，最后成为往事。开头看起来会是一万年，结局却总是来得太早，早得始料不及，早得你来不及伤感。伤感已经是奢侈品了，在这个人类的情感越来越坚硬化的时代里。伤感是慢节奏的事，现在人们走得这么快，顾不上伤感，所以你如果说你伤感，别人一定会认为你是一个诗人，只有诗人才能够不带羞愧地忧伤，在他的诗行里。我不是诗人，仅仅是我写的文字有时候类似于诗，接近于诗，就算我是一个真正的诗人我也不会感到自卑，因为人和动物的根本区别不仅仅在于直立行走，更在于精神的诗意和灵魂的高贵。百灵也能歌唱鹦鹉也能学舌，但是它们不会写诗。如果诗意被这个世界彻底抛弃和羞辱，那不是诗人的羞辱，而是人类的羞辱。

"你的岁月静好，是因为有人在为你负重前行"。凌晨的朋友圈，依然还有许多人在谈论着雪以及和雪有关的事物，有了朋友圈你才知道这个世界上有那么多和你一样每天深夜无眠的人。一个做单位公众号的勤奋的美女，已经把环卫工人凌晨进行除雪作业的场景做成了公众号小视频。因为三城同创工作，我认识了这个美女，她叫杨美，也是老杨家的人，老杨家有史以来以忠良名世，我所认识的姓杨的，都是把忠诚敬业摆在第一位的人。小视频非常感人，感动得失眠的我更加难以入睡。在这个大雪纷飞的夜晚，有把酒作歌的人，有伤怀吟咏的人，有快乐的人，有哭泣的人，有幸福温暖的人，有无家可归的人，有一枕好梦到天亮的人，也有在深夜的大街上冒着严寒为你劳作的人。世界已经安眠，只有路灯和熹微的晨光在为他们作着静默而诚挚的礼赞，如果他们的身影不能被称作伟大和高尚，伟大和高尚也就算不上是合格的褒义词。如果我说我在这个大雪纷飞的夜里，因为感动而无法入睡，以至于必须提笔写下这些絮絮叨叨的文字，你可能会说我是矫情，那是因为你没有身处此情此境。

朋友圈里的雪,还在纷纷扬扬地下着,凌晨三点一刻,最后的一条消息,有人发的是:下雪了,你像个孩子一样的笑脸,我真的很怀念。

世界彻底静默了,最后的夜晚,即将到来的黎明,把盛大的舞台交给无声无息无边无际的飞雪,和一张,被怀念的笑脸……

> 我们一生会遇到 8263563 人,会打招呼的是 39778 人,会和 3619 人熟悉,会和 275 人亲近,但最终,都会消失在人海。

A 和 Z

有很多人最后都会成为 Z。

有些人,曾经不是 Z,可是走着走着,不知不觉就变成了 Z,犹如那些不期而至的黄昏,总是悄悄地慢慢地暗下来,几乎让人不曾察觉。一些人,你不知道他们是什么时候渐渐变成了 Z,可是,终于,最后,某年某月某一天,偶尔间或忽然想起的某个瞬间,你才意识到,某某某某,不知道是在哪一年是在哪一天,已经变成了你朋友圈里的一个 Z。

Z 是我的发明,某天某时某刻,当我费力地在令人眼花缭乱的微信目录里翻找一个重要的工作信息而遍寻不得的时候,我发明了这个 Z。

翻找信息的时候,我发现微信通讯录里一些人我完全想不起来是谁了,因为没有及时更改签名备注,我再也想不起那些五花八门千奇百怪的微信名对应的是哪一张脸哪一个人！

我本来在这方面能力就严重欠缺，记住人对我来说是个巨大难题。很多年来，因为脸盲症，我一直生活在极力辨认以及努力解释的状态下。长年累月，恍兮惚兮，在工作、生活沟通交流的各种场合，许多人看上去明显是熟人，我却无论如何也想不起来是谁，只能报以同样热情洋溢的笑容，打着似是而非模棱两可的招呼。却也不是所有人都记不住，偶尔也记住一些，大约占百分之二三十，还有，单位的同事总还是记得住的。记得住与记不住，也并不分长幼尊卑高低贵贱，因此，这种选择性脸盲的选择标准，也并不具有道德评价的意义。有时候，我会很真诚地对人家说：下次见到如果我没有招呼你，可能是我记不起来了，你可要记得招呼我，告诉我你是谁，哈哈。如果这样说也不见怪，那一定是真感情真朋友。还真有不少人这样做了，每次见到我都会说：嗨，我是某某某，还记得吗？哈哈哈哈，如果是在微信里交流，这里应该发一连串笑出眼泪的表情图吧？这种善意和宽容，值得感激感恩，这种人，值得做一生一世的朋友。

朋友圈里那些再也想不起来对不上号的微信名，我在他们的名字前面全部加上了一个字母Z，因为手机程序是自动按照字母顺序排列通讯录的，那些想不起来的人自然很少交流，几乎永远不会有交流，放在最后，形成的麻烦和干扰就小得多了，我的微信用于工作信息沟通的频率是最高的，"朋友"的功能倒在其次。

其实我曾经想过更简便的办法，就是删除所有工作上不需要进行交流的朋友，但是加朋友容易删除难，容易让人误会：哪里得罪你了，有什么梗了？你富贵了？高傲了？瞧不起人了？本是无心之举，却说不定会伤害或者得罪许多有意之人。所以我曾经弱弱地发过一个朋友圈：因为本人的微信主要用于工作交流，所以，打算删除一些在工作方面没有交流必要的朋友，没有别的意思，请朋友们理解！可是你越是强调说没有什么别的意思，大家越会怀疑你有别的意思，有的问：怎么了？有的说：发生了什么事？呵呵，谁被删除都不会觉得是一件愉快的事，而无论把圈里哪个人变成Z，都不会有任何问题。我平生好像还是第一次这么聪明，犹如不战而屈人之兵，解决了一场原本要陈兵百万尸横遍野的战争。

于是我的朋友圈通讯录里，最后是一连串的Z。那些Z，有的是一面之交，有的是业务上打过一次交道，有的是发送过一次工作信息，有的是买过一次东西，等等等等。比如我昨天刚加了一位牛奶业务员的微信，她把牛奶的品类、价位等等发给我看，我直接选好微信转账付订奶款，她不用跑来一趟，我也免除了当面沟通的各种麻烦。其他像送快递的、卖服装的、卖水果的、小区物业人员的微信，等等等等，大致都是这样加的，比起让他们作为Z存在于我的微信里的麻烦，他们带来的便利更多一些，类似这种情况的Z，每一个都有存在的价值和必要。

除了这些Z，再除去工作上必须保持经常沟通交流的朋友，其实真正能够经常谈心聊天的朋友并不多，看似热热闹闹的朋友圈，其实大部分人对我们来说，都是一个Z。

发明了Z之后，我又进一步发挥了自己这难得的聪明才智，在联系最多的人前面加上了A，加完之后我发现，A，是这样一个范围：孩子、父母、丈夫。我在一个名为小猫的微信名字前面加上了AA，小猫问我："妈妈你为什么在我的微信名字前加上了AA？"我说，这是一个秘密。也许从更传统的角度来说，似乎更应该在父母前面加上AA，但是我确定我在小猫的名字前面加上AA，这是父母也肯定会赞同并且唯一赞同的方案，爱你所爱，这是爱的最高境界，我爱小猫，就是爱父母之爱，生命的长途，薪火传递，生生不息，这才是生命的意义，也是爱的意义。

想起2018年度那个很火的催泪短片：《我们一生会遇见多少人》：我们一生会遇到8263563人，会打招呼的是39778人，会和3619人熟悉，会和275人亲近，但最终，都会消失在人海。

很多人一个微信号不够用，开了两个，听说微信朋友圈通讯录的上限好像是5000个，可是你真的有10000个好朋友吗？能随时随地和你聊天的有几个？能推心置腹掏心掏肺的有几个？能肝胆相照两肋插刀的有几个？能陪你笑陪你哭的有几个？最俗气最通透地说，能给你借钱或者能借钱给你的有几个？或者换一种方式说，能在名字前面加上A以及AA的有几个？你通讯录里的10000个朋友，其实可能9900多个都是Z，那么多朋友，其实你可能只是用来欺骗自己，让自己看上去显得不是那么孤独。

其实你至多留下275个就足够了，其余的都是Z。

> 一个人如果站在大草原上，就拥有了上帝视角。

谢谢你，野草莓

我们知道，人生是需要感谢的。

如果别人对我们有帮助，有施予，有馈赠，有恩德，是需要心怀感恩，需要去表达，或者铭记在心的，如果能够回报，有机会回报，滴水之恩，皆心甘情愿报以涌泉。

但是，在天地之间的大造化里，其实我们很难知道，有恩于我们的人和事物都是谁，是什么，在哪里。

阿瑟穆·小七的新书《解忧牧场札记》出版了，她写到了野草莓——"我一边吃着野草莓一边对它们致谢：谢谢你们，谢谢你们今年结了这么多果子。"

我被这种感谢震惊了，原来感谢是可以达到这种境界的。当你醒来，要感谢阳光，感谢鸟鸣，感谢晨露，感谢花香，感谢风从远方来，丝丝的清凉；当你入睡，要感谢黑夜降临，感谢星光闪闪点缀你的梦境,感谢坚实的大地像无边的襁褓温柔地呵护着你;当你流下泪水,要感谢世界赐予你丰富的生命感受,不曾长夜痛哭的人,不足以语人生,热泪洗礼的人生,才能收获成长;当你受到伤害,你要感谢施予利刃的手,它是你人生修行的成全,经此荼毒,你清洗了生命的原罪,得以救赎。它不是敌人的手,也不是恶人的手,它是上帝的手。

这个世界是值得感谢的,万事万物,所有人。

作为大草原上的放牧者,阿瑟穆·小七的文字就像大草原一样深邃辽阔,但不仅仅是深邃辽阔,牧场生涯有许多艰辛,但是在小七的文字里,生命和生活的所有苦难都得以消解,也许一个人如果站在大草原上,就拥有了上帝视角。在这里,你通常所认为的生活的艰辛劳苦,都充满了神性的欢乐。草原、帐篷、炊烟、归巢的羊群牛群、暴风雪里的赶路人,都被淡淡的慈光笼罩,被抚慰,被升华,成为天地之间的一首首赞美诗。大草原上每一个渐深渐近的黄昏,风雷聚散,云蒸霞蔚,简直犹如诸神降临。

感谢小七,她让我们知道,野草莓也是应该感谢的。这是多么大的收获啊!不要以为自己是多么聪明的人,如果不是三生有幸,一个人一辈子都不可能明白这个道理,而只会在自以为是的狭隘小天地里自鸣得意沾沾自喜。

> 谷雨已过,春色九分已尽,余下的一分,是落红满径,留与惜春人恋恋徘徊。

牡丹的通知

昨夜风疏雨骤,今早应是绿肥红瘦。只是我并没有出去走走看看,我一直睡到上午 11 点。高强度白加黑的工作状态,已经持续有一个多月了,终于忙完,我想自己给自己放个假。

大约一个多月前,朋友圈里曾经有人发:通知一下,牡丹开了。并配发了牡丹绽放的九张图。唯有牡丹真国色,花开时节动京城。那大约是最早开放的牡丹,响应着季节的召唤,迎着早春的微凉,雍容华贵地绽放了。

牡丹的美惊艳了我,而"通知"这两个字,则深刻地触动了我,百花的绽放都是通知了我们的,朝云暮雨、星辉月华、万物的生息吐纳舒卷开合、大自然千姿百态的变化,都是通知过我们的,但是,我们都太忙了,或案牍劳形,或奔波劳碌,心事重重,眉头紧锁,世界喧嚣嘈杂,众声喧哗,我们没有听到花朵的召唤，错过了大自然的很多通知。

那天在鸿鹄园，遇到酷爱摄影的美女郭宏，她满园走动着寻找还在盛开的花树，然而，走来走去，发现大多数花儿都已经凋零，还在盛开的已经几乎没有了。花开花又落，春来春又去，本来是自然规律，是正常的事，但是，我和她几乎是同时发出了深深的感叹：时间过得好快呀！她说，简直是"嗖"一下就过去了，感觉根本还没来得及拍些花。对于一个因为拍摄而时时关注着花儿的人来说，也许这种感觉更为强烈吧。还没有来得及拍摄，花儿便凋谢了。

如果没有"一转眼""一瞬间"这些词，简直都不知道该如何来表达春天的短暂。只有历经岁月风霜的人，才能知道这些其实都不是夸张的形容词，它们就是实实在在的写实的词语啊，一转眼，春天过去了，一转眼，一年过去了，一转眼，十年二十年过去了，一转眼，一生过去了……

在这个忙忙碌碌的春天，不知道错过了多少大自然的通知，多少良辰美景、姹紫嫣红被辜负了。

谷雨已过，春色九分已尽，余下的一分，是落红满径，留与惜春人恋恋徘徊。

百花的通知，唯待来年再赴约，而下一个春天，不过是一转眼。

> 庐山烟雨浙江潮,未至千般恨不消。到得还来别无事,庐山烟雨浙江潮。

钱塘观潮

在杭州,或者说是在钱塘、在临安、在余杭、在泉亭、在杭城,我一直在想,这个城市应该付给刀郎多少广告费才能当得起这弥天漫地难以估量的宣传效应呢?走在这个城市里,《花妖》的旋律在脑海里萦回盘旋,无间断自动循环播放,感觉城市的每个角落都充满着情怀和忧伤,但是这种忧伤并不绝望,而是轻轻淡淡,恰如其分,是美好的忧伤。

杭州正在举办亚运会,就算这样一件浩大的盛事,举全城之力,牵动全世界的目光,其影响,也比不上刀郎的一曲弹唱。观钱塘潮,是我多年的心愿,却一直未能成行,是刀郎的《花妖》才让我下定决心前来的。其实杭州以前来过,还不止一次,但是《花妖》里的一咏三叹,让杭州的魅力无限提升,觉得以前都是白来了,一定要再来一次,好好地感受一下这座城，才能了却心愿。

上有天堂，下有苏杭。杭州本来就是一个人间仙境般的城市，而凄美动人的故事，使她不像是烂漫春光里倚门回首的小女子，而是犹如江心画舫里怀抱琵琶的天涯沦落人，忧伤和深沉，使她具有了更加震撼人心的美。

杭州的故事太多，最美的应该是西湖的传说，许仙和白娘子。数次过杭州，却从未上过断桥，因为断桥上的风景，永远是"人从众"。这次也一样，潮水一样的人流在狭窄的小路和桥面上流淌，一年四季春夏秋冬连绵不绝。其实在广阔无垠的中华大地上，有很多更美的桥，也有很多更美的湖，然而，正像沈从文在《湘行散记》里写的："我行过许多地方的桥，看过许多次数的云，喝过许多种类的酒，却只爱过一个正当最好年龄的人。"无论这个世界上有多少更美的桥，但都不是断桥；无论这个世界上有多少更美的湖，但都不是西湖。

我小时候，老家龙固公社有一座桥也叫断桥，离我家有两华里路，苏北乡下的穷乡僻壤，竟然有这样一个事物与美到发光的西湖故事联系起来了，让我觉得这个人世间的事，简直有点蒙太奇。我经常要经过断桥到我姥姥家去，西湖的断桥上走着衣袂飘飘的白娘子，渔翁的小舟穿过绿荷粉菡萏，许仙撑着多情的油纸伞；龙固的断桥上则是卜土杠烟，蓬头垢面的婆娘们破衣烂衫，光膀子的庄稼汉拉着吱吱吱的平板车。

在杭州，不可越过的故事还有弘一法师——李叔同。作为近代历史上的一位传奇人物，他用自己的前半生和后半生分别演绎了生命的绚烂和平淡。生于富贵之家，历遍人间繁华，擅书法、工诗词、通丹青、达音律、精金石、善演艺，无所不能。一曲"长亭外，古道边，芳草碧连天"，作为骊歌经典，咏人生况味叹人间离愁，哀而不伤，美到极致，遍览古今，无出其右。活得如此多姿多彩的李叔同，却在38岁时毅然斩断尘缘，在杭州虎跑寺断食后剃度出家。无尽奇珍供世眼，一轮圆月耀天心。他的盖世才华与传奇人生，成为永恒的话题，留下永恒的故事，永远无解，永远引人探究。

在杭州，不可越过的故事更有岳飞。到杭州，一定要到岳王庙拜祭，因为这里承载着一个城市的风骨气节。比起观潮，我更惦念的其实是祭拜千古忠烈岳武穆。进大门，举头望见"心昭天日"匾额，瞬间百味杂陈，悲愤酸楚涌上心头，仿佛看到一千多年前的大理寺狱中，岳飞仰天悲叹："社稷江山，难以中兴！乾坤世界，无由再复！"无限悲愤，化作绝笔书："天日昭昭，天日昭昭！"

三十功名尘与土，八千里路云和月。

靖康耻，犹未雪；臣子恨，何时灭。

将士前方浴血忘死，奸佞后方弄权构陷。历史的悲剧无数次重演，千古以来，并无新意。

韩世忠的愤然质问振聋发聩、铿锵在耳："'莫须有'三字，何以服天下？"

天地有正气，杂然赋流形。在这里，一个普通小人物灵魂的光芒又一次刺破了时代的黑暗，写下光辉的注脚。岳飞遇害后，狱卒隗顺冒着生命危险，背负岳飞遗体，越过城墙，偷偷埋葬于九曲丛祠旁。

一个小人物的光芒，成就了历史的良心。21年后，宋孝宗下令给岳飞平反昭雪，并高价悬赏寻求岳飞遗体，隆重迁葬于栖霞岭下，追谥武穆，后又追谥忠武，封鄂王。

鄂王墓在栖霞岭，一片忠魂万古存。镜里赤心悬日月，剑边英气塞乾坤。

秦桧、王氏、万俟卨和张俊四贼，长跪在侧，万古千秋地承受着世人的唾骂诅咒，很多游客忍不住地去扇他们的脸，我也去扇了几巴掌，先生说，不要惩罚坏人，坏人自有报应。

青山有幸埋忠骨，白铁无辜铸佞臣。可惜了这几堆白铁。

苏东坡说："八月十八潮，壮观天下无。"今年的农历八月十八，正值国庆假日，除去值班，匆匆两日往返，终于观看了一次钱塘潮。

距杭州50公里，海宁市盐官镇，可观"一线潮"。镇东约8公里的大缺口可观看"双龙相扑碰头潮"，镇西约11公里的老盐仓可观看"惊涛裂岸回头潮"，在夜间则可观看"月中齐鸣半夜潮"。

据说，海宁之所以成为观潮胜地，是因为其独特的地理条件。钱塘江到杭州湾，外宽内窄，外深内浅，是一个非常典型的喇叭状海湾。出海口东面宽达100公里，到海宁盐官镇一带时，江面只有3公里宽，起潮时，宽深的湾口，一下子吞进大量海水，由于江面迅速收缩变浅，夺路上涌的潮水来不及均匀上升，便后浪推前浪，一浪更比一浪高，形成了陡立的水墙。

伟哉奇哉，巍巍大中华，山河壮丽，处处有奇观。穷尽一生，未必能走遍祖国的大好河山。

　　我们观看的是一线潮，下午两点的潮汛，11点之前到达，岸上已经密密麻麻满是人，找个台阶上的空座都已经不容易。坐等3小时，大潮才姗姗来迟，先是在那水天相接的地方出现一条白线，慢慢地，白线逐渐拉长、变粗，及至到我们跟前时，已经是浩浩荡荡，而潮头笔直成线，如三军仪仗队步伐整齐，确如其名"一线潮"。因为关注钱塘潮，经常在手机上刷到钱塘潮的视频，有乱石穿空惊涛拍岸的，有穿云裂帛摧枯拉朽的，有拍断护栏拍倒游客的，相比而言，这个一线潮虽然也气势恢宏，但是好像少了点惊心动魄的意味，而且因为观潮点位置较高，看起来潮水没有太大的落差和起伏，实际上潮头应该也会有两三米高，或者更高。人站在更高处，脚下的波翻浪涌就会变得微不足道。

　　潮水浩浩荡荡涌来，又奔流而去不复返的那一瞬间，期盼已久的心愿实现了，近来郁结于胸的执念好像也被浩荡江流打开了，消散了。

　　大潮退去，人流也渐渐散去，水面又慢慢恢复平静，江天一色，茫无际涯，仿佛刚刚那激越壮阔的波翻浪涌并不曾发生过。相对于时光的永恒，人世间的一切事物都是短暂的存在。所以，面对人生沉浮姿态洒脱堪称旗帜标杆的苏东坡，生命里的最后一首诗是这样咏叹的：庐山烟雨浙江潮，未至千般恨不消。到得还来别无事，庐山烟雨浙江潮。

大泽小沛

大风新唱谱华章
三代人的家园
留侯故国今何在
　　刺秦
　　置个场
大泽小沛

> 泡泗之水，沧桑变易，小沛源流，从古至今奔腾不息。

大泽小沛

一、汴水流，泗水流

沛县，因古有沛泽而得名。沛，水势盛大、丰盈充沛之意。

郦道元《水经注》说：昔许由隐于沛泽，即是县也，县取泽为名。

沛县因水而名，水脉兴盛。湖有沛泽，河流则有纵贯南北的泗水与横穿东西的泡水。

白居易词《长相思·汴水流》有："汴水流，泗水流，流到瓜州古渡头，吴山点点愁。"

泗水，源自山东省泗水县东蒙山南麓，经由沛地、彭城、下邳，向东南注入淮河，后来成为苏鲁段大运河的水道。泡水源自山阳平乐（今河南境内），西与汴水相接，并在沛泽汇入泗水，长时间作为黄河水道。在以水运为主要交通方式的古代，沛泽由此通过水系大动脉，贯通了整个中国的南北东西，西连中州三秦，东南及东吴百越，南接荆楚巴蜀，北达齐鲁燕赵，从而使沛县成为荆楚文化、齐鲁文化、中原文化、吴越文化的重要集聚交汇之地。

从古之沛泽到今天的沛县，沛地的地理范畴、名称及归属屡有更替，历经变革。公元前286年，齐、楚、魏三国灭宋，三分其地，楚得沛地，建县制，设县尹，为沛县建制之始，距今2308年。秦时，沛县属泗水郡。西汉时，改泗水郡为沛郡，沛县隶属沛郡，因此有了大沛与小沛之分，大沛指的是沛郡，小沛指的是隶属于沛郡的沛县。

小沛之名，在历史上可以说是大名鼎鼎。东汉、魏晋时，小沛是沛县的官方称呼，后来成为沛县的别称，至今仍是沛县人经常会使用的一个称呼。

《三国演义》里，桃园三结义的刘备、关羽、张飞和吕布等人，都与小沛有着不解之缘，在小沛留下了足迹和故事。

曹操获封镇东将军驻守兖州，春风得意，派人去琅琊郡接父亲曹嵩来孝敬奉养。曹嵩家人仆从140余人过徐州，徐州太守陶谦热情款待并派部下张闿护送，本欲交好，却不料张闿这个出身草莽的猪队友见财起意，杀了曹嵩全家，取了钱财亡命淮南。曹操暴怒，率军攻打徐州，所到之处，杀戮屠城，血雨腥风。北海太守孔融谋划让陶谦求助于刘备，刘备时为平原国相，力量尚薄弱，但是为人仗义德名远播，他向公孙瓒借了两千人马，还借了勇猛无敌的赵子龙，倾力相助，解救陶谦于危难。话说刘备这作风正是沛县人自古至今一以贯之的风格，别人有难处，自己没这力量，借人借钱也要帮。

陶谦感激涕零，因此有了"三让徐州"的佳话。第一次刘备坚辞不受，第二次陶谦想了个让刘备难以拒绝的理由，说让他驻军小沛，以保徐州。刘备盛情难却，于是带关羽、张飞屯兵小沛，修葺城垣，抚谕百姓。陶谦病重去世之前，第三次力请再让，刘备"乃许权领徐州事"。不久，吕布在定陶被曹操打败，无处容身，多方权衡，前往徐州投奔热情好客的刘备。刘备转手就打算把徐州让给吕布，吕布倒是不客气，还真打算接，却见玄德背后关、张二公各有怒色，才又客气了一下打住了。佯笑曰："量吕布一勇夫，何能做州牧乎？"于是，刘备又对吕布说："近邑小沛，乃备昔日屯兵之处，将军如不嫌浅狭，权且歇马，如何？"于是吕布也到了小沛落脚。怎奈吕布就是个二三其德的小人，实非君子，后来终究又不仁不义地突袭夺取了徐州，刘备只好第二次到小沛驻扎。

后来，曹操假天子诏，命刘备讨伐袁术，袁术派上将纪灵率数万大军攻打小沛，在沛县东南扎下营寨。而小沛城中，刘备只有五千人马，无奈之下求助于吕布。刘备有恩于吕布，不援助刘备情理上说不过去，但是吕布也不想得罪袁术。这个历史上以勇猛有余智谋不足闻名的武夫，却在这个事件中演绎了一段千古流传的佳话。他在离小沛西南一里的地方扎下营寨，置了一个场，请刘备和纪灵一起坐下喝酒，喝到半斤八两，命人把他的方天画戟取来，到辕门外远远地插定，说："辕门离中军一百五十步，吾若一箭射中戟小枝，你两家罢兵，如射不中,你各自回营,安排厮杀。有不从吾言者,并力拒之。"刘备当然双手赞成,纪灵也没当回事,他认为一百五十步之外射中戟小枝的可能性不大,非神力不可为。这个射中的难度是什么样的呢?一百五十步,就是现在约两百米的距离,要去射中只有30厘米长的戟的小枝,要考虑的因素有地球引力、空气阻力以及风力,因此瞄准只是基本要求,射出的箭要把握好速度,还需要有抛物线的弧度。纪灵认为这基本是不可能的。可是,吕布张弓引箭,一箭正中戟小枝,由此射出了一段佳话:"一弦飞矢鸣画戟,十万雄兵卸征衣"。袁术虽心有不甘,然而也深为忌惮吕刘联手的威力,只能暂时罢兵。吕布射戟台,作为古沛八景之一,古往今来一直是世人瞻仰感怀的重要历史文化景点。

关于小沛,虽然我在这里已经叙述得有些絮絮叨叨,但是,对于小沛土地上曾经发生过的故事而言,这只是三言两语。仅仅是三国演义里面提及的这短短一段时空,已经是风起云涌精彩无限,小沛故事,远远不是这篇文章能够说得尽的。

小沛着实不小,用这个称呼时,虽自言小沛,却分明有一种无以言表的大格局在里面,沛县的博大浩瀚,深沉厚重,似乎尽在一个"小"字里了。天地万物、人间万事,当能够以小、微、弱自居自处时,实际上都已经具备了博大伟岸的精神和力量。

泡泗之水,沧桑变易,小沛源流,从古至今奔腾不息。明代万历年间黄河决口,形成了浩浩荡荡的微山湖。微山湖流域涉及苏、鲁、豫、皖四省34个县(区),其水面面积1266

平方公里，主要在山东省微山县和江苏省沛县境内，其中沛县境内面积400平方公里，湖岸线长62公里，烟波浩渺，广阔无垠，使因水而名的沛，在水一方，依水而生。拥有水的澎湃磅礴，兼具水的温润旖旎。有苏北雄风，也有江南韵致。有人总结徐州市的重要特质是北雄南秀，我觉得用于小沛也恰如其分。

外地的朋友来沛县，以为苏北平原一小城，风格线条可能是生硬枯燥的，走走逛逛，却发现这里水脉纵横，繁花满城，一步一景，处处透露着因水的滋养而生出的柔美妩媚，更有水上的村庄街市，俨然江南风情。沛县沿湖七镇街，盛产优质稻米，种植面积50万亩。金秋时节，50万亩稻米给大地披上黄金的华服，风吹稻浪，十里飘香。微山湖物产丰富，日出斗金，白莲藕风味绝佳，大闸蟹品质上乘，乌鳢肉质细腻，麻鸭鲜嫩味美，鸭蛋腌制后蛋黄橘红，"老鳖靠河沿"是满满的老家味道，四鼻孔鲤鱼更是连乾隆皇帝都赞不绝口的美味佳肴……

2015年7月，沛县微山湖湖西水源地与吉林省靖宇县白浆泉水源地、浙江省千岛湖水源地、湖北省丹江口水源地和广东省万绿湖水源地一起，获评全国首批五大"中国好水"水源地。

沛县还是江苏省重要的煤炭产地，境内拥有160平方千米的煤田，已探明煤炭储量为24亿吨，年产原煤1200万吨，占江苏省煤炭总产量的40%。长期以来，沛县为国家提供了大量的优质矿产资源，然而，生态环境也因此受到严重影响，全县采煤沉陷区面积已达十万亩。如果修复保护跟不上，资源枯竭之后，将是满目疮痍。因此，近年来，沛县牢牢咬定"绿水青山就是金山银山"的发展理念，统筹资源利用与生态环境修复，对采煤沉陷地或复垦利用，或建设生态湿地，或发展光伏及相关产业，化腐朽为神奇，实现了煤城无尘，城在水中，城在林中。近年来，沛县相继获得"中国最佳生态旅游县""国家园林县城""长三角最佳旅游目的地"等多项荣誉称号。

三点水的沛，是苏北的鱼米之乡，生态宜居的绿色之都、滨湖之城。

二、许由洗耳处，巢父不饮牛

上善若水，水善利万物而不争。

智者乐山，仁者乐水。

水能载舟，亦能覆舟。

流水不腐，户枢不蠹。

金以刚折，水以柔成。

中国人的思想理念和哲学体系里，水的精神和意义有着无穷无尽的意蕴和魅力，它的至刚至柔，它的至善至美，它的涵养万物，它的摧枯拉朽，它的无所不容，它的纯粹空明……吸引着无数先贤大儒亲之近之。水脉纵横、水草丰美的小沛，自古以来就是仁者智者心向往之的桃花源和水云间，古往今来，众多古圣先贤循水而来，临水而居，留下旷世智慧和苍茫兴叹，留下文物古迹和情操风范，留下动人的故事和不老的传奇。

史载最早的沛地隐士是许由。许由大约生活在公元前23世纪唐尧时代，出生于阳城槐里（今河南省登封市箕山一带），为许姓始祖。传说许由曾先后做过尧、舜、禹三人的老师，因此，后人称他为"三代宗师"。西晋皇甫谧《高士传·许由》载，许由"为人据义履方，邪席不坐，邪膳不食。后隐于沛泽之中"。

许由为远离尘嚣，遂浪迹天涯，来到沛泽，见此地雨水充沛，林丰草茂，气候宜人，且民风淳朴，便在此地隐居下来，日出而作，日落而息，悠然自得，怡然忘怀。但是，尧帝仰慕他的德行，非得要把天下禅让给他，到沛泽来找他。结果，许由却"不受而逃去"，乃退而遁耕于中岳颍水之阳，箕山之下。

尧帝也是个很执着的人，求贤若渴，念念不忘，又追到箕山下，说，不让你当皇帝了，当个九州长如何？

可是，"由不欲闻之，洗耳于颍水滨"。许由志不在此，听了这样世俗的话语，竟然都要赶紧去清洗自己的耳朵。正遇到他的好友巢父牵着牛来饮水，看见许由洗耳朵，问其原因，对曰："尧欲召我为九州长，恶闻其声，是故洗耳。"巢父曰："子若处高岸深谷，人道不通，谁能见子？子故浮游，欲闻求其名誉，污吾犊口。"遂牵犊上流饮之。

许由的高洁已经是我等俗人望尘莫及的境界，这个巢父的言行，更是让人瞠目结舌。他说："许由你要是真的想隐居就去藏到高山深谷里，道路不通人迹罕至，那谁还能看见你找到你？你故意在外面招摇，造成了名声，现在惹出麻烦来了，完全是你自讨的，还洗什么耳朵！你洗耳朵应该到下游去洗，我下游饮牛，你上游洗耳，别弄脏这清溪玷污了我小牛的嘴！"说完牵着他的小牛犊到上游饮水去了。

这么直白、这么毫不客气、这么直击灵魂不留情面，如果放现在估计被说的人脸上要红一阵白一阵大汗淋漓。只能说许由交的这可是一个真朋友，肝胆相照坦诚相见，一言不合啪啪打脸。

许由洗耳处，巢父不饮牛。这段佳话成为先贤风骨气节的经典。

据说许由从此住在深山中，隐居终身，死后葬在箕山之巅，箕山因此也叫许由山。现在箕山上还有许由墓，山下有牵牛墟，颍水边有一孔泉叫犊泉，石头上还保留着小牛的蹄印，传说这就是从前巢父牵牛饮水的地方。

在写这篇文章的时候，我本来想要去箕山现场求证一下，山与泉等物属实否，尚在否，然而，却因故未成行。

沛地再次迎来一位大隐是公元前 500 年前后，道家始祖，老子。传说老子在沛泽隐居 10 年，参悟天地机缘。

关于老子隐于沛的记载，更多的是众多大师级别人物的拜访。

《庄子·天运》载：孔子行年五十有一，而不闻道，乃南之沛见老聃。

《庄子·杂篇》载：阳子南之沛，老聃西游于秦。邀于郊，至于梁而遇老子。

史书有载，老子隐于沛期间，前来求学问道的络绎不绝，孔子不止一次拜访请教。有一次，孔子见过老子回去后，整整三天沉默不语。子贡问其原因，孔子说：我见人有意于飞鸟，我就想法用弓箭射；见人有意于麋鹿，我就想用走狗去追；见人有意于水中的鱼，我就想法用钩钓或者用网捕。我的做法都有收获，至于龙，乘云气，游太清，我实在无法对它如何。现在我在沛地看见老子，简直活像一条龙，使我口张而不能言，舌出而不能缩，神错而不知所居呀！

阳子，就是战国初期哲学家杨朱，他去拜访的时候扑了个空，老子出门云游，杨朱一直找到梁城才见了面。可是，老子对他毫不客气，说：你仰头张目，傲慢跋扈，你还能跟谁相处？

杨朱听了满脸羞愧。当晚他住进了一家熟识的旅店，以往，他进旅店的时候，店里的男主人亲自给他安排座席，女主人亲自拿着毛巾、梳子伺候他盥洗，旅客们见到他都得让出座位，烤火的人见了都赶紧远离火边。这一次，因为聆听了老子的教诲，他对所有人的态度都改变了，等他离开旅店的时候，旅店的客人们已经跟他无拘无束地席地而坐了。

沛地问道，改变了杨朱的处世之道。

求学问道者络绎不绝，思想的交流与碰撞光华璀璨，当时的沛地俨然成了学术交流圣地，老子相当于开办了一个学术论坛。据多位研究者推测，老子的《道德经》就是隐居沛县时写成的，老子在沛不仅开展学术讨论，也著书立说，并言传身教，对沛地的影响，不仅仅是其后数百年间周边众多有影响力的杰出道家人物的出现，更是长久而深远的文化底蕴的奠定。

史书有记载的关于老子在人世间最后的去向，是骑着青牛，出了函谷关，一路向西，不知所终。道教传说，老子西出函谷关后，得道飞升，位列三清之一，是为太上老君。

传说终是传说，老子与青牛终是云烟渺茫无处寻，好在函谷关的守关官员尹喜竟是个文艺青年，传说他软磨硬缠，终于让老子提笔著述，留下了五千言的传世经典《道德经》。《道德经》被誉为万经之王，含有丰富的辩证思想。老子哲学与古希腊哲学一起构成了人类哲学的两个源头，老子也因其深邃的哲学思想而被尊为"中国哲学之父"。老子的思想被庄子所传承，并与儒家及后来的佛家思想一起构成了中国传统思想文化的内核。

"上善若水，水善利万物而不争"。这永恒不朽的伟大哲思，也许就是某个不经意的黄昏，老子悠然漫步于沛泽之滨，凝望浩浩荡荡的沛泽之水，油然而生的感慨。

现在沛县汉城公园里的老子隐居处，一尊石雕青牛依然在翘首以待，时刻准备着迎接大师归来，坐而论道，临水兴叹，组织举办一场群贤毕至石破天惊的学术论坛。

此后，孟子、墨子、杨子、荀子、韩非子等众多巨匠大师也先后往来沛地讲学交流，众多文化巨子的思想火花在这里汇聚碰撞，其华璀璨，辉映着历史的天空。

"汉初三杰"之一的张良，铁骨铮铮的大明遗民阎尔梅，在历经政治风云、人生沉浮之后，最后的归隐之地都是沛县。

天下已定，论功行赏时，刘邦让张良自择齐国三万户为食邑，居功至伟的张良却拒绝了，自请封于最初与刘邦相遇的留地（今沛县魏庙镇境内），刘邦同意了，封张良为留侯。狡兔死，走狗烹；飞鸟尽，良弓藏；敌国破，谋臣亡。彭越、韩信结局凄惨，张良却因自隐光芒而独得善终。张良的超人智慧，不仅表现在兵法战略上，更表现在人生的取舍扬弃上。张良和阎尔梅的一生都波澜起伏，极富传奇色彩，将另撰文书写，在这里不再赘述。

斯人已去，风骨长留。沛人的性情，深深地打上了这些古圣先贤的烙印，有风骨，重气节。坚守的准则宁折不弯，认准的道理百折不回。为人真诚直率，做事讲究义气。豪爽大气，有情有义。

沛县人评价一个人，尤其是沛县男人，最常用的尺度和最高标准都是两个关键词：讲究或者不讲究。在沛县人的词典里，这两个词具有多种内涵和意义，讲究，包含着人品人格方面所有高大上的意义；不讲究，则包含了人品人格方面所有令人不屑不齿不认可的意义。说一个沛县男人不讲究，这是对他的最大侮辱和否定。沛县人如果评价一个人说他不像个沛县人，那比骂他不是个人还要更严重。

上善若水。水的涵养万物慈悲为怀深深影响着沛县人的精神特质，从沛县人为人处事的超然、洒脱、慈悲、大度里，我们能够看到遥远的许由、老子、张良、阎尔梅等诸多圣贤的影子，他们早已身化云泥，和光同尘，他们踏过的河流却不舍昼夜，永恒不息，始终滋养着这方土地。

三、秦世失其鹿，丰沛发龙颜

1279年农历九月，爱国名将文天祥在被押解至大都（今北京）途中，经沛县，流连汉皇胜迹，追慕一代风流，感念国难家仇，感慨泣下，吟作《过沛怀古》《歌风台》诗两首。《过沛怀古》诗云：

> 秦世失其鹿，丰沛发龙颜。
> 王侯与将相，不出徐济间。
> 当时数公起，四海王气闲。
> 至今尚想见，虹光照人寰。
> 我来千载下，吊古泪如潸。
> 白云落荒草，隐隐芒砀山。
> 黄河天下雄，南去不复还。
> 乃知盈虚故，天道如循环。
> 卢王旧封地，今日设函关。

历史上咏沛诗文有很多，主题多激昂向上，唯文天祥有"吊古泪如潸"之句，饱含着空有报国之志而壮志难酬的悲愤凄凉之情。时势造英雄，英雄赖时势。英雄的横空出世，与时与运关系重大，一个两个的英雄，纵有经天纬地之才，也难以挽救气数已尽的南宋，犹如暴秦苛政，使天下苦秦已久，终致大厦将倾。

> 秦世失其鹿，丰沛发龙颜。
> 王侯与将相，不出徐济间。

飞龙在天，潜龙在渊。小沛大泽，迎来了一个惊天动地的英雄时代。

中国历史上持续时间最长的王朝——大汉王朝的开创者，布衣皇帝刘邦以及他带领培养的一众王侯将相们，从这里走上了历史的舞台。

《史记·高祖本纪》载："高祖，沛丰邑中阳里人，姓刘氏，字季……常有大度，不事家人生产作业。及壮，试为吏，为泗水亭长……好酒及色。"

刘邦起事前，是泗水亭长，古代县下设乡，乡下每十里设一亭，亭设亭长，是最基层的官吏，大约相当于如今的村干部。就算是在正史的描述里，小小泗水亭长刘邦也不是一个被种种辉煌光环笼罩的天之骄子，在以"不虚美，不隐恶"为修史宗旨的司马迁笔下，泗水亭长刘邦多有游手好闲、嬉皮放荡的村气野气，甚至可以说是痞气。而在他的振臂一呼之下云集响应的文武群臣，也多是乡野村夫，所谓贩夫走卒之类、引车卖浆之流。汉初三杰里的萧何算是有点公职的，为沛县狱吏，小到算不上什么职位。韩信性格放纵而不拘礼节，无经商谋生之道，难以糊口度日，乡里皆厌恶躲避，他的母亲死后，穷得连丧事都办不起。只有张良出身于贵族世家，但是，至张良时代已是国破家亡，张良是埋名隐姓，亡命天涯。刘邦忠贞不贰的心腹、开国功臣樊哙出身寒微，早年以屠狗为业，并且将自己的事业做得很地道，他的鼋汁狗肉至今还是沛县特色美食之首。起事之初就随刘邦征战南北后来又成为汉初平乱主将的周勃少时家贫，靠编织养蚕用的蚕箔为生，也常给办丧事的人家吹箫，总之为了养家糊口什么营生都可以尝试。以骁勇善战闻名全军的灌婴是一个以贩卖丝绸为生的小商人。战时冲锋陷阵屡建奇功、治时又无为而治安天下的曹参最初是狱吏萧何的副手……

以上一干人等，似乎只能与养家糊口等话题扯上干系，就算是再折腾，好像也只能成为杀富济贫的绿林好汉，但是，民怨鼎沸的秦末乱世，注定要有一道炫目的光华刺破历史沉闷的天空。秦始皇迤逦出行，威仪盖世，泗水亭长遥望生羡，仰天长太息曰："大丈夫当如此也！"史家的演绎是：他这声太息，竟让不可一世的秦始皇当场跌落马鞍！

氤氲龙气起于沛泽，风云激荡江山易手。传说，秦始皇曾遥见东南有天子气，并不惜兴师动众，东游以镇之。然而，朝歌夜弦、纸醉金迷的秦宫颓废气息，终于压不住江湖浪子、市井豪杰泗水亭长刘邦的慷慨英雄气。公元前212年，刘邦奉命押送一批刑徒从沛县前往骊山参加修筑始皇陵。但出发不久，自知到了骊山必定有去无回的刑徒们就纷纷逃跑，如此下去，到不了骊山，刑徒们就都会跑光，刘邦就是失职渎职大罪，也会免不了一死。横竖都是死，还不如一不做，二不休，索性成全大家，解放自己。于是，刘邦亲自将押送的刑徒全部解缚释放，随之揭竿而起，兵起芒砀，逐鹿中原，八年纵横，直取天下，历史由此改写，大汉四百年伟业由此开启。

这真正是一个令天下瞠目、举世惊骇的历史现象：一群出身草莽地位低下的英雄推翻了一个旧世界，并且成功地建设了一个新世界。史称"匹夫崛起而有天下者，自高祖始"。

出身平凡的英雄并不鲜见，但是，如此组织严密、团结协作、创业守业皆有大成的草莽英雄群体，在历史上写下的实在是一个浓墨重彩的惊叹号！这种空前绝后的辉煌，不可复制，无法模仿。1800多年后，同样出身草莽的农民起义军领袖李自成率大军冲破紫禁城，颠覆明室，然而，仅仅短短的42天时间，李自成便退出北京，大顺政权顷刻之间土崩瓦解，可谓其兴也勃焉，其亡也忽焉。李自成兵败是一个沉重的历史话题，史说纷纭，不是本文探讨的范畴。两相对比，它从另一个角度反衬出刘邦等草莽英雄的非同寻常。虽然刘邦的出身以及他身上存在的一些在一般人看来有损帝王威仪的言行举止，使他一直为一些挑剔的史家所诟病，但是，刘邦所奠定的四百年大汉王朝的辉煌，已经永远成为后人仰望品读的不朽篇章，或许，换一个角度说，他的些许不足，也可以解读为举大事者不拘小节的风度。

能为刘邦等草莽英雄盖棺定论的评价，大约应该首推毛泽东的评点，他说："项王非政治家，汉王则为一位高明的政治家。"

体味刘邦的政治家胸怀，沛人最常引以为据的是气势磅礴的《大风歌》：大风起兮云飞扬，威加海内兮归故乡，安得猛士兮守四方！

胸怀宇内，放眼四海，猛士之思，如饥如渴！这样的人不拥有天下，还有谁能拥有天下？刘邦的高明之处，最重要的就是体现在用人上，在这方面，他表现出一个天才政治家的胸襟和气魄：不拘一格，不计前嫌，知人善任，用人不疑。

刘邦集团里，除了狗屠樊哙、布贩灌婴、浪子韩信、吹鼓手周勃等人，还有车夫娄敬、强盗彭越等等。可以说是什么样的人都有。但是，在刘邦手下，他们都脱胎换骨，成了精兵强将，刘邦的杂牌军被他塑造成了攻无不克战无不胜的金牌军。刘邦的队伍里面，有很多人原来曾经是在项羽手下当差的，因为在项羽的部队里面待不下去跑过来投奔刘邦，刘邦敞开大门，不计前嫌，一视同仁表示欢迎。如韩信、陈平，尤其是陈平，细究起来，他几乎像是一个二三其德让人不敢相信的人，他原来是魏王手下的人，因不得重用投奔项王，又不得重用再投奔汉王，而刘邦竟然能够"大悦之"，并立即任命他做都尉。而且此后，任凭别人怎样说陈平的坏话，打小报告，刘邦还是坚持对陈平委以重任。为了让陈平成功实施反间计，刘邦拨款黄金四万斤给陈平，并且不问出入。二三其德的陈平硬是成了对汉王朝善始善终的不贰忠臣。从敌对阵营中投降过来的人他敢用，得罪过他的人，和他有矛盾的人，他也同样敢用。刘邦的用人之道，是真正的打破门槛、机会均等，五湖四海、唯才是举。

"运筹帷幄之中，决胜于千里之外，吾不如子房；镇国家，抚百姓，给馈饷，不绝粮道，吾不如萧何；连百万之军，战必胜，攻必取，吾不如韩信。此三者，皆人杰也，吾能用之，此吾所以取天下也"。这正是刘邦对用人与天下得失的总结。而刘邦的对手项羽在这方面却是一个彻底的失败者，力拔山兮气盖世的项羽，"身七十余战，所当者破，所击者服，未尝败北"，不可谓不勇，然而，也许我们基本上可以说，他更像是一个孤军奋战的英雄，勇有余而谋不足，比如，他"有一亚父范增而不能用"，又如，刘邦阵营里能够给他提供机密情报的曹无伤，被他轻易地就出卖了，虽然曹无伤是典型的小人，但这件事体现的更是项羽的胸无城府。无疑，项羽是一个人格伟岸的英雄，也是历史上仅有的几个纵然失败了还被后人虔诚歌颂和膜拜的英雄，但是，英雄和政治家是两码事，伟大的英雄不一定是成功的政治家，而决胜天下的大格局是一定要由政治家来把握的。所以，人格伟岸、豪气干霄的项羽，最终只能成为千百年来令无数文人墨客扼腕长叹的吟诵对象，成为公元前三世纪血色残照中最悲壮的背影！

其他姑且不论，在用人的胸襟和气魄上，刘邦已经占据了决胜天下的制高点，这种胸襟和气魄，就是刘邦点石成金的法术，它使一帮村夫草民成了驰骋天下的功臣战将，成了指点江山运筹帷幄的先锋旗手，默默无闻的小沛，也由此成为龙盘虎踞的英雄出处，成为驰名中外的"千古龙飞地、帝王将相乡"。

开国功臣王陵、周勃、灌婴，在汉初先后为相，三人的老家相继不足五华里，在现在的沛县安国镇境内。"五里三诸侯"佳话千古流传。

大汉王侯将相，有沛籍12王、23侯、5位丞相。

沛县人喜欢开玩笑说，大汉王朝开常委会，讲的都是沛县方言。

四、高台击筑忆英雄，马上归来句亦工

汉朝在文化上的建树和影响，前所未有，后来的唐、宋虽然出现文化繁荣发展的两个高峰，但是也未能超越汉朝。究其原因，这与汉朝时在疆域、政治体制、思想意识形态方面的大一统局面密不可分。

秦朝是中国历史上第一个实现了疆域大一统并形成了中央集权制度的王朝，然而，仅二世而亡，过于短命。汉朝基本上继承了秦时的全部领土，而且，通过张骞两次出使西域，收服诸国，卫青、霍去病北征匈奴，从而使西汉的疆域已达到其后中国版图的最大范畴。在政治体制上，汉承秦制，虽然形式上有不同，核心仍是强化中央集权制度。汉朝在思想统治方面的大一统，更是对中华文明史产生了重要而深远的影响，汉武帝采纳董仲舒"罢黜百家，独尊儒术"的主张，终结了文化上的战国局面，使儒学在中国文化中开始居于统治地位，并不断丰富发展，成为此后两千年间统治人民的正统思想。

一个在疆域、政治体制、思想意识形态方面都稳定统一而且统治长达四百年之久的王朝，在推动文化繁荣发展方面的成就和贡献是不可估量的。整个王朝存续期间，开创了多个史无前例的辉煌繁盛时期，文景之治、光武中兴等等，伴随着经济社会的繁荣发展，文化的活力空前迸发，并在多个领域走上传承创新的巅峰。

仅以乐府诗的成就为例。汉乐府，原指专门管理乐舞演唱教习的机构，正式成立于西汉汉武帝时期。它搜集整理的诗

歌，后世就叫"乐府诗"。乐府诗与唐诗、宋词、元曲、明清小说，共同构成了中国文学史上的几大里程碑式的成就，前无古人后无来者。

汉朝在中国文化史上的另一重大贡献，是对中国传统文化典籍的收集整理与编纂传承。中国文化典籍的繁盛，始于春秋战国，六经、诸子百家、史传诸书，皆源出于是，然而，项羽火烧咸阳，秦始皇焚书坑儒，两把火使先秦所传典籍灭绝殆尽。汉初天下安定之后，为抢救典籍，广开献书之路，许多民间私藏的古籍得以面世。至汉成帝时，集中进行了一次大规模的典籍整理，沛籍经学家、目录学家、文学家刘向受命参与校理宫廷藏书，校完书后写了一篇简明的内容提要，后汇编成《别录》，是中国第一部综合性的图书分类目录书。其子刘歆据此序录删繁就简，编成《七略》。东汉班固在此基础上，撰《汉书·艺文志》，是西汉之前典籍的集大成之作。

自 1996 年起，沛县开始举办刘邦文化节，两年一届，每届在 5 月 18 号举办开幕式，以发掘和传扬汉文化为主旨，兼顾群众性文化娱乐活动，把文化的阳春白雪和下里巴人融合在一起，目的在于实现文化的传承传播和普及普惠。

有人质疑说，刘邦就是个大老粗，没有文化，还搞什么刘邦文化节。诚然，刘邦可能连小学毕业证书也没有拿到，可是他返乡时即兴而作的《大风歌》被史家誉为乐府先声，其慷慨激昂、雄浑顿挫，真正让人领略到了什么叫帝王气象，这实在不是一般人能够从文采篇章方面超越的。

只有三句的诗历史上也找不到几首，而且古往今来也真没有人能补上第四句。曾有一届文化节，一位被邀请来参加开幕式的贵宾坐在主席台上，出语对刘邦大有不敬，尤其对这个只有三句的《大风歌》妄加批驳，并且自以为是地补上了第四句。沛县人皆愕然震惊，然而沛县人的淳朴性情又使所有人都保持了克制和礼貌。其实沛县人一直为家乡能出这样一个伟大的帝王而自豪，而且自觉不自觉地把刘邦神化了，非常崇拜，编了许多美化和神化刘邦的故事，真真假假虚虚实实，反正沛县人自己都相信。这体现了沛县人也有点虚荣，但又是一种很淳朴的虚荣，就像小户人家总想炫耀一下自己有几门富贵亲戚。小县城人就这么点浅薄之处，也不是什么了不得的事。

　　沛县人坚信高祖刘邦始终像神灵一样在护佑着这方土地，风调雨顺，安泰祥和。刘邦文化节自1996年开始举办，已历13届，除了官方、民办的各种文化娱乐活动，世界各地的刘氏宗亲还都要自发举办祭祖大典。因为人数众多，开幕式及祭祖典礼都是在户外广场，历届开幕式和祭祖典礼，都是天气晴好阳光普照。有时之前之后都是阴雨天气，却唯独当日意外放晴。更奇怪的是有一次开幕式当天，周边普降大雨，唯独沛城风和日丽。这当然全是巧合，但是沛县人对其赋予了感情色彩。这种色彩，有善意，无恶念，或许不必扼杀批判，可作为故事一听。

　　外地人来沛县，无论是就职、经商、求学还是旅游，都能感受到沛地的人和氛围，不排斥，不歧视，包容接纳，热情友好。其实这是长期的文化积淀所形成的氛围，非一时一事之功。刘邦文化节，也不是为了证明刘邦有没有文凭，刘邦文化的意义，是探讨由刘邦而衍生出的一系列文化现象。一个布衣百姓如何战胜一个庞大的帝国，一个一无所有的无产者如何拥有了天下，一个小小的县城如何走出那么多风云叱咤的王侯将相。这是政治，更是文化。

文脉深厚的沃土，历来滋养生发着英才俊杰、文史风华。

晋代"竹林七贤"之一刘伶，嗜酒不羁，被称为"醉侯"，好老庄之学，追求自由逍遥、无为而治。后世把刘伶尊为蔑视僵化的礼法教条、纵酒隐逸潇洒不羁的典型。沛人好酒之风，大抵应该与刘伶有些关联，毕竟以"醉"封侯，也是中国历史上独一无二的奇事，其影响之深远，当不止两千年。

此外，大明诤臣、诗文圣手张贞观，明末爱国诗人阎尔梅，清初训诂学家兼诗人吕俶，理想主义诗人王定勋，五教合一的学者黄元亨，泗上诗社的倡立者秦亚宾，民国诗人顾衍泽、张升三、李昭轩等等。都是中国文学史上成就卓著的杰出代表。

沛县境内历史古迹星罗棋布，歌风台、赤帝亭、琉璃井、吕布辕门射戟台、吕公墓、樊巷街、舞阳桥……一处古迹，一段故事，吸引着无数英雄豪杰、文人墨客，来此追古思今，感怀咏叹。

江南第一才子唐伯虎，明正德元年丙寅（1506）过沛，作《沛台实景图》《高祖斩蛇图》。

晚唐诗人李商隐，公元850年曾在徐州任节度判官，期间来到沛县，在泗水亭前、歌风台畔瞻仰凭吊，写下了《题高祖庙》：

乘运应须宅八荒，男儿安在恋池隍？

君王自起新丰后，项羽何曾在故乡？

1752年，清朝诗人袁枚途经沛县，登歌风台，临泗水亭，追思汉皇伟业，感念自家时乖命蹇，作《登歌风台》诗两首，其一云：

高台击筑忆英雄，马上归来句亦工。

一代君臣酣饮后，千年魂魄故乡中。

青天弓剑无留影，落日山河有大风。

百二十人飘散尽，满村牧笛是歌童。

英雄已去，歌台永留。沛县歌风台历经岁月风雨，沛人始终修缮保存完好，高祖刘邦一手按长剑，一手高举酒杯的伟岸雕像，说是沛县人的精神灯塔亦不为过。

五、横越江淮七百里，微山湖色慰征途

作为著称四海的汉文化发源地，沛县在文化艺术方面的特征鲜明突出，有文学之乡、诗词之乡、书画之乡、古筝之乡、唢呐之乡、沛筑之乡等众多美誉。当代沛籍文艺名家灿若星辰，享誉海内外。有发绣大师魏敬先，飞天第一人赵绪成，山水画大家程大利，东方猴王徐培晨，花鸟画家张立辰、踪岩夫、姜舟，书坛小篆第一人麻凡，水粉名家朱敦俭，新金陵画派贺成，人物画大家朱振庚、张正民等等。

历代沛县官绅贤达，致力于创建学宫、书院，兴办新式学堂。北宋时建于泗水东岸的庙学，一直存续至民国时期。明

万历年间建有泗滨书院、建中书院、仰圣书院、沽头精舍。民国时期，仍有歌风书院、湖陵书院等，培养了一大批近现代史上的知名人物。

沛县还是全国著名的武术之乡，1992年11月，由中国体育运动委员会正式命名"全国首批武术之乡"。

沛人尚武之风，由来已久，源头可追溯至远古。1977年，沛县栖山镇汉墓出土的汉画像石，有对枪舞剑、佩剑张弓及杂技、武术表演等场面，生动地再现了当时民间习武场景。

《沛县志》载："沛以勇武为俗。""自战乱以来，民喜佩剑以自卫，一旦与贼相遇，奋不顾身。"

在和平年代，沛人的英雄豪气化作奋勇争先、奋发进取的竞争精神。

近年来，先后有35位武术、体育竞技世界冠军从沛县走出，走向国际三大赛事的领奖台。今年2月份的北京冬奥会上，中国滑雪队老将齐广璞以129.00的高分，在自由式滑雪男子空中技巧决赛中夺得冠军。这是自韩晓鹏在2006年的都灵冬奥会上夺冠后，中国冬奥军团时隔16年又一次在这一项目上获得最高荣誉，也是沛籍运动员先后接力创造的奇迹。

武术和体育竞技，都不仅仅是体力体能的比拼，更是精神和意志的较量，在这两方面，沛县人都拼得起。而拼得起，是因为有大格局。胜败难期，每一个人的成功，都在无数次失败的基础上取得，输得起，才能赢得起。这是沛县能够成为世界冠军之乡的原因所在。

2022年4月8日，齐广璞在人民大会堂参加了北京冬奥会、冬残奥会总结表彰大会,并光荣登台领取"突出贡献个人"荣誉奖牌。在接受记者采访时,齐广璞说,他印象最深刻的就是习近平总书记提出的"胸怀大局、自信开放、迎难而上、追求卓越、共创未来"的北京冬奥精神。

这正是沛县人的精神写照。

胸怀大局、自信开放的沛县人,永远敢于迎难而上、追求卓越的沛县人,书写过辉煌的历史,更面向着更加美好的未来。

一起向未来!

项羽置了一个场，结果被樊哙搅了局，由此乾坤扭转，风云变幻，一边是乌江自刎，残阳如血，一边是灭秦剪楚，四百年大汉江山壮阔。

刘邦置了一个场，沛县满城父老万人空巷，陪着他喝了十几天。忍痛惜别出城后，父老乡亲们又全城总动员，追到城西边，高祖不得不又停下来，搭起帐篷，痛饮三天。酒至酣处，刘邦即兴一曲《大风歌》，前无古人后无来者，只有三句，已经传唱了两千二百多年。

置个场

沛县人请客吃饭不叫吃饭，叫置场。沛县人动不动就要置个场。

关于沛县人置的场，历史上最为风雷动天地惊的一次就是项羽给刘邦置的场，叫鸿门宴。

公元前206年，秦朝灭亡后，沛公刘邦先破秦入咸阳，兵十万，驻霸上。项羽兵四十万，在新丰鸿门。因曹无伤告密，项羽怀疑刘邦有异心，在鸿门设宴，暗藏杀机。这一个场，表面上觥筹交错谈笑风生，暗地里刀光剑影血雨腥风。最终，因上有项羽优柔寡断举棋不定，下有项伯顾念姻亲私谊袒护周旋，沛公绝处逢生逃出生天，项羽糊里糊涂坐失江山。

沛县人置的场，最情深义重慷慨激昂的一次是高祖刘邦给沛县父老乡亲置的场，在歌风台。公元前196年，刘邦平定淮南王英布叛乱，还归，过沛，留，置酒沛宫，悉召故人父老子弟纵酒，发沛中儿得百二十人，教之歌。喝到酒酣兴浓，高祖感慨万端，亲自击筑，赋诗一首："大风起兮云飞扬，威加海内兮归故乡，安得猛士兮守四方！"这横空出世标新立异的三句诗，王气纵横，辞采卓绝，看似平淡无奇却又不可超越，这就是帝王气象。

zhi，只是一个发音，沛县人谁也说不清这个 zhi 到底是哪个字。

有人说，zhi 应为治，治党治军，治家治国治天下，大禹治水，治病救人，文治武功，治国安民。一个治字，豪气干霄，博大精深，如此，沛县人治个场，直有高祖他老人家胸怀宇内骋目四海的气势。

我觉得依《史记·高祖本纪》所载，"置酒沛宫"，不妨把 zhi 理解为置，摆下宴席的意思。置，似乎更柔和平静一点，而"治"，似乎更加豪迈和霸气，光是这一个字，这饭局就显得风雷激荡胆战心惊，人均三斤半的架势都出来了。潜在的意思好像是说，不喝就治你，治到你喝吐为止。

接待外地宾客，餐桌上，沛县人最喜欢讲的第一个故事就是汉高祖刘邦。歌风台上，刘邦雕像塑造的就是他老人家一手按剑，一手举杯，相邀五湖四海，安得猛士兮守四方，是交心过命的兄弟咱就干了这一杯，不忠不信不义不可交，那就看剑！布衣出身、乡野豪侠作派的刘邦，是沛县人的骄傲，其豪放不羁、洒脱坦率的性情，也是沛县人高度认可尊崇并一直致力模仿的标杆。豪爽、坦率、肝胆侠义、敢做敢当、敢为天下先,这些特质,从2200多年前泗水亭亭长刘邦义释骊山囚徒,愤而斩蛇起义时起,就深深地烙印在了沛县这片土地上。面对囚徒逃亡,押解失败,刘邦对可怜的囚徒们说,亲们都散了吧,各自跑路吧,反正我也活不成了,这助纣为虐坑害乡亲的活计老子不干了,起义!结果就有那么一群侠义在胸的囚徒坚决不跑了,坚决追随刘邦起义,就像现在说置场就一定要到场的沛县人,捍卫的就是个义字。

高祖老人家的豪侠之气、忠义之风,千古绵延、代代相传,用在干事创业上,那就是让沛县人历来敢闯敢试敢为天下先,敢做标杆敢当排头兵,用在喝酒上,那就是沛县人喝酒从来不留量,想喝敢喝拼命喝,能喝八两绝不喝半斤,先喝倒自己再喝倒别人,喝不到宾主皆欢宠辱偕忘找不到家门认不得媳妇那就绝不是个爷们。

我从来不喝白酒,也基本拒绝一切酒场,却要来写沛县人喝酒的事,说实话有很大的难度,但是,生活在这样一个被酒香浸润了两千年的地方,耳闻目睹耳濡目染,酒桌上那点事,多少也了解个大概。

沛县人置个场的理由实在是太多了,没有什么事情是不需要吃饭的,也没有什么事情是一顿饭不能解决的,如果有,那就两顿。沛县男人每天发愁的只是那么多饭局怎么一一摆布摆平,要做到有约必践逢场必到,实在是太难了啊!所以一晚上赶两个场三个场都是寻常,赶四个场五个场也不稀罕,赶到最后一个场的时候,如果实在已经不胜酒力或者烂醉如泥,你就什么也不要说什么也不要做,直接到桌上,一屁股坐下趴倒就睡，大家也不见怪，反而齐声夸赞：讲究！沛县男人，要的就是这个讲究劲。

沛县人喝酒都是大杯，沛县的酒桌上基本没有小杯子，除非客人专门要求，用小杯子的男人会被集体嘲笑蔑视排斥加唾弃。这豪气，究其根源还是来自刘邦。想当年，县令的贵客吕公置场，宾朋满座，赴宴者非富即贵，不名一文的刘邦大摇大摆而来，高呼：贺钱一万。直接坐了上首主宾位，喝酒吃肉，旁若无人。而吕公竟然就能慧眼识人，认定刘邦必大富大贵，还当即就把一个如花似玉的闺女许给他了。此事说来实在是个奇迹。用沛县人的土话说，刘邦这是吃了一顿闯席，还赚了一个媳妇。

还有一个更豪爽的沛县男人，深刻地影响着沛县人在喝酒大气、豪爽的道路上越走越远、越陷越深。这个男人就是大汉开国元勋、刘邦的心腹猛将、大将军樊哙。这个一向勇武有余而智谋不足的大将军，在鸿门宴上却表现出了超乎寻常的智勇双全，以至于力拔山兮气盖世的西楚霸王在他面前都显得气概顿失。项庄舞剑，意在沛公，刘邦生死攸关的紧急时刻，他持盾撞倒守门卫士，闯入军帐，"披帷西向立，瞋目视项王，头发上指，目眦尽裂"。项王按剑而跽曰："客何为者？"张良曰："沛公之参乘樊哙者也。"项王曰："壮士，赐之卮酒。"哙拜谢，起，立而饮之。项王曰："赐之彘肩。"则与一生彘肩。樊哙覆其盾于地，加彘肩上，拔剑切而啖之。项王曰："壮士，能复饮乎？"樊哙曰："臣死且不避，卮酒安足辞！"这分明是沛县饮酒界豪爽大气风格的祖师爷。就这样，项羽置了一个场，结果被樊哙搅了局，由此乾坤扭转，风云变幻，一边是乌江自刎，残阳如血，一边是灭秦剪楚，四百年大汉江山壮阔。

贺钱一万！卮酒安足辞！

沛县男人骨子里的豪爽大约皆缘于此。喝酒用大杯，叫做弘扬汉魂。开场就要连喝三杯，叫做酒过三巡。容量大约三两的杯子，三杯酒下来大约就是一斤。可怜大多数沛县男人既不是刘邦，也不是樊哙，弘扬完汉魂，酒过了三巡，一般水平的，已经立马就不像个人。别人看他不像个人，他自己却觉得自己已经成了大爷，或者二大爷，能排在他前面的只有老天爷。酒壮英雄胆，那一刻，他觉得自己能打死一只猛虎，能勇闯鸿门宴，能啖一生彘肩，能上九天揽月，能下五洋捉鳖，还能调戏嫦娥，第二天，他其实啥也不知道啥也不记得。

沛县人出门在外，所到之地，无不衍生出一个又一个计划之外始料不及想都想不到的酒局。只要你想喝酒，同行的三个人里面准有一个人马上就能张罗，犹如撒豆成兵，吹毫变人，眨眼间就能给你置出一个不少于 10 人的酒场来。即使你不想喝酒，也逃不掉被"治"的命运。数人同行，所到之地，每个人都有不止一个亲朋故旧要来置场，老同学老同事老邻居老街坊。三五人同行的外出，无论到哪里，一个星期的时间绝对是不够用，十天半月绝对是不间断，许多要置没置成的场只能相约到下次，所以，沛县人在全国各地甚至全世界欠下了无数个待赶赴的场，许了今生许来世许下三生三世大约也赶赴不完。

老乡见老乡，两眼泪汪汪。沛县人外出置成的场，以叙旧话别谈乡思乡情为主题，整个过程就像是一部催泪言情片。

因为酒场是由座中某一个人或者某几个人召集聚在一起,所以座中有相识的也有不相识的,有一面之识的,有素昧平生的,有本来八竿子也打不着的,一时都执手相看,泪眼蒙眬,不是亲兄弟胜似亲兄弟。刚开始会有几个人说着带有浓厚沛县口音又掺杂当地口音的四不像的普通话,待弘扬完汉魂,酒过了三巡,便都变成了沛县话。粗朴凌厉的沛县话好像更有助于情感表达,只有说了沛县话大家才彻底放开了,由握手寒暄变成了勾肩搭背,由素昧平生变成了生死之交。

忽然没来由地想起鲁迅先生《范爱农》里的句子,金叵罗,颠倒淋漓噫,千杯未醉嗬……沛县人永远都还没有醉,还能再来个三巡。

关于沛县人酒局买单,也是个令人啼笑皆非的话题,无论谁置的场,最后买单的人都不确定,说不定中途有个人起身离席,大家都以为他去洗个手了,结果却是把账给结了。有时候这一桌人正吃着,另一桌人散场了,无意间碰到,打个招呼,等这一桌人结账的时候,前台告知已有人结过了。还有的时候,座中很多人进进出出,来来往往碰到很多熟人打招呼,吃完饭只发现账被结过了,连是谁给结的都不知道。有时候两个沛县人因为争着买单都能打起架来,没有抢到结账的一方只能不依不饶不甘心地说,那下次我来结,我置个场,今天在场的兄弟们一个不少都得到。无意间,这下一个场又置下了。

县内的场可以争着买单,但是,沛县人外出置的场,却必须由所在地的沛县人买单,没有任何争抢的余地。这是沛县人不成文的规矩,哪怕你有十个亿,而置场的人兜里只有一块钱，你也不能争，沛县人无论在哪里，无论混得有多不咋地，也不能老乡来了不管顿饭。所以从这个角度来说，沛县人可以不带一分钱全国旅行甚至环球周游，只要你走过的地方有沛县老乡在，就不愁没有人置场。

沛县人喝酒还包治百病，从头到脚的毛病都能治。头痛，喝点酒压压就好了；牙疼，喝点酒消消炎就好了；腿疼胳膊疼，喝点酒活活血就好了；拉肚子，喝点酒清洗一下肠胃就好了；昨天喝酒喝得吐了还在难受，今天再喝点喝透就好了……

沛县女人也有能喝的，据说有的女同志一个人能喝倒一桌，巾帼不让须眉，一骑横扫千军。虽然也不知道都是谁，但是足以证明，沛县女人飒起来也是豪气干霄实力惊人，唯有东方不败千杯不醉的经典形象可与之媲美。

沛县人就那么喜欢喝酒吗？喝多了不难受吗？这才真正是谁喝谁知道，谁多谁难受的事。沛县男人，好面子讲义气把脸面看得比生命还金贵，唯独在喝酒这件事上，基本上集体沦陷全体失节，都显得有点不要脸，喝多的时候把五脏六腑都能呕出来，那一刻，指天画地赌咒发誓，谁再喝谁就不是人，谁再喝谁就是个龟孙。结果，不出三天又喝多了，貌似骂得那都是别人，难受的那也都是别人。

沛县人劝酒，方式方法变幻无穷，但是有一个总的原则：必须自己先喝，喝倒，然后再让别人喝，大家一起喝倒。别人倒了自己不倒的都是不讲究，自己倒了别人不倒的那也是不讲究，说明不够热情，没有让客人喝到位。沛县人的热情那还真叫一个无法阻挡，以至于天南地北的朋友来沛县，各方面的感受都是如沐春风，唯独餐桌上的记忆那叫一个水深火热，喝倒一次还敢再来的，那对我们大沛县绝对都是真爱。那些喝倒一次还一而再再而三念念不忘总想来的，那绝对是爱上了沛县人的真性情。对酒当歌，人生几何。作为一个爷们，如果没有和沛县人喝过一次断了片的酒，貌似也应该算作另一种意义上的虚度此生。

沛县人喝酒，喝的那都不是酒，是感情。想当年高祖他老人家置酒沛宫，也是喝哭了的。

话说高祖即席吟诵《大风歌》之后，坐中少年120余人齐声唱和。"高祖乃起舞，慷慨伤怀，泣数行下。谓沛父兄曰：'游子悲故乡。吾虽都关中，万岁后吾魂魄犹乐思沛。且朕自沛公以诛暴逆，遂有天下，其以沛为朕汤沐邑，复其民，世世无有所与。'沛父兄诸母故人日乐饮极欢，道旧故为笑乐。十余日，高祖欲去，沛父兄固请留高祖。高祖曰：'吾人众多，父兄不能给。'乃去。沛中空县皆之邑西献。高祖复留止，张饮三日。沛父兄皆顿首曰：'沛幸得复，丰未复，唯陛下哀怜之。'高祖曰：'丰吾所生长，极不忘耳，吾特为其以雍齿故反我为魏。'沛父兄固请，乃并复丰，比沛"。

太史公著史，以求真为至高无上的准则，可以用生命来捍卫史实。这段笔法极简而内容丰富的描述，非常形象地刻画了高祖置酒沛宫、宴会父老的情形。

在沛县的十多天里，高祖每天就是和父老乡亲兄弟姐妹婶子大娘亲戚朋友痛饮欢宴，叙谈往事，一直喝了十多天。

酒至酣处，高祖举杯，即兴吟唱一曲《大风歌》，前无古人后无来者的独特体制，只有三句，却已经传唱了两千二百多年。怪不得高祖的爹爹刘太公当年骂他这个儿子刘三游手好闲不事生产，原来高祖除了有当皇帝的才华，也有写诗的手艺。荒了家里两亩地，被他的老爹爹骂了很多年，高祖还真是有点委屈。

一直喝了十多天之后，高祖怕父老乡亲们供应不起大队人马的食宿，忍痛惜别，父老乡亲们又全城总动员，追到城西边，高祖不得不又停下来，搭起帐篷，痛饮三天。

在这三天里，沛县人的肝胆侠义放射出了辉映千古感人肺腑的动人光辉。

喝到一定程度上，沛县父兄都叩头请求说，沛县有幸得以免除赋税徭役，丰邑却没有免除，希望陛下可怜他们。

高祖说，丰邑是我生长的地方，我最不能忘，但是当初雍齿背叛我而帮助魏王，丰邑人也跟着雍齿背叛我，我生气啊，所以才这样做。

沛父兄固请，乃并复丰，比沛。

沛县父老仍旧坚决请求，高祖才答应把丰邑的赋税徭役也免除掉，跟沛县一样。

《史记》载："高祖，沛丰邑中阳里人。"一说汉朝时沛郡下辖沛、丰两邑，当然，史实考证之事，历来众说纷纭各执一词，但是丰沛自古一家，刘邦丰生沛养，这是不争的事实。

刘邦历来用人不疑，待人恩厚，他打败秦军后，将丰邑交给雍齿驻守，雍齿却带着丰邑人投靠了魏国，因此刘邦心存芥蒂，就算当了皇帝还记着丰县人的这个仇。但是，沛县的父老乡亲觉得，丰沛自古地缘相近风俗相似血脉相连邻里相亲，自然有福同享有难同当，所以坚决恳求，刘邦也从善如流，免除了丰邑的赋税徭役。这个史实充分说明了沛县人的讲究义气，也从一个侧面佐证了沛县人能够连喝十几天而依然保持头脑清醒，不耽误正经事。高祖举杯，四海响应，猛士云集，风云际会，一饮尽千盅，豪情越千年。

千里万里我追随着你，最重要的事情并不是喝，而是一个重信守诺！酒非酒，酒只是一个载体，场非场，场是一方天地。它们，寄托着沛县人的英雄豪情、忠勇信义。

> 多情总被雨打风吹去。江山永远寂寞，历史从不多情。

刺　秦

中国历史上最著名的刺客故事，有荆轲刺秦、高渐离刺秦，还有张良刺秦。竟然都是刺秦。

作为一个横扫六合兼并宇内一举开创新纪元的帝王，秦始皇其实完全称得上雄才大略伟业千秋，但是，他在市井民间口口相传的历史里留下的更深刻的印记是暴虐凶残，以至于一般人只要想到秦朝，脑海弹幕里立刻条件反射般地弹出"暴秦苛政"。暴秦之暴苛政之苛，说来也确实惊世骇俗罄竹难书，所以，在秦始皇短短49年的人生中，尤其是建立大一统的秦帝国之后的11年里，想要刺杀秦始皇的人前仆后继络绎不绝，六国遗民旧部诛灭暴秦光复故国的仇恨火焰始终没有熄灭，星星之火，遍地闪烁明灭，致使秦始皇的大一统江山，坐得那可真叫一个时时刻刻心惊胆战如坐针毡。

中国历史上著名的刺客有很多，因为舍生取义、杀身成仁，是中华传统思想体系里倍受推崇的境界，为仁义赴死，为天下舍身，是古往今来仁人志士的至高追求。如果拉个刺客排行榜，榜单的前三，应该就是以上三位。秦始皇以一己之力，成就了气节浩荡永载史册的三个刺客。

天下苦秦久矣，皆盼其亡，然而，秦始皇想的却是长生不老，他也许是有史以来对长生不老的渴望最为热烈的帝王，对于他来说，人间实在太值得，恋恋舍不得。阿房宫三百里，纸醉金迷鼓乐笙歌，极尽人间繁华尘世享乐，一辈子哪里能够用呢，向天再借一万年仍意犹难尽，最好是长乐永生永无止境。所以，秦始皇终其一生都深陷于寻求长生不老之药的执念中，因而有方士徐福应运而生。据说徐福是鬼谷子的关门弟子，精通医学、天文、航海，他本来应该算是一个优秀的科学家，然而，为了秦始皇长生不老的梦想，徐福在旁门左道的路途上一路狂奔，直至一去不返。他数次受命带着童男童女等浩浩荡荡数千人的队伍及大量物资，奔赴云海仙山，寻找灵药仙丹，直到最后消失在那海天相接的地方。徐福生死不知踪迹成谜，他为秦始皇描画的蓬莱、方丈、瀛洲三座仙山，如梦似幻，只在诗仙李白洋洋洒洒的诗篇里千古流传。

海客谈瀛洲，烟涛微茫信难求……霓为衣兮风为马，云之君兮纷纷而来下。虎鼓瑟兮鸾回车，仙之人兮列如麻……

梦兮幻兮？今夕何夕。还是诗仙一语道破天机：世间行乐亦如此，古来万事东流水。

可以说，伴随秦始皇一生的有两个梦，一个是长生不老的美梦，一个是随时会被刺杀的噩梦。他有多想活，世人就有多想让他死。

风萧萧兮易水寒，壮士一去兮不复返。荆轲刺秦王，留下千古咏叹的悲壮诗句，然而事件本身的悲壮远不止于此。

公元前228年，秦将王翦破赵，虏赵王，继而北进到达燕国南部的边界。燕太子丹门客荆轲献计，拟以在燕国避难的秦国叛将樊於期的首级和燕国土地肥沃的督亢之地的地图进献秦王，以取得信任。太子丹不忍，荆轲只好私见樊於期，樊於期父母和同族的人都被杀死或没收入官为奴，秦国悬赏"金千斤、邑万家"购买樊於期的首级，他与秦王可谓是不共戴天之仇。听说荆轲需要他的首级以图大计，樊於期偏袒扼腕而进曰："此臣日夜切齿拊心也，乃今得闻教！"遂自刎。中国历史上忠义的、悲壮的、慷慨激昂的典故多了去了，可是，唯有这一个，是让人感慨唏嘘百味杂陈的，樊於期毫不犹豫地把生命献祭于忠义刚烈的精神祭坛之上，可是成功的希望却是如此渺茫。

公元前227年，荆轲易水壮别，慷慨悲歌，朋友高渐离击筑而和。这是永别的歌与和，悲莫悲兮生别离，乐莫乐兮新相知。光芒四射的人格，在这里熠熠生辉，将二十四史上下五千年照彻。生，亦我所欲也；义，亦我所欲也。二者不可得兼，舍生而取义者也。

秦王闻听荆轲要献上樊於期首级和督亢地图，大喜，穿上朝服，设九宾之礼，在咸阳宫接见。

图穷匕见，功败垂成。咸阳宫的大殿之上，一时惊心动魄风云激荡，如果刺杀成功，中国历史就会全盘改写。然而天尚不亡秦，百金购得剧毒淬之、触之无不立死的匕首，击秦王而不中，中柱。秦王复击轲，被八创。

荆轲刺秦王失败，秦王大为震怒，立即将燕国作为灭掉的目标。天子之怒，伏尸百万，流血千里。公元前226年，王翦大军一举攻破燕都蓟，燕王喜与太子丹逃亡辽东郡，代王嘉逃往上谷，秦军紧追不舍。代王嘉向燕王献计，说秦国攻燕，是因为太子丹，如果将太子丹的首级献给秦国，或可谋得休战，保住燕国不亡。此计甚蠢，秦国灭燕是虎狼之心，势在必行，即使没有太子丹刺秦，他也会找出一万个借口攻伐。狼要吃羊，难道还需要给出三个理由吗？然而穷极无措的燕王喜，明知此举愚昧，却依然采纳了代王嘉的建议，向秦国献上了太子丹的首级。结局当然是没有悬念的，太子丹的首级白献了，秦国的攻伐丝毫没有止步。至公元前222年，秦军消灭了燕国在辽东的残余势力，俘获燕王喜，燕国彻底灭亡。

因秦王通缉太子丹和荆轲的门客，易水河畔击筑为荆轲送行的高渐离，隐姓埋名于乡间，做一名酒保，后来因控制不住对音乐的喜爱，重又击筑为业，声名远扬，消息传到秦始皇那里。秦始皇怜惜他的才华，赦免了他的死罪，但是熏瞎了他的眼睛，让他进宫击筑。秦始皇低估了一个义士的节操志向，作为生死知己，也许在荆轲死去的同时，高渐离也已经死去，留在尘世的已只是一具躯壳。荆轲刺秦王，有对太子丹的承诺，有一个职业刺客的责任和使命。而高渐离刺秦王，勉强可以从国仇家恨的角度来理解，动力并不激烈和充分，他看起来更像是以知己好友荆轲的追求为追求，以荆轲的爱恨为爱恨。他在筑中灌上铅，在进宫击筑靠近时，举筑击向秦始皇，却没有击中。这对秦始皇大概是不小的震撼，他杀了高渐离，终身不再接近从前六国的人了。

张良是韩国贵族，祖父和父亲两代人先后为相，辅佐韩国五位君王，如无意外，张良毫无疑问也会子承父业，出将入相，光耀门楣。然而，随着强秦入侵国破家亡，张良瞬间从豪门世家沦落到亡命天涯。所以张良有痛彻肺腑的国仇家恨，反秦复韩成为他人生最重要的目标。

史载，韩国灭亡后，张良家有奴仆三百人，弟弟死了都不厚葬，而是用全部财产寻求勇士谋刺秦王。张良到东方拜见仓海君，共同制定谋杀行动计划。找到一个大力士，为他打制了一只重达 120 斤的大铁锤，然后差人打探秦始皇东巡行踪。

公元前 218 年，秦始皇东巡，张良指挥大力士埋伏在巡游的必经之地——博浪沙。按照君臣车辇规定，天子六驾，即秦始皇所乘车辇由六匹马拉车，其他大臣的由四匹马拉车，刺杀目标是六驾马车。然而，秦始皇因多次遇刺，早有防备，所有车辇全部是四驾，并时常换乘座驾。36 辆马车组成的车队浩浩荡荡，旌旗仪仗眼花缭乱，大小官员前呼后拥，分不清哪一辆是秦始皇的座驾，只看到车队最中间的那辆车最豪华。紧急忙乱之中，张良只能指挥大力士向该车击去，120 斤的大铁锤准确命中，然而被击毙的却并不是秦始皇。

秦始皇龙颜震怒，下令全国缉捕，贵族青年张良从此隐姓埋名，亡命天涯。博浪沙刺秦虽未成功，然而，张良一击成名，由此天下皆知，其祖、其父两代 87 年相韩的功勋名望也望尘莫及。如果是今天的互联网时代，一定会占据头条冲上热搜成为流量之王。

博浪沙刺秦失败之后，张良逃亡至下邳（今江苏省睢宁县古邳镇一带），后来在留县（今江苏省沛县魏庙镇、五段镇一带）遇到了大约相当于如今派出所所长出身的刘邦，彼时刘所长已在秦末乱世揭竿而起，被拥立为沛公，只是东一榔头西一锤，乱轰轰打来打去，乾坤未定，希望渺茫，天下大势尚未了然于胸。但是天将降大任于斯人也，必于冥冥之中，埋下各种伏笔，制造各种机缘遇合，刘邦与张良君臣留城一遇，成为改变历史的千古一遇。张良在下邳，因为以非凡心胸忍受一个陌生老头的百般刁难而得到天下奇书《太公兵法》，精读深研，颇得真谛，但是与人言及，很少有人能听懂，与只有小学文凭的刘邦谈及，刘邦却都能够轻松理解并可以举一反三。因此张良非常吃惊，说："沛公殆天授。"

由得张良始，刘邦走上了开创大汉王朝的赶考之路，虽然必有曲曲折折，但终究是大道通天。张良得遇沛公，也因此超越了他的祖父和父亲，成为天下第一谋圣。

张良在辅佐刘邦成就千秋大业的过程中，留下了很多经典的韬略计谋范例，让人叹为观止，但是他最初的成名之举，却是一个以武力为主题的事件，120斤的大铁锤也真是脑洞大开的存在，让人忍不住要笑出声来。

秦始皇统一中国，其历史意义凡是上过初中的都能倒背如流，因为是必考题目，我记得我上初中的时候每次复习历史都要从秦始皇统一中国的意义开始，一二三四。撇开秦始皇的暴与苛，其一统大业算得上是伟大壮举，秦始皇也是千古一帝。而刺客们的壮烈忠义，也个个可歌可泣。所以，在历史和政治的天空下，很多事是没有是非对错的，不是像戏剧里演的那样，忠臣都是红脸，奸臣都是白脸。

我对这些刺客们的忠烈深怀敬意，但是我觉得他们刺秦没有成功并不是一件坏事，其实他们已经虽败犹荣，成与败都已经一样彪炳千秋了。但是秦始皇死了却会天下大乱，一个统一的国家的重新出现不知道又会经过多少年。秦始皇也是挺累的，灭六国成一统，累的不仅仅是征战的过程，更是管理的过程，想想都能累死。秦始皇也确实可以说是累死的，因为他建立了皇帝至高无上的权力，一切事项不论大小皆由皇帝处理，所以不定量没办法处理完，不完成当天的工作就不能休息。司马迁的《史记》是这样写的："天下之事无论大小皆决与上。上至衡石量书，日夜有呈，不中呈不得休息。"秦始皇的勤勉非同一般，绝不是在阿房宫里夜夜笙歌。乱世用重典，他的某些暴与苛，并非性情所致，而是事非得已，换了你你可能也得那么做。

电影《刺秦》，就表达了创作者对秦始皇的这种复杂情感。但是电影又太自作多情了，又杜撰了个赵女，成为秦始皇爱而不得的白月光，让他在江山和灵魂伴侣之间二选一，以展现他作为一个普通男人而不是帝王的一面。巩俐演得当然算是很好，但是如此一来又弄成了情感剧的调调，真的是败笔。政治是没有那么多愁善感的，如果如此戚戚复凄凄，秦始皇怎么可能赢得了这个天下。

多情总被雨打风吹去。江山永远寂寞，历史从不多情。

> 汉业存亡俯仰中,
> 留侯于此每从容。固陵
> 始义韩彭地,复道方图
> 雍齿封。

留侯故国今何在

  "谋圣"这两个字,百度是这样定义的:谋圣,指的是谋略出众和辅佐帝王成就伟业的谋士。中国古代被称为谋圣的有四个人,他们分别是:姜子牙、鬼谷子、张良、范蠡。

  泱泱滔滔,巍巍华夏,上下五千年,能称得上谋圣的有且只有这四人!是怎样让人仰之弥高望尘莫及的境界呢!除了谋圣,中国历史上还有其他各个领域的称得上"圣"的大师,并称为中国古代十四圣。在这里列举一下,也算是向十四圣一一致敬:文圣孔子、武圣关羽、史圣司马迁、诗圣杜甫、医圣张仲景、书圣王羲之、草圣张旭、画圣吴道子、茶圣陆羽、酒圣杜康、兵圣孙武、木圣张衡、药圣孙思邈,以上计13人,还有一位是谋圣张良。在四位谋圣里面,张良作为代表,列入十四圣,由此可见,四圣里面,张良综合素质考核可能是第一名。

小城市人的通病之一，是喜欢和伟大人物拉扯上关系，作为自己的荣耀，每有贵客嘉宾来访，沛县人自我介绍，第一句话必定是：沛县是汉高祖刘邦的故乡，接着必定要给你背诵"大风起兮云飞扬"。第二句话就是五里三诸侯，话说沛县的帝王将相，说到汉初三杰，必然说到张良。

张良不是沛籍，然而他与沛县的渊源实非等闲。他在留地（今沛县魏庙镇境内）与刘邦相遇，从此开启波澜壮阔纵横捭阖的一生，沛县算得上是他谋略人生的起点。功成名就天下归一之后，他又放弃齐国三万户食邑的丰厚封赏，选择回归微不足道的弹丸之地留地，自请封为留侯，在此收敛了他绚烂夺目其华灼灼的政治羽翼，铅华洗尽，隐入尘烟，度过了波澜不兴无声无息甚至世人皆不知其所终的余生。因此，沛县又是他谋略人生的终点。

这就是谋圣的"圣"之所在，可以指点江山主宰沉浮，也可以闲看流云江海泛舟。把握得了天下，也把握得了自己。其实有时候，天下之大，胜之易；一己之小，胜之难。把握天下容易，把握自己却很难。所以天下谋士多矣，然而圣者仅四。

以我浅显的见识，解读张良的谋与圣，深感智识与文采都很不够用，唯以向圣者致敬的诚意来弥补。既为谋圣，张良最为后世所推崇的当然是他的文韬武略盖世奇谋，他的很多谋略故事成为世人品读不尽的范例经典，为人所津津乐道：降宛取峣佐策入关，谏主安民斗智鸿门，明修栈道暗度陈仓，下邑奇谋画箸阻封，虚抚韩彭兵围垓下，劝都关中谏封雍齿，假托神道明哲保身。

这些故事如果一一讲来，大概能讲上一年，如果一一写来，能写一部洋洋大观的长篇，实际上已经有很多人写了，而且写得很精彩，所以故事本身我就不再浪费笔墨了，我想说的类似于读后感，就是透过这些故事，探讨一下这个举世无双的谋略家的精神世界，他的谋略令人叹为观止，他的节操修养和人生追求，则是高山仰止。除了谋略智慧，在他身上，集中体现着中国古代仁人志士的优秀品质，也可以说是君子之风。

一是侠。

结客少年场，意气何扬扬。雄心吞宇宙，侠骨耐风霜。

张良一生以谋略为主业，以谋略名扬天下并为历史铭记，然而，他在历史舞台上的出场方式却是武力的、侠客式的，这使他的形象和他的人生都更为立体。

战国末期，七国争雄，强秦崛起，欲"灭诸侯，成帝业，为天下一统"。韩国在七国中最为弱小，却地处至要，它扼制秦由函谷关东进的道路，秦要并灭六国，必须首先灭韩。所以秦韩两国连年战争不断，经过秦国的多次打击，韩国的疆域日渐缩小，沦为秦的藩属。公元前230年，秦军攻克韩都，俘虏韩王安，把所得韩地改建为颍川郡，彻底消灭了韩国。此后到公元前221年的10年间，秦国相继消灭韩、赵、魏、楚、燕、齐六国，建立了中国历史上第一个君主中央集权的国家，即秦朝。

大时代的风起云涌，是个人命运的惊涛骇浪。韩国贵公子张良的命运就因为秦韩两国的局势而彻底改写。张良的祖父和父亲两代人先后为相,87年间辅佐韩国五位君王。如无意外,张良毫无疑问也会子承父业,成为将相之才,光耀门楣。然而,随着强秦入侵国破家亡,张良瞬间从豪门贵族沦落为亡命之徒。张良大约出生于公元前250年,韩国灭亡时年方20岁,正是血气方刚的青年。谁的青年时代没有发生过几件热血奔涌的故事呢!国仇家恨在身的张良,更是演绎了一段轰轰烈烈永载史册的青春故事。史载,韩国灭亡后,张良家里有家僮三百人,弟弟死了都不厚葬,而是用全部财产寻求勇士谋刺秦王。他在淮河北岸有个朋友,号仓海君,仓海君帮他找到了一个大力士,打制了一只重达120斤的大铁锤,在博浪沙实施了刺杀秦始皇的行动,然而未遂。

公元前218年(秦始皇二十九年),秦始皇东巡,张良指挥大力士埋伏在巡游的必经之地——博浪沙(今河南原阳东南)。按照君臣车辇规定,天子六驾,即秦始皇所乘车辇由六匹马拉车,其他大臣四匹马拉车,刺杀目标是六驾马车。然而,秦始皇因多次遇刺,早有防备,所有车辇全部是四驾,并时常换乘座驾。36辆马车组成的车队浩浩荡荡,旌旗仪仗眼花缭乱,大小官员前呼后拥,分不清哪一辆是秦始皇的座驾,只看到车队最中间的那辆车最豪华。紧急忙乱之中,张良只能指挥大力士向该车击去,120斤的大铁锤准确命中,然而被击毙的却并不是秦始皇。

秦始皇龙颜震怒,"大索天下",良乃更名姓,亡匿下邳(今江苏省睢宁县古邳镇)。

博浪沙行刺虽未成功,然而,张良一击成名,由此天下皆知，其祖、其父两代87年相韩的功勋名望也望尘莫及。如果是今天的互联网时代，一定会占据头条冲上热搜成为流量之王。

张良在下邳留下了一个流传千古的佳话，圯上授书，也称圯桥进履。

在下邳，张良隐姓埋名前路迷茫，只能每天研读诗书，静待时机。有一天，他闲步到沂水圯桥头，遇到了一位不可思议的老头。这个老头走到张良身边时，故意把鞋踢落桥下，然后傲慢地对张良说："小子，下去给我捡鞋！"换你你去捡吗？张良也很愕然，以他的血气方刚，本来也"欲殴之"，但是，张良是一个侠客，有侠客之风，"为其老，强忍，下取履"。然而老头得寸进尺，又蛮横无理地说："给我穿上！"是可忍孰不可忍？然而张良还是忍，"因长跪履之"。

每读史，看到这类故事，都感慨万千，所谓非凡人物，都是能够忍受非凡屈辱的人物。忍常人所不能忍，忍无可忍依然能忍。比如韩信的胯下之辱，孙膑的装疯食粪，勾践的卧薪尝胆。圯桥的故事大家都耳熟能详，就不再细述。大致是这傲慢无礼的老头又与张良约于桥头凌晨相见，又因为张良迟到，反复刁难了三次，最后终于送给张良一本书，说："读此书则可为王者师，十年后天下大乱，你可用此书兴邦立国。"

据说这位老人就是传说中隐身岩穴的绝世高手黄石公，这本书则是传说中的伟著奇作《太公兵法》。

二是义。

秦二世元年（公元前209年）七月，陈胜、吴广在大泽乡揭竿而起，果然天下大乱，验证了黄石公之言不虚。陈胜死后，其部下将领秦嘉拥立楚国贵族景驹为楚假王，定都彭城（今江苏徐州）。

张良在下邳把一部《太公兵法》研读得滚瓜烂熟，满脑子都是智慧，才华横溢，奈何苦于无用武之地，值此时机，他也聚集了100多人，扯起了反秦的大旗，但身单势孤，难以立足，只好率众投奔景驹。同年，泗水亭长刘邦在沛县稀里糊涂被拥立为沛公，又得天助力，起兵不久便打败秦军，攻下丰邑。他让雍齿驻守，自己带领数千人向东攻打下邳。刘邦和张良就在这个时间节点上相遇了，相遇在留城。

历史上君臣际遇的佳话可谓多矣，如果讲两个，有周文王渭水河畔遇姜子牙，刘备三顾诸葛亮于茅庐，如果讲第三个，那必然是刘邦留城遇张良。

这一遇，火花迸射石破天惊，改写了天下格局。张良被刘邦的胸襟气度折服，刘邦对张良的学识见解由衷叹服。张良在研读《太公兵法》的过程中，深感其高深莫测，有所通亦有所不通，和别人谈论这部奇书，一般人都听不懂，但是和刘邦谈起这本书来，刘邦却都能够轻松理解并可以举一反三。因此张良非常吃惊，说："沛公殆天授。"并由此认定，刘邦必成大事，于是就打消了前去投靠景驹的念头，决定追随刘邦。

作为韩国子民，张良始终怀着故国之思复兴之梦。汉元年（公元前206年）正月，项羽自立为西楚霸王，定都彭城（今江苏徐州），他"计功割地"，分封了18位诸侯王。并违背楚怀王"谁先攻入关中，谁就做关中王"的约定，把刘邦分封到偏僻荒凉的巴蜀，称为汉王。而把实际的关中之地一分为三，封给了秦的三个降将，用以遏制刘邦北上。刘邦心中十分怨恨，想率兵攻击项羽，后经萧何、张良一再劝阻，这才决定暂且隐忍不发。

天下分封已定，张良向刘邦提出了回韩国再事韩王成。虽然他明知道韩王成在胸襟与前途方面都无法与刘邦相比，但是，作为韩国子民，他的选择正体现了他的忠诚和义气。刘邦赐给张良金百镒、珠二斗，而张良把金珠悉数转赠给项伯，让他再为汉王请求加封汉中地区。使刘邦得以建都南郑（今陕西南郑县东北），占据了秦岭以南巴、蜀、汉中三郡之地。

离开刘邦，忠于故国，是他的义；不重钱财，散尽千金，为主谋划，也是他的义。与雍齿的反复背叛、陈平的贪财有私等等相比，境界高下立现，此义可谓义薄云天。

不久，项羽在彭城杀死了软弱无能的韩王成，使张良相韩的幻梦彻底破灭。同年冬，张良逃出彭城，躲过楚军的追查，再次回到刘邦的身边，此后便始终追随，忠贞不贰，运筹帷幄，殚精竭虑，成为刘邦大业得成不可或缺的肱股之臣。

三是智。

"汉业存亡俯仰中，留侯于此每从容。固陵始议韩彭地，复道方图雍齿封。"这是王安石对张良的由衷赞叹。

刘邦出身布衣，起于草莽，身边集结的兄弟们皆是引车卖浆之流。樊哙是卖狗肉的，周勃是吹鼓手，就是喜忧事上吹喇叭的，灌婴是个小商贩，卖布的，王陵算是个土豪，萧何有点文化也有点官方身份，是县衙门里当差的。然而英雄不问出处，他们都是天赋异秉的人中龙凤，不过暂时流落民间，一旦有用武之地，皆是经天纬地之才。刘邦得张良，一方面，瞬间改变了其团队的人员结构，可以说是其帝王伟业生涯的重大事件，甚至说是决定性因素也不夸张。因为在其跌宕起伏的政治生涯中，很多次都是张良的谋略起了关键作用，尤其是在生死存亡的关键时刻，可以说是主沉浮于激流，挽狂澜于既倒。

刘邦自己也发自内心地感叹说："夫运筹策帷帐之中，决胜于千里之外，吾不如张良；镇国家，抚百姓，给馈饷，不绝粮道，吾不如萧何；连百万之军，战必胜，攻必取，吾不如韩信。此三者，皆人杰也，吾能用之，此吾所以取天下也。"

作为超级"智囊"，张良为刘邦夺取天下立下了不朽功勋。他运筹帷幄纵横捭阖的经典范例，每一件都堪称史诗级范例。桩桩件件，都关系着刘邦及其功业的生死存亡。可以说如果没有张良，就不会有刘邦的天下和大汉的江山。张良的见解之独到、思虑之深刻、谋划之周详，实在不是一般人所能达到的境界。在这里仅举两例。

一是斗智鸿门。刘邦和项羽约定谁先入咸阳，谁称王。结果刘邦抢先攻占咸阳，而且一时意乱情迷，曾在咸阳逗留不舍。项羽正有些恼怒，又有刘邦部下曹无伤告密，说沛公要在关中称王。项羽杀机顿起，大军攻破函谷关，进驻新丰、鸿门（今陕西临潼东北），要与刘邦决一死战。项羽的叔父项伯与张良曾有旧交，在项羽大军决定进攻刘邦的前夜，项伯悄悄骑马来到刘邦军中私见张良，把消息告诉了张良，并邀他一同潜逃。张良没有逃走，而是如实禀报沛公，并周详谋划，让沛公与项伯结为了儿女亲家，通过项伯代为通融，打消项羽的疑虑。项伯连夜驰回鸿门，百般疏通，使项羽的怒气消了大半。项伯嘱刘邦一定要亲赴鸿门，向项羽解释请罪，进一步打消疑虑，缓解局势。

鸿门宴上，项庄舞剑，意在沛公，数次欲刺向刘邦，项伯亦拔剑对舞，护卫着新结成的亲家。刘邦的妹夫樊哙更是拥盾闯入军门，直奔帐下，怒视项羽，头发竖起，又是大碗喝酒，又是大块吞食半生不熟的猪腿肉，并厉声陈述刘邦的劳苦功高和忠义，指斥项羽疑心太重，不能容人。见过各种大世面力拔山兮气盖世的霸王也被这一通操作给镇住了，一时目瞪口呆，不知如何是好，有点卡顿死机的感觉。写到这里，我忽然忍不住想笑，话说刘邦可真是有一大帮子好亲戚呀，关键时刻个个能够挺身而出两肋插刀，哈哈。

混乱之中，刘邦和张良借口上个洗手间，并招呼樊哙出帐，召开了一个三人小组紧急会议，当机立断，决定由樊哙保护刘邦赶快脱身，张良留下来应付局面。

张良回去继续周旋应付，估摸着刘邦已回到霸上军中，才辞谢道："沛公不胜桮杓，不能辞，谨使臣良奉白璧一双，再拜献大王足下；玉斗一双，再拜奉大将军足下。"项羽无奈，只好收下白璧，不了了之。范增气得把玉斗摔到地上，拔剑击得粉碎，愤怒地说："唉！他这小子不值得共谋大事！夺项王天下的人，一定是沛公，我们这些人必将成为他的阶下囚！"

结亲家是民间智慧，在中国历史上也一直作为重要的外交手段，用高大上的说法叫和亲。宴请中途不辞而别似乎在小节上有些失礼，然而大行不顾细谨，大礼不辞小让。刘邦但凡再返回项羽帐中三秒，都得成为项庄的剑下之鬼，历史就将要全盘改写。范增智慧超凡，然而，贵族出身的项羽，勇有余而智稍不足，从某种意义上说，是他的贵族出身使他的谋略之道偏于刚直，少了点狡黠。有时候，并不能简单地将谋略分为高尚和卑下，凡是谋略，都有些许不太正大光明的成分在里面，难分是非对错。胜者王侯败者寇，古来如此，但是在刘邦和项羽的对决里，却没有彻底的失败者，刘邦功业千秋，万世敬仰，而项羽也始终都是人们心目中的伟岸英雄，一个失败的英雄。李清照的一首《夏日绝句》，更是给项羽打了99分：生当作人杰，死亦为鬼雄。至今思项羽，不肯过江东。

扯远了，回归正题。在这次生死攸关的斗争中，张良以其大智大勇，既巧妙地帮助刘邦安全脱离虎口，又使项羽内部埋下了君臣相隙的祸根。

二是谏封雍齿。

汉六年正月，刘邦大封包括张良在内的20多位功臣，其余未被受封的人则议论纷纷，人心惶惶。

一天，刘邦在洛阳南宫，看见诸将三五成群地聚在一起窃窃私语，就询问张良他们在谈论什么事。张良故意危言耸听地说："他们在商议谋反！"刘邦大吃一惊，忙问："天下初定，他们何故又要谋反？"张良答道："您起自布衣百姓，是依靠这些人才争得了天下。现在您做了天子，可是受封的都是您平时喜爱的人，诛杀的都是平时您所仇怨的人。现在朝中正在统计战功，如果所有的人都分封，天下的土地毕竟有限。这些人怕您不能封赏他们，又怕您追究他们平常的过失，最后会被杀，因此聚在一起商量造反！"刘邦忙问："那该怎么办？"张良问道："您平时最恨的，且为群臣共知的人是谁？"刘邦答道："那就是雍齿了。"张良说："那您赶紧先封赏雍齿。群臣见雍齿都被封赏了，自然就会安心了。"于是，刘邦摆设酒席，欢宴群臣，并当场封雍齿为什方侯，还催促丞相、御史们赶快定功行封。群臣见状，皆大欢喜，纷纷议论道："像雍齿那样的人都能封侯，我们就更不用忧虑了。"

张良此举，不仅纠正了刘邦任人唯亲、徇私行赏的弊端，而且轻而易举地缓和了矛盾，避免了一场可能发生的动乱。他这种安一仇而坚众心的权术，也常常为后世政客们如法炮制。

雍齿曾数次背叛刘邦，将刘邦置于危局险地，甚至公然表达对刘邦的轻蔑，可谓二三其德，不忠不义不臣。刘邦也是个豪爽大度的人，不降罪于甚至不杀雍齿已经是很仁德了，还要重加封赏，一般人真做不到。然而，刘邦从谏如流，欣然采纳张良的建议，立即封赏雍齿。这胸怀确实非比寻常，所以他才能成为帝王。伟大领袖毛泽东对刘邦给予了至高评价，称他是"封建皇帝里最厉害的一个"。

普天之下，莫非王土；率土之滨，莫非王臣。大汉的江山固若金汤，封一个雍齿又能如何？咏唱大风歌的帝王，求贤若渴，五湖四海，他的胸怀是星辰大海，比天空更辽阔。

四是勇。

匹夫见辱，拔剑而起，挺身而斗，此不足为勇也。

张良之勇，在他初出江湖的博浪沙刺秦王事件中已经展现出来了，那是少年意气，仅为浅表层次的勇。

沛公先入关中，秦王子婴出降，秦宫奢华，美女如云，没有见过大世面的刘邦一时迷失了方向，在秦宫乐不思返，将士懈怠，军心开始涣散。樊哙劝沛公撤离，沛公置若罔闻。这时候，张良率直进言："夫秦为无道，故沛公得至此。……今始入秦，即安其乐，此所谓助桀为虐。"当头棒喝，敲醒了沛公，沛公遂约法三章，还军灞上，避免了一次重大的政治危机。

在封建王朝里，帝王金口玉言，生杀予夺全在一念之间，犯颜直谏，从来都是风险巨大的行为。知其不可为而为之，虽千万人，吾往矣。其勇可嘉。

得天下后，与刘邦共患难的糟糠之妻吕后年龄大了，色衰爱弛，戚夫人年轻貌美，独得专宠，想让刘邦废掉太子刘盈，立自己的儿子赵王如意为太子，而且，相比而言，如意也更得刘邦的喜爱，太子之位岌岌可危。吕后深为忧虑，众臣无计可施，吕后求救于张良，请张良无论如何要为之谋划。张良说，天下有四个人，是皇上本人也不能让他们臣服的，他们因为皇上待人傲慢不拘，所以逃匿深山，坚决不做大汉的臣民。如果以尊贵之礼，敬事四人，请他们出山，陪伴辅佐太子，则太子的地位可保。于是吕后以锲而不舍的精神千方百计将四位高士请来做了太子的老师。四人常常跟随太子出入，须眉皓白，衣冠甚伟。刘邦见到，大为惊诧，询问其姓名，曰：东园公、用里先生、绮里季、夏黄公。这就是历史上著名的商山四皓。刘邦说："吾求公数岁，公辟逃我，今公何自从吾儿游乎？"四人皆曰："陛下轻士善骂，臣等义不受辱，故恐而亡匿。窃闻太子为人仁孝，恭敬爱士，天下莫不延颈欲为太子死者，故臣等来耳。"

"天下莫不延颈欲为太子死者"，这分量实在是太重了！

刘邦喟然长叹，命戚夫人起舞，自己凄然而歌："鸿鹄高飞，一举千里。羽翮已就，横绝四海。横绝四海，当可奈何！虽有矰缴，尚安所施！

《史记·卷五十五·留侯世家第二十五》载：竟不易太子者，留侯本招此四人之力也。

太子废立，乃天下大计，谋划此事，既需要智慧，也需要忠诚和勇气。自古以来，所有涉及皇位之争、权力之争的事件，均是愁云惨淡血雨腥风。张良本也想置身事外，但是于忠于义于理于情都不可，置身其中，则此勇非常勇，是将个人得失身家性命都抛之脑后的孤勇。成则千秋不朽，败则万劫不复。

然而，与他在人生抉择方面体现出来的勇气相比，以上种种，还算不上他人生乐章的最激昂之处。

汉六年（公元前201年）正月，刘邦封赏功臣，让张良自己从齐国选择三万户作为封邑。张良却说："当初我在下邳起事，与主上会合在留地，这是上天把我交给陛下。陛下采用我的计谋，幸而经常生效，我只愿受封留地就足够了，不敢承受三万户。"刘邦同意了，封张良为留侯，归于两人最初相遇的留地。

狡兔死，走狗烹；飞鸟尽，良弓藏；敌国破，谋臣亡。历览前朝，概莫能外。彭越、韩信等人的悲惨结局正是最鲜活的例证。选择，不仅是一种智慧，更是一种勇气，舍弃的勇气。

这才是天地间最大的勇气。

事实上，随着刘邦皇位的渐次稳固，张良已经渐渐抽身退出，从"帝者师"退居为"帝者宾"，遵循着可有可无、时进时止的处事原则。在汉初刘邦翦灭异姓王的残酷斗争中，张良极少参与谋划。在西汉王室的明争暗斗中，张良也恪守"疏不间亲"的遗训。晚年更是托辞多病，基本隐居留地，闭门不出。留侯张良，实际上已经是一个地地道道的隐士。胸藏天地谋略，参透万世凉薄，隐于茫茫微湖，观莲叶田田，鱼戏莲叶间。

传说张良晚年弃人间事，从仙人赤松子云游四海，不知所踪，他所到之处，今人皆引以为荣，以至于现在传说中的张良墓地在全国有十余处之多，沛县魏庙镇有，微山岛上也有。

留为春秋留邑，秦时建县，唐初，并入沛县。元代开通京杭大运河，留城处在南北漕运的转捩点上，人烟鼎盛，舳舻千里，一派繁荣景象。大明隆庆年间，因黄河泛滥，留城沉没于微山湖中。自张良初封留城，至今二千二百余年，沧海桑田，换了人间！

今天的魏庙镇境内，镇东数里之遥，有古留城遗址。镇北有村庄曾经名为子房村，后来改为现在的房村，据说便是刘邦和张良遇会之处。张良，字子房。因此，子房村的名称更改实为一大憾事。这一改，把村庄的历史文化给改没了。所幸近年来县镇皆把文化建设摆上至关重要的位置，充分保护发掘留侯故国的历史文化资源，兴建了留城古街，建设了留侯张良文化馆，用文化为新城镇铸魂，为乡村振兴提振精神，让文化成为留侯故国的鲜明特质，成为让人品味留恋的脉脉乡愁。

近临京杭大运河之襟怀浩荡，坐拥微山湖之烟波浩渺，人文厚重、风光优美的留侯故国，正在续写着新时代风云际会的情义传奇。

> 有时穿过村庄,有时走过荒野,有时有微弱的灯火相伴,更多时候的是星星点灯照着回家的路。

三代人的家园

没想到,离开沛中校园 30 多年后,我又收到了老师布置的作业,而且是历史老师布置的语文作业。

上周五一早,接到吴老师的电话,说:"沛县中学要举办百年校庆了,老师在负责组委会的一些工作,目前正在征集校友回忆录,你得写一篇啊。"吴修坤老师,高二高三教我们历史,也当了我们两年的班主任。

我说,这是老师布置的作业,我一定认真完成。

班级群里的信息我经常也会去看看,看到大家都在讨论征稿的事,我没有说话,犹如当年上课时很少举手,而且生怕被老师提问。可是李春晓给我打电话了,大老执还是当年的大老执,以班级事务为己任,热情无私,积极奉献。她说,老杨啊,你不写谁写,你是大作家,谁不写你也得写,你责无旁贷呀!

我说好吧好吧，我写。虽千万人，吾往矣。

但是6月底7月初，一年中承上启下的时段，工作与家事都有不少牵绊，竟然始终没有坐下来落笔，而且，好像总是有那么一点点阻隔，千言万语，不知从何说起，往事历历，不知该聚焦哪一段光影。吴老师的电话，打开了记忆的闸门，我首先感激与怀念的，是老师们。

一、恩师们

前段时间网络上流行过一个歧视底层奋斗者的名词，叫做"小镇做题家"，我觉得这个词用于那时的我们倒挺合适，那时的沛县中学面向全县招生，各乡镇从初中考进沛高中的也就是寥寥几人，能考上的都是佼佼者，是各乡镇名列前茅的尖子生。然而到了沛高中以后，尖子生大集合，仍然有好中差，无论你在小镇上曾经是多么出类拔萃的做题家，进了沛高中，都有可能只是个中等生甚至差生。班级里不明确排名，然而学号都是按成绩排的，我记得高一入学的时候我是30号，班里60多名同学，我在正中间。我其他各科成绩都一般化，只有语文，考进沛高中的时候是全县第一名，而且整个学生时代，考第二名的时候很少。所以我对自己的语文功课颇为自信甚至可以叫做自负，上课就不怎么专心听讲，基本上都是在课本下面放着课外书，古今中外的名著，读得如饥似渴，语文课几乎都被我上成了自主阅读课。其实学生们的小动作，在老师眼里都一目了然，就像人类的一切思想和动向都尽在上帝的洞察之中。但是因为我考试从来不会出问题，语文老师们都对我的自主阅读给予了宽容。

高一的语文老师是苗尊科老师，性格温和，在那时少年顽皮的我们看来，甚至有点懦弱可欺。他讲课讲到认为精彩的地方，经典动作就是眼望天花板，犹如望到了天花板之外的高远长空，无限神往，并发出啧啧赞叹之声。在他神游天外之际，同学们的各种精彩表演集中爆发，磕头打盹的，交头接耳的，嬉戏打闹的，一个个放飞了自我，教室里弥漫着不可控制难以名状的气息。回忆起来，那时候的我们远不如现在的孩子们学习压力大，少年天性还能够那么自由挥发。苗老师神游完毕，目光回到教室里，落到同学们身上，教室里才慢慢安静下来。由于惯性的原因，刚才的小动作刹不住车的，就被苗老师逮个正着，而他最大的惩罚也就是用语文课本在同学们头上敲两下："注意听讲了！"惩罚轻微无力，除此再无新意，所以同学们是根本不怕他的，给他起的外号叫猫老师。30年后，回忆起猫老师站在讲台上，笑眯眯地看着教室里狼烟四起的样子，才明白在他眼里，那时的我们，所有的顽劣都不过是可爱，那些十几岁的少年，和他的孩子们又有什么两样呢！他在我的作文本上，每次都不吝赞美地画上很多红色的波浪线，把我的作文推荐给全年级传阅，这对一个从乡镇考进县城最好的中学，但是成绩变得中不溜秋的学生来说，是极大的鼓励，我因此没有完全丧失自信，心中始终拥有光芒。

高二高三两年的语文老师都姓王，王良绍老师和王训田老师，高二第一学期的时候还有蔡可祥老师曾经临时教过我们两个月的语文,他们都曾在我的作文本上大段大段地圈画红色的波浪线,给我的作文打高分,每一位老师都视而不见地允许我在语文课本下面藏着课外书。但是我绝不建议任何家长和孩子读到这篇文章之后把不认真听课当作经验来学习,其实我的语文成绩完全得益于阅读,多年长期大量的阅读,看似没听课,但是功夫在课外。王训田老师非常幽默,他的标志性口头语就是把男孩子叫做大劳力,把女孩子叫做小大姐,是沛地方言土语。他经常出其不意地提问我,而我常常站起来不知道该回答什么,因为我根本就没有听课,他就说:"小大姐,你下次能考满分不?能考满分我就让你在课堂上看课外书。"其实现在我想起来非常后悔,王训田老师的语文课非常精彩,幽默与才华兼具,博学多识,以非常轻松愉快的方式传道授业解惑,整堂课教室里欢笑声不断,同学们都非常喜欢听他的课。我错过的应该说是百家讲坛级别的一场场精彩讲座啊!

除了语文可圈可点,我的其他各科成绩都乏善可陈,尤其是数理化,高中阶段它们简直就是我人生痛苦的根源。所以今年在短视频里看到有个女生高考完痛哭,说,我再也不用学数学了,再也不用学数学了!我感同身受心有戚戚,几乎想和她一起抱头痛哭一场。我在数理化课堂上总是吓得大气也不敢喘,生怕老师会提问我,而老师也不怎么关注我,他们关注的往往是前几名和最后几名。

吴修坤老师会关注到每一个学生,因为他是班主任,或者说他会时时刻刻紧盯着每一个学生。吴老师治班有方,给我们的印象是很严肃,唯有在历史课上,班级里最安静,我可能也只有在历史课上没有读过课外书。六七十个学生，正值青春叛逆期的少年，如果没有一个严厉的班主任来管教，估计会像花果山的群猴一样上蹿下跳升天入地，更不知会闹出多少意想不到的状况。作为班主任，吴老师经常会语重心长地教育学生，也经常会疾言厉色地批评教训，但是他很少批评女生，即使批评也会比批评男生温和许多。作为 30 号学生，我非常有自知之明，除了在课堂上偷偷读课外书，我没有其他任何违反校规校纪的行为，没有挨过吴老师的批评。

除了语文老师和班主任，别的老师可能都不怎么记得我吧，尤其是数理化老师，岁月渐远，已记不起太多细节，我只记得自己在数理化课堂上总是在默默地祈祷老师不要提问我，不要让我爬黑板。

2020 年，疫情期间有闲，我也学习新技能，开了一个公众号，发点文字，每有拙作，都有很多亲朋好友争相转发。有一天，高中的英语老师居敬奎老师联系到了我，给我打电话，说在别人朋友圈看到了我的文章，非常高兴激动，连声夸奖，说写得太好了，他已在朋友圈点赞转发。那种发自内心的高兴就像我当年英语考了满分一样。

居老师的电话让我感慨万千，这个世界上，除了父母，可能只有老师是不会对你羡慕嫉妒恨的人，是会为你的成功发自内心高兴的人。几十年来，时断时续地写点东西，这是我唯一的业余爱好，与人无争，与世无害，但是却在其中深切地感受到了人心的难测。每有一篇被关注传阅的文字问世，都能感受到真诚的赞美和祝福，也能感受到阴暗角落里暗暗涌动的污泥浊流。胡适说，人性最大的恶便是恨你有、笑你无、嫌你穷、怕你富。有时候真的怕了，不想再写了，所以这么多年来，有时一搁笔就是三五年，不敢再写了，有时又实在难以割舍，忍不住重新提笔。这个世界上永远不乏向月亮吐口水的人，而月亮只是在静静地发光而已。愿高天之上的星辉月华能够清洗人世间所有污浊的灵魂，愿此清辉长驻，愿此清光照彻，所有阴暗的角落。

　　滴水之恩，当涌泉相报。我始终感念这些老师们，也曾想着有机会都要去看望一下，然而，匆匆人间客，奔波红尘中，数年前，还没有来得及实现这么一个小小的心愿，就听说苗尊科老师已经仙去了。虽是多年未见，但是苗老师的音容笑貌犹在眼前，那种和蔼可亲，淳朴善良，让人怀念。听说他是退休后没多久就病故了，闻之实在痛心。人生有太多的意外，太多的来不及。一个人一生领受到天地人神的恩惠难以计数，能够偿还以及回报的只是极小的一部分，更多的只能是念念不忘，铭记在心。

　　无论离开学校多久，无论何时何地，我对所有的老师们，都始终以父母之礼尊之敬之。天地君亲师，礼敬不怠。一日为师，终身为父，谨记恭行。这也许是一个普普通通的30号学生，对母校、对所有恩师们最好的报答。

二、住在我上铺的姐妹

　　写下这个标题，打开的不仅是记忆的闸门，更是眼泪的河流。正阳路新校区的八人宿舍,淳朴年代的姐妹情、同学义,无一不触动着灵魂深处最美好的部分、最难忘的部分。那个时代的友情,无论从哪个角度看,都美好得闪闪发光。

八人宿舍,已经是当时全县中学里条件最好的,四张床,上下铺,各乡镇考上来的学生住校,县城的学生不住校。说起来,住校的和不住校的,是两个世界,乡下的孩子和城里的娃。在城乡差别日趋缩小的今天,县城和乡镇其实已经没有太大的区别了,可是 30 年前,区别还是很大的,当时没有考上高中的同学到县城的纱厂当个工人,都还是很阔气的事,因为成了城里人了。我有一个初中女同学,她没有考上高中,暑假里就到县纱厂上班了,周末再回家的时候,就变得比以前漂亮了,连举手投足都和以前不一样了,对此我一直感到惊奇,至今印象深刻。

住上八人宿舍,我们都兴高采烈,城里的同学也充满了向往,她们利用一切可以利用的机会,跑到宿舍里,享受大家在一起的热闹和快乐。我们从乡下带来的特产,她们要尝一尝,她们家里的稀罕水果,也要带到宿舍来和我们分享。有难解的题,在教室里好像永远都讨论不完,一定要带到宿舍里才能下结论。其实大家共同喜欢的是宿舍里那种自由欢乐的氛围,一天紧张的学习生活结束,只有回到宿舍里,才能放松下来,聊聊天,开开玩笑,吃点零食,一天的疲劳都驱散了。而城里的同学也喜欢蹭宿舍,是因为如果她们回到家里,就没有这种集体氛围,没有伙伴,只有作业和一个人的孤独。

我基本上都住在下铺,是因为高个子的同学照顾,小个子都住下铺，大个子都住上铺。爬上铺对小个子真的是一种挑战，对大个子来说就容易多了。这个方案是宿舍老大定的，我们在宿舍里按年龄排序，我排到老七。我们宿舍里也只安排了七个人，第八张床是空着的。老大是个大块头，性格开朗笑声响亮，最善于处理集体事务，杀伐果断气质不凡。老大叫李艳侠，后来在单位里她也做到相当于老大。所以有的人生来就适合做老大，老大是一种天赋异禀。

在沛高中的学习生活只有三年，却结识了很多具有老大气质的人，她们的品质里有宽广和辽阔，值得结交一生，赤诚相待。积极服务班级的大老执王静、李春晓、杨琳，乐于助人的郭苏凌、王会云，性格开朗的开心果王晓华、秦燕，做数学题总有 N 种解法的赵燕，心地善良的同桌封云……无法一一点名了，因为班里有六七十人，另外，男同学就不说了，免得我提到谁他们会误会我曾经暗恋他们。经征得全体女生同意，谨在这里给他们颁发一个"集体委屈奖"，因为当时所有的男同学都很绅士，从来没有欺负过女生，只有被女生欺负哭的，曾经有男生哭着鼻子到老师那里告女生的状。三十年弹指而过，再回首恍然如梦。光阴迫，从来急。每一个当年同窗的你，现在一切都好吗？快乐幸福吗？偶尔也会想起那少年纯真的沛中岁月吗？

那个时候的我们人不大心里鬼却不小，思想很老旧很封建，男女授受不亲，课桌上还要划三八线，凡事都分得一清二楚，打饭分餐都要分男生组女生组。但是也有一些美好的朦胧的感情，比友情多一点，比爱情少一点。历经岁月长河的洗礼之后，那样的感情有的淡淡而去消失在风里，也有的历久弥真开花结果成为美好的传奇。昨天我问李春晓能不能把他们的故事写出来，因为他们夫妻俩高中三年同窗后来终成眷属至今恩爱如初。她说可以写，但是那时候真的很纯洁。她说她和他一起看过一场电影，但是并没有相约，也没有坐在一起，只是事后才知道，两人曾经在同一时间同一地点看过同一场电影。那是多么美好的回忆，是郎骑竹马来、绕床弄青梅的浪漫，是执子之手、永如初见的坚贞，是高二八高三八六七十个人在两年的时光里结出的唯一爱情成果。犹如任何剧本都离不开感情戏的点缀，如果没有这一对，高二八高三八的历史将会是多么灰暗无趣。

一个班级六七十个男生女生，有一点点这样的感情花絮说来也完全正常，但是沛高中的生活，更多的是与浪漫毫不相干，只有苦读苦学的日日夜夜。记得教室里是晚上 10 点熄灯，很多同学会点起蜡烛，继续秉烛夜读，值班的老师一遍遍到各个班级里催促："放学了，放学了，回家了，休息了，别学了！别学了！"催上三五回，同学们才陆陆续续走完。回到宿舍里，洗漱完毕，大部分同学还要再恋恋不舍地看上几页书。宿舍里好像是 11 点熄灯，灯熄了，同样是有人会再点起蜡烛。住校的同学都来自农村，大多出身贫寒之家，而且那时候的农村，普遍还都不富裕，这深夜的微光，是改变命运的光，是通向美好未来的光，也许大多数人并没有把报效祖国之类的宏大志愿挂在口头上，但这原是题中之义。

理想我那时候也确曾是有的，上世纪 90 年代还是文学的黄金时代，我的宏愿就是做个伟大的作家，鲁迅是我的偶像。谁年轻的时候还没做过文学梦呢，可能百分之九十的人，都曾经是追梦的文学少年、文学青年吧。高一的一次晚自习课上，一个同学过来告诉我，外面有个同学找你。我走出去一看，是位高个子女生，文文静静的，她说，我读了你的作文非常佩服，想和你交个朋友聊聊天。我们就走到了操场上，聊功课，聊作文，聊读的书，文学少年嘛，当然不能只谈形而下的具体微观问题，我们也谈到了理想和人生，在操场上深沉地仰望过星空。后来，我们两个人发起成立了沛县中学新校区最早的文学社。我们成了至今肝胆相照的好朋友，虽不常见，时常想念，偶尔问候，彼此祝福。她的名字叫姜浩，性格里有江河湖海的浩荡之气，她的文字里则有星空的美丽和月亮的光辉。她比我写得好，可是后来她考的是金融学校，后来一直在金融系统工作。像绝大多数人一样，把文学梦深藏在心底，虽已远离，却终生都被她温暖和照亮。

宿舍里空了很长时间的第八张床，后来被转学来的一位同学住了，我不忍心再提起她的名字。她是小个子，但是没有下铺了，她住了唯一空着的上铺，在我的斜对面，我抬头就能看到她。她穿着很朴实，学习非常刻苦，我永远忘不了她坐在上铺的样子，啃着馒头看着书，总是在熄灯的最后一刻还在学习。听说她家里条件不太好，从小能吃苦，吃的用的都很节俭。她是一个广受欢迎的女生，性格好，学习好，淳朴善良，乐观开朗，几乎找不出缺点，男生女生都很喜欢她，愿意和她做朋友。可是，她已经走了好几年了。也许有的人来这世上一趟，只是来受苦的，尝遍了人间的苦，还没有得到命运的一颗糖，就走了。住在我上铺的姐妹啊，唯愿你在天堂里没有辛苦病痛吧！

就在我写这篇文章的时候，昨天晚上，班级群里又传来一个令人震惊悲痛的消息，又有一个同学永远地走了，车祸。一个性格温柔、爱笑的女同学。人生下半场，我们将不得不慢慢地习惯告别，所有的告别，我们都无能为力，无论多么留恋不舍，都终将告别。人生三万多天，倏忽如白驹之过隙，我们唯一能做到的，就是拥有的时候好好珍惜。

三、三代人的家园

作为中共沛县第一届县委诞生地，沛县中学的历史闪耀着动人的革命光芒。新生街、正阳路、歌风路、汤沐路和千秋大道，见证着她的逐梦之旅。一百年征途辉煌，从这里走出无数革命志士、英雄人物、杰出人才；一百年春风化雨，从这里走走一代代平凡劳动者、普通建设者。而我们一家三代人，都曾在沛中求学，与沛中结下不解之缘，对沛中有着深厚的情感，也接力亲历了沛中的发展变迁。

我的老父亲于1954年考入沛县初级中学，当时学校位于晓明楼旧址，就是现在的沛县初级中学所在地。初一年级共有九个班级，每班大约50人左右。女生很少，还不到50人，单独分在一个班，其他八个班都是男生。第二年，因有几十名学生参军参干走了，班级合并为八个。当时还没有设高中班，初中就是当时沛县的最高学历。

父亲说龙固公社可能考上了三名学生，除了他，还有他的表弟付道忠，另外一个他不记得是谁了。当时从龙固公社的家里到学校有五十多里路，每周要步行往返一两次，回家背上够吃一周的干粮。冬天是每周一次，夏天是每周两次，因为夏天干粮放久了会发馊变质，所以中间每周三还要再往返一次。放学后就启程，出城的时候天就渐渐开始黑下来，从原来的老郝寨公社下村路，一直往西北，通往龙固公社的家。一路都是乡村小道，坑坑洼洼，晴天尘土飞扬，阴雨天泥泞难行。有时穿过村庄，有时走过荒野，有时有微弱的灯火相伴，更多的是星星点灯照着回家的路，阴雨天则是天地间漆黑一片。快走加小跑，深夜12点之前能走到家，吃点东西喝点水，稍事休息，背上干粮，又立刻返回，黎明前五六点钟回到学校，晚不了上早操。

有一次回家，走到原来安国公社境内的二郎庙，我不知道原来的二郎庙是现在安国镇的何处何地，只能原原本本地写下父亲回忆中的这个二郎庙。经过二郎庙的一片大漫洼，大漫洼里有一片柏树林，柏树林是先人们的长眠之地，坟头林立，让人不寒而栗。此时夜色已深，忽然霹雳闪电，狂风暴雨，闪电过处，父亲看到前方路旁有两个黑影，站在墓地边上，微微晃动，像鬼影。父亲很害怕，远远地停下不敢往前走了，但是黑影一直在那里晃动，没有挪动地方。父亲想，这个世界上到底有没有鬼？这两团黑影到底是不是鬼？无论怎么样，他也不能一直在那里等着了，他还得赶路，上半夜得赶回家里，拿了干粮，后半夜得再赶回学校。于是，一个被赶路上学的强烈愿望推动着的少年，英勇无畏地向着那两团鬼影走去，走到跟前，猛地一脚踢过去，发现是两株约一人高的柏树，在风雨里晃动起伏。父亲说，经过那个晚上之后，他再也不相信世上有鬼了。所谓鬼魂，不过是人们自己灵魂阴影的投射，所以俗话说疑心生暗鬼。不做亏心事，不怕鬼敲门。

父亲当年背着去上学的干粮，细白面几乎是没有的，都是粗粮，或者野菜，勉强能捏成一个个的小饼子，干燥耐贮存。学校里有食堂，但是食堂所能做的，仅仅是在大锅里放上笼屉，给学生们加热干粮，以班级为单位分锅或者分层，每个同学把自己的干粮做好记号，以便加热好以后能够再找到自己的。学校会经常提供一些汤水，基本都是放了些菜叶和油盐的咸汤，有时候也会炒些青菜，吃得最多的是莲藕，可能是微山湖盛产莲藕的原因吧。父亲说，同学们背的干粮也不是很充足，经常把莲藕当主食来吃。莲藕性寒，不宜过多食用，但是又别无选择。校长为此忧心忡忡，想尽了办法给学生们改善伙食。

当时学校的位置是在城西关，没有宿舍，住宿的地方是在十多里路外的东关。每天一早一晚，同学们都要风尘仆仆跑上十多里路。想想父亲这是得跑多少路啊，每天上学放学的路，每周往返家与校的路，都是用双脚一步步丈量。人生真的是没有不能走的路，没有不能吃的苦。由于父亲一贯节俭，舍不得吃舍不得穿，我小时候还嘲笑他，可是如果我们也经历过那样的艰苦岁月，就会理解他们那一代人的理念和习惯。那么节俭的父亲，一分钱恨不得掰成两半花的父亲，出差的时候却总是会记得给我买衣物，漂亮的红皮鞋、材质优良的卫衣、新颖时尚的外套，都是小镇上根本见不到的东西，也是我童年时代最美好的记忆。而这样的待遇，哥哥们都很少有。清贫年代，四个哥哥的衣服，总是接力传递，从大哥穿到四哥，正像丰子恺先生的一幅漫画所表现的：新老大旧老二破老三补老四。四哥就从来没穿过新衣服。五个孩子的大家庭，父亲的工资微薄，母亲在家里辛苦劳作，一家人能够吃饱穿暖就已经很不容易，显然不可能让每个孩子都衣着光鲜，父亲能做到的只能是给最小的孩子也是唯一的女儿一点偏爱。父爱无言，却深沉如山。

年代已久远，父亲只记得宿舍是在一个大院子里，下面是砖墙上面是土墙的平房，有的是两间有的是三间，每两三间房里都要塞下二三十个孩子。床铺是用旧式的两条腿的长条木凳一条条纵向间隔排开，上面再横向铺上长条木板，纵横交叉，就是床铺了，每个孩子的床铺范围大概是一米多宽两米左右长。砖缝里土墙缝里，长条凳木床板里，到处都是臭虫，密密麻麻到处乱爬，咬到人奇痒无比，每天几乎都被咬得难以入睡。没有杀虫药，除臭虫的办法就是每周在院子里支起大锅，煮床板，每煮一次，用笊篱捞出的臭虫能有几公斤，听起来都让人头皮发麻。这样的情节，如果不是父亲亲自给我讲述，实在是难以置信的。

晚自习是每人一盏煤油灯，为了省油，学校对晚自习的时间也进行控制，不允许上到太晚。一灯如豆，严寒酷暑，没有空调，没有暖气，夏天蚊虫叮咬，冬天酷寒袭人，同学们却如饥似渴孜孜以求，艰难困苦，磨砺和成就着那一代沛中人的钢铁意志龙马精神。

这就是 70 年前，那一代人的求学路，其艰辛程度，是现在丰衣足食甚至锦衣玉食的孩子们无法想象的。关于过去岁月的苦难，父亲从来没有提起过。为了完成这篇作业，我让父亲给我讲讲他的沛中生活，他才一点点回忆起来。艰难困苦，玉汝于成。五千年文明绵延不绝，自有其根源血脉，中华民族的坚韧不拔，炎黄子孙的吃苦耐劳，永远深不可测，仰之弥高。

父亲特别提及，那时候学校里就有美术兴趣小组，课余时间，有老师专门辅导。可见当时沛中的教育理念是多么科学和开放，那时候就很重视学生的素质教育、全面发展。父亲自小喜欢画画，最初接受的正式美术教育，就是学校美术兴趣小组的辅导，这成为他后来工作中非常实用的技能，再加上父亲文笔也很好，能写会画，成为父亲工作的起点和基础。

最后，父亲提起了一个商店，说是在当时沛城中心，繁华地段，钟鼓楼前的青石路上，三间砖瓦平房。那时候砖瓦房就是很奢华的存在了，何况里面又摆满了各种商品，许多东西是他们从来没有见到过的。那是父亲少年时见过的最震撼的人间繁华了，琳琅满目的商品，在那个缺吃少穿的年代，实在是太奢华了，所以深深地刻在了脑海里。

1986 年，沛县中学正阳路新校区开工建设，1990 年 9 月，我们成为第一批到新校区上课的高中一年级学生，同时还有高三年级也搬到新校区上课，高二年级则在沛中路校区。1991 年 9 月，沛县中学高中、初中分设。正阳路新校区为江苏省沛县中学，沛中路为初中部，恢复沛县初级中学校名。

当年我们入驻的时候，正阳路新校区方圆数里一片荒芜。

我从龙固坐客车，坐到老汽车站，出了汽车站，再打个三轮车，一路颠簸辗转曲折才到达学校。不知道为什么，坐在三轮车上，心头曾经忽然涌上《木兰辞》：旦辞爷娘去，暮宿黄河边。旦辞黄河去，暮至黑山头。

比起父亲的徒步五六十里路去上学，我的条件已经是很好了，也不用再背上一周的干粮，食堂里的饭菜已经算是很丰富了。学校的门卫一家人还兼做冷面生意，尤其是寒风刺骨的冬天，下了晚自习，同学们相约着去吃一碗热气腾腾的冷面，那大约就是幸福的模样了。多年以后，同学们聚会聊天，一致怀念难忘的，还是沛中门卫处的那碗冷面。那时候的冬天很冷，那时候的快乐也很简单。

两年前，我的女儿又迈进了沛县初级中学的大门，校园所在地，还是她的外公当年上学时的晓明楼旧址。虽然学校现在高中、初中分设，但是两校前世今生一脉相承，历经分分合合，你中有我，我中有你，早已不分你我。当年的正阳路沛高中，近年又历经两次搬迁，如今位于千秋路的新沛高中，规模宏大，红砖碧瓦，是美丽的学府，更是城市的景观。也许，一个城市，如果建得最漂亮的是学校，才会有未来。

比起当年我的辗转换乘，女儿的待遇已经又上了一个台阶，上学放学都是我车接车送。为了让她吃上更营养可口的饭菜，我经常风驰电掣地奔忙，做饭送饭，送到校门口，她吃完就要立即返回教室，投入紧张的学习。比起我们这一代人，她们的学习状态确实是更紧张了，连吃饭的时间都不宽裕，她们也很不容易。

一代人有一代人的长征，一代人有一代人的使命。每一代人都应该有不同的磨炼和担当，生活的苦、学习的苦，都要去经历和承受，在经历和承受中成长，在成长中发光，照亮自己，也为百年沛中，增添一份光芒。

2022年11月28日，历经一年多时间的辛勤劳动之后，在县委县政府的大力支持下，在各方齐心协力努力下，成功赢得了"中国文学之乡"的称号，是淮海经济区首家、全国第15家"中国文学之乡"，也使沛县在早已拥有"中国武术之乡"称号的基础上实现了文武双全。按照中国作协对文学之乡建设的工作要求，我们开始着手建设沛县文学艺术馆。在选择场地的时候，我考虑到这样一个全面展示沛地从古至今文史脉络和人文风华的场馆，是最好的教育阵地，应该放在学校，而我的心愿，是放在母校沛县中学，作为世代沐其恩泽的学子对她的回报，同时也作为我献给百年校庆的贺礼。燕海军校长对此热烈欢迎并给予了极大的支持，立即调整布局腾出场地，使文艺馆迅速建成并投入使用。

萤火之光，汇入洪流，则其华璀璨。预祝百年校庆盛典，能够汇集海内外学子、英才俊杰之力，助力教书育人百年大计，推动沛县教育更上层楼，再谱时代新曲。

这是我为《大泽小沛——沛县作家作品精选》写的前言，我觉得这部散文、小说、诗歌三卷本的编辑出版，是我所做的一件非常有意义的事，值得纪念，所以，把这个前言作为一篇文章收入这本书里了。

大风新唱谱华章

沛县，因古有沛泽而得名。

大泽汤汤，襟怀浩荡，滋养孕育着代代赓续的文史风华。作为高祖故里、大汉之源，沛县文脉悠远、兼容并蓄，是荆楚文化、齐鲁文化、中原文化、吴越文化的集聚交汇之地。从古至今，众多巨匠大师在沛地或隐居或游历，或讲学交流，或探讨争鸣，他们的思想火花在这里汇聚碰撞，其华璀璨。沛籍文艺名家如星辰灿烂，影响深远。西汉刘向、刘歆父子，晋代"竹林七贤"之一刘伶，大明诤臣、诗文圣手张贞观，明末爱国诗人阎尔梅，民国诗人顾衍泽、张升三、李昭轩等。当代有诗、书俱佳的大师冯亦吾，发绣大师魏敬先，飞天第一人赵绪成，山水画家程大利，东方猴王徐培晨，花鸟画家张立辰、踪岩夫、姜舟等。他们在文化艺术方面的影响，绝不限于沛县，也不限于江苏，而是在国内外都有深远影响，他们的光芒永恒地闪耀在中华文明的浩瀚星空。

2022年11月28日，沛县光荣获评"中国文学之乡"，成为淮海经济区首家、全国第15家获此殊荣的县（市、区）。沛县作为早在30年前就被首批命名的全国武术之乡，如今再获"中国文学之乡"的金字招牌，实现了文武双全，这是沛县文化史上具有里程碑意义的重大事件。

硕果累累的2022年，沛县文学事业的收获还不止于此，12月，再传喜报，沛县作家协会被江苏省作家协会评选为基层文学工作先进单位，全省仅4家县（市、区）获此奖项；2022年度，沛县文联连续第五年被徐州市文联评为年度工作先进单位；被县委县政府评定为全县机关单位服务高质量发展工作第一等次，在全县2022年度高质量发展总结表彰大会上受到表彰。

习总书记说，文艺是时代前进的号角，最能代表一个时代的风貌，最能引领一个时代的风气。"中国文学之乡"荣誉的获得，体现着在沛县经济社会发展大局中，文艺工作的积极作为，全县文艺工作者精诚团结，奋发进取，做出了文艺贡献，展现了文艺担当。

上善若水，水善利万物而不争。谦卑宁静，才能积聚登高致远的精神和力量。

近年来，沛县文联坚持围绕中心，服务大局，以"文艺+"形式为总抓手，以沛县文艺志愿服务中心为主阵地，长期组织开展"大风文艺"公益讲堂、文艺家走基层"三进三送""乡村振兴、文艺家先行""文明创建、我在现场""三老一小"关爱行动等丰富多彩的主题活动。全体文艺家积极响应，争当先锋，感国运之变化、立时代之潮头、发时代之先声，为亿万人民、为伟大祖国鼓与呼，创作出了鲜活生动、深接地气的优秀作品。尤其是老中青结合的一大批作家，以群体创作的突出成果，成就了沛县文学事业的高峰，也为徐州市文学创作的汉风华章奉献了最精彩的篇章。

作为一个县城，沛县拥有中国作家协会会员 17 名、江苏省作家协会会员 82 名、中国煤矿作家协会会员 12 名、中国报告文学学会会员 2 名、中华诗词学会会员 13 名、中国散文学会会员 26 名。这个数字是比较惊人的，在县级层面绝无仅有，成为广受关注的现象级佳话。沛县县委县政府更在徐州市首家设立"歌风文艺奖"，鼓励扶持文艺创作，极大地激发了沛县文艺家的创作热情，推动了沛县文艺工作的进一步繁荣发展。近年来，文联各协会会员作品发表、出版、获奖呈现井喷式状态。2020 年 8 月，时任江苏省作协主席的范小青来沛调研并为沛县基层作者授课，感受到沛县文学创作的浓厚氛围，提笔写下评价与希望：沛县文学事业发展总体水平居苏北前列，全省有名，全国有影响，打造了全省瞩目的苏北文学"沛县高地"，形成了徐州领先的文学创作"沛县现象"。2022 年 8 月，"中国文学之乡"考察组一行来沛，对沛县文学事业的历史和现状予以充分肯定，中国作协副主席徐贵祥殷切寄语：要让沛县文学扎根沃土，拥抱蓝天，长成参天大树！

《大泽小沛——沛县作家作品精选》散文、小说、诗歌三卷本即将付梓，汇集了150位作家的精选作品近300篇，这是沛县作家勤奋创作的心血结晶，更是沛县作为"中国文学之乡"文学创作实力的集中体现。

文以载道，在当代社会，这个"道"主要就是指社会主义核心价值观。如果没有共同的核心价值观，一个民族、一个国家就会魂无定所、行无依归。《大泽小沛——沛县作家作品精选》三卷作品，来自人民，源于生活，反映了经济社会的方方面面，有大时代的沧桑变化、小人物的喜怒哀乐、经济社会的纷纭万象，普通百姓的酸甜苦辣，构成了纷繁多姿、色彩斑斓的时代和人生画卷。这些作品，有筋骨、有道德、有温度，能够引导人们提升思想认识、文化修养、审美水准、道德水平，激励人们永葆积极向上的乐观心态和进取精神，体现着沛县作家的层次境界，体现着沛县文学以文化人、成风化俗的责任担当。

《大泽小沛——沛县作家作品精选》这一精神财富的集成，是总结回顾，也是崭新的起点，必将推动沛县文学事业更上层楼，行稳致远！

一个时代有一个时代的文艺，一个时代有一个时代的精神。任何一个时代的文艺，只有同国家和民族紧紧维系、休戚与共，才能发出振聋发聩的声音。2023年，是全面贯彻落实党的二十大精神的开局之年，文学事业既充满新机遇，又面临新挑战，责任重大，使命光荣。路虽远，行则将至；事虽难，做则必成。近年来，在中央和省市委的坚强领导下，沛县坚决扛起"挑大梁、担重任"的重要使命，敢为善为，奋发有为，经济社会高质量发展成果丰硕，中国式现代化沛县新实践活力迸发，为文艺创作提供了取之不尽用之不竭的源泉。大风起处，春潮激荡。站在新的起点上，文联、作协将进一步发挥党和政府联系广大文艺工作者的桥梁纽带作用，全力做好引领、服务、沟通，把文艺战线的力量发动起来，组织引领广大文艺家和文艺工作者，增强服务大局、服务人民的思想自觉和行动自觉，紧紧把握时代脉搏，承担时代使命，聆听时代声音，回答时代课题，用手中笔墨深情描绘沛县干群奋勇争先的时代精神、敢为善为务实落实的崭新风貌，以优秀文学作品砥砺复兴之志，凝聚奋进之力，在这片《大风歌》千古传唱的土地上，同党和人民一道，写好中国故事新的沛县篇章！

《大泽小沛——沛县作家作品精选》征集工作得到全体作家积极响应，县内外作家朋友们积极提供各方线索，不仅征集到了600余篇500万字的作品，更是对沛县作家信息的一次很好的收集整理，填补了之前作家信息不尽全面的空白，为家乡找到了很多久未联系的作家，也让这些作家朋友们找到了故乡的家。所以选集编辑的收获，远远大于选集本身。选集还收录了一些虽不是沛县人，但是与沛县有一定渊源交集的作家作品，这些作家朋友们，虽然已经离开沛县，但是长期关心关注沛县的文学事业发展，参与沛县的文学活动，对沛县的人、事、物有着深厚的感情，很多年来一直眷恋在心，念念不忘，他们为自己的作品能够入选沛县作家文集而深感荣幸。我觉得，这也是沛县的荣幸。一座城市，如果能够让人长久地怀念和凝望，说明她是有着内在的深沉的精神力量。大泽浩荡，海纳百川。有他们的加入,选集变得更加丰富和厚重;海内存知己,天涯若比邻。有他们的加入,选集变得更加温暖和深情。一卷在握,犹如面朝大海春暖花开。

因篇幅所限等原因,编委会对征集到的作品有一定筛选取舍,同时,征集过程中虽然做了大量宣传告知工作,仍然不能保证没有遗漏和缺憾,遗珠之憾,只能留待我们在沛县文学事业更加美好的未来去弥补。

具体的编辑工作中,有两点情况需要说明一下,一是尽可能体现广泛性。沛县作家不仅队伍壮观,而且很多作家具有多方面的才华,在创作体裁方面,既能写散文,又能写诗歌、小说,这样的作家有一大批,但是篇幅所限,为了尽可能让更多的作家入选,体现广泛性,精选的原则是:三卷作品,每一位作家都不重复入选,只选其最擅长的、创作成就最突出的一种体裁。所以很多作家的创作成果没有全面体现,但是更体现了"精选"的精神和意义。二是尽可能保护积极性。选集汇集了大量质量上乘的佳作,但是也保留了为数不少的尚显稚嫩甚至水平一般的作品,因为在沛县这个地域范围内,能够写出较高水平作品的作家毕竟是少数,大多数作者,只能说是文学爱好者。文学清贫,文字寂寞,在各种浮躁心态和功利意识干扰影响日益严重的当下,还有这么一些人,坚守着文学的理想和追求,这本身已经是很难能可贵的事情,无论他们写得怎么样,他们都是文学之路上的朝圣者、文字宫殿里的守望者。保护好他们的这份热情,是文联、作协的职责和使命。愿他们懂得,愿他们永远保留这份初心,用文学烛照生命,而他们的生命必定因此与众不同。

　　半年多的时间里，编辑同志们做了大量艰苦细致的工作，许多热心的朋友也以各种形式为选集的出版做出了很多贡献，在此一并致敬致谢！值《大泽小沛——沛县作家作品精选》出版之际，谨向全县广大文艺工作者和作家朋友们致以诚挚的问候和美好的祝愿，祝愿大家身体健康，家庭幸福，工作顺利，创作丰收！祝愿沛县文艺事业繁荣兴盛，祝愿沛县文学之树繁茂长青！

穆如春风

滑滑梯的诗人
后宫女汉子
还乡
两个小人物
穆如春风

其人如玉,穆如春风。

穆如春风

8月18日,在秋后加一伏的酷热天气里,这是我再一次被一位公众人物的言行细节感动。

江苏省作家协会主席范小青来沛做文学讲座,沛县有一位患有"渐冻症"的青年诗人,出于对范主席的仰慕,费尽周折坐在轮椅上来听课。讲座结束后,文化志愿者推着他来见范主席一面,他希望能和范主席合个影,为了能和轮椅上的诗人保持同一高度,范主席屈膝而立,站在诗人左后侧,温和可亲地微笑着。

1955年出生的范小青主席已经65岁了,气质温和纯净,有一种和年龄无关的美丽和高雅,书香浸润,不同流俗,所谓书卷气,应该就是范主席这样了。

身为中国文坛大名鼎鼎的江苏文学领军人物,她的言行举止，无一处不体现着低调、随和，全无骄矜豪横之气，让人舒适放松，不给人任何压力。

谈到如何在繁忙的工作之余挤出写作时间，范主席说，要把人际关系简单化，因为人际关系太复杂了，你就是把所有的时间都花在这上面都不够用，要以简单对复杂，简化人生，留给创作。谈到颈椎和腰椎问题，我们感慨写东西的人长年久坐都会有这两个毛病，范主席风趣地说，出来混总是要还的，谁让你长年累月坐着写！说完自己先笑了，俨如邻家大姐，朴实亲切。

其人如玉，穆如春风。

我已经不止一次被这样的人感动，并且一直有想写点什么东西的愿望，却总是在忙忙碌碌中落空。

2018年6月28日，江苏省中国画学会会长高云来沛县出席书画展并举办讲座。小城实在是小，当时也算是常用于高规格接待的宾馆正在局部装修改造，空调制冷效果不佳，天气炎热，整个宾馆及房间都热气扑面，同行的人也有抱怨的，说空调太差了，房间太热。第二天一早，高云会长见到我却说，空调挺好的，昨天晚上我出去散步的时候，拿走房卡，空调却不会关掉，会一直开着，所以回到房间会很凉快。

这几句话留给我的印象极其极深刻，这是搞艺术的人才会有的视角，在任何纷繁芜杂的事物中，都能够去芜存真发现美，犹如笔墨点染处，展现的皆是美好事物的核心。心地上无风涛，随在皆青山绿树，性天中有化育，触处见鱼跃鸢飞。

虽行程匆忙，高云会长的学识修养，却已体现大概，只言片语，处处闪烁着思想的光芒，让人叹服。他说，除了食住行，其余的时间几乎都是在画画。一个人的注意力如果集中在对艺术的探求上，对物质生活的要求当然会变得极简单。静心净心，自在高处。高天上流云，那是我等仰望的高处。

2019年7月，给程大利老师做一个专访，是在一个画展的间隙，就地找了一间会议室。录视频的时候，一位服务员开门探头进来。我们本来想对服务员说，等采访完再来吧，因为采访中的打断是很麻烦的事。可是看到服务员，程大利老师马上停止讲话，很温和地问，你有什么事？服务员说，我来拿茶具。程大利老师说，来吧来吧，没事，你先拿。然后又对我们说，我们稍停吧，等她忙完再录。

这是人生教科书般的示范。高山仰止，景行行止。程大利老师笔下，山川巍峨，气象宏阔，江河奔腾，大气磅礴，原是其人格光芒的映射。德不具者艺难精，艺术上有大成就上的人，无不是品德修养上的楷模和典范。

今年5月18日，"东方猴王"徐培晨教授终于带着他的400余件书画作品、藏品回到家乡沛县，启动筹建第8个艺术馆。中国书画界盛赞他为"人民的艺术家"，近年来，他先后在安徽省马鞍山市、江苏省连云港花果山、常州溧阳市、徐州市博物馆、淮安市吴承恩故居、盐城市大丰水浒园，天津市滨海新区美术馆建立了7个艺术馆，共计捐赠自己的书画作品1000余件、藏品1000多件，包括多件价值连城的稀世珍品。家乡人求其墨宝，他从不吝惜，有求必应。走出家乡几十年了，回到乡亲们中间，他就像村头一个闲话家常的农夫，言谈举止，朴实无华，甚至大多数时候还是说着家乡的方言土语。

  2018年10月27日，大丰水浒园徐培晨艺术馆开幕，受主办方邀请，我代表沛县文艺界前去祝贺，开幕式上的一个细节，至今难忘。观展的时候，很多人簇拥着徐培晨老师求合影，一个年纪较大黑瘦矮小的妇女，在拥挤的人群中总是无法靠近，徐培晨老师转过身去，拉着她的手，把她拉到身边。那一刻，我终于明白了为什么徐培晨教授能够叫做"人民的艺术家"，这不仅仅是指他的作品来自人民，他的艺术回馈人民，更重要的是，他的心永远贴近人民，他永远不会忘记自己是沛县朱寨镇张柳庄村那个曾经衣食难以温饱的少年。这种朴实的情感，这种永不变质的品性，才是一个艺术家能够走上艺术巅峰的最坚实的根基、最深厚的沃土。

  写下这些文字，绝不是为了显摆，说到底我和这些前辈大师们，连交往都算不上，更提不着什么交情，我只是在人生的某个路口，偶遇这些散发着精神光芒的人，如朱光庭听老师程颢讲课，感受是：在春风中坐了一个月。

  如沐春风，如临秋水，感慨系之，感念久之。

> 二十四史写尽王侯将相更迭兴亡，石工安民只是一个群演，其光芒却不亚于任何一个主角。

两个小人物

司马光，字君实。北宋政治家、史学家、文学家。

光是光明磊落的光，字表其德，君子之德，为务实诚信、忠君爱国之德。

司马光鞠躬尽瘁、呕心沥血、成就卓越的一生，完美地注解了他的名和字。

司马光去世时，京师百姓罢市前往参加吊礼，变卖衣服以供祭奠，车子经过路巷，百姓没有不哀哭的，及至下葬时，哭者就像痛哭自己的亲人一样。岭南封州父老乡亲，也相率备办祭祀，都城中以及四方各地都绘其像以祀，吃饭时必须祝祷。

司马光谥号为文正，赐碑为"忠清粹德"。这是对他光辉一生的中肯评价，盖棺论定。然而，曾被太学生陈东称为"六贼之首"的蔡京当政后，却指鹿为马，颠倒黑白，炮制奸党名册,把司马光列为奸党之首,命令郡国都刻奸党碑,妄图以碑刻的形式把司马光钉在历史的耻辱柱上。

在历史的凄风苦雨惊涛骇浪之中,一个小人物出现了,如一道闪电,刺破愁云惨淡的天幕,发出炫目的光芒。二十四史因此写下了旁逸斜出意味深长的一笔。《宋史·司马光传》载:长安石工安民当镌字,辞曰:"民愚人,固不知立碑之意。但如司马相公者,海内称其正直,今谓之奸邪,民不忍刻也。"府官怒,欲加罪,泣曰:"被役不敢辞,乞免镌安民二字于石末,恐得罪于后世。"闻者愧之。

我是愚蠢之人,本不知道立碑的用意。只是像司马相公这样的人,世人都称赞他为人正直,现在说他奸邪,我不忍心刻字。

一个小人物的精神光芒,照亮了二十四史上下五千年,《资治通鉴》洋洋数百万言,我从来没有读完过,每展卷浏览,总是要先为前言末尾处提及的这个普通石匠的故事感慨万端。

富贵不能淫,贫贱不能移,威武不能屈。不仅仅是王侯将相士大夫的气节,英雄亦多在草莽,乡野村夫,不谙诗书,却深明春秋大义,他们用人性素朴的光辉,为历史写下最光明的注脚。

二十四史写尽王侯将相更迭兴亡,石工安民只是一个群演,其光芒却不亚于任何一个主角。

历史上还有一个小人物,在重大历史事件中跳将出来,后来也成了一个不大不小的人物,他也史册留名了,不过却是遗臭万年。

这个人叫罗汝楫,作为秦桧的爪牙,在制造岳飞冤狱时"表现出色",他利用言官的身份,多次上书构陷岳飞,弹劾岳飞为人不正、为臣不忠。同时,大力诬陷岳飞手下的将领,就连朝中为岳飞说话或者同情岳飞的官员也不放过,造谣说这些人和岳飞有勾结。岳飞冤死后,罗汝楫一路升迁,最高时做到了礼部尚书、龙图阁学士。

岳飞获得平反后,罗汝楫和秦桧夫妻、万俟卨、张俊等陷害岳飞的凶手跪像开始出现在各地岳王墓,接受世人唾骂。但是,很具有讽刺意味的是,到了清朝雍正年间,名臣李卫任浙江巡抚,重修西湖岳王庙,处理这些奸臣塑像时,李卫对罗汝楫极其不屑,说一个狗腿子也配在岳王庙里待着?命人把罗汝楫的塑像扔进西湖,秦桧等四人继续罚跪。于是罗汝楫竟连下跪赎罪和被人们唾骂的资格都没有了。

罗汝楫70岁病逝寿终,貌似并没有得到更大的恶报,不过据野史记载,罗汝楫虽然人品卑劣,他的儿子罗愿官却做得很不错,在担任鄂州知府时,也算是恩泽一方。但他心中始终有个结,就是不敢进岳王庙。因为父亲的关系,他感觉没脸见岳飞。后来,罗愿有了一定成绩,觉得自己毕竟是一个好官,就去岳王庙拜谒了岳飞,可是叩拜以后,就暴卒而亡。

近在自身,远及子孙。子孙虽已向善,亦未能抵消父辈的罪孽深重。

野史而已,真实与否,"莫须有",姑妄信之。

君子喻于义,小人喻于利。古往今来,人类的取舍趋避,无非义、利二字。君子于事必辩其是非,小人于事必计其利害。

两个小人物,为义与利作了最生动的注解。

恶有两种：一是无心无奈之恶，二是故意刻意之恶。

蜀地的狗，见到太阳都要狂吠。罗汝楫之流，原本连给岳飞下跪的资格都没有，却狂妄到肆无忌惮地构陷加害，终将一代名将千古忠烈置于死地，是为小人无知，狂徒无畏，不畏大人，不畏天命，在刻意为恶的道路上万劫不复，损人利己之事为之，损人不利己之事亦乐此不疲。

《宋史》评价司马光：诚心自然，天下敬信，陕、洛间皆化其德，有不善，曰："君实得无知之乎？"

权衡利害而有所趋避，原是人性的真实，然而，在选择之前，或可扪心自问：君实得无知之乎？也许，经此一问，做出的选择便是两重境界、不同生天。

> 怀揣着永恒的乡愁，我们，每一个人，不是还乡路上人，就是还乡梦中人……

还 乡

五一四天假，时间虽不长，对于平时工作生活总是很忙碌的我们来说，却也是宝贵而难得。怎么安排呢？

我说，回家吧。

先生马上说，对，回家。

我知道我所说的正是他盼望的答案，所以不用征求意见，也不用象征性地商量。

四十多岁的人了，有一双儿女，在县城有住房有所有的家当，有工作有生活，说回家，所指却是何处？

这是下意识的思想自然而然的流露，内心深处，潜意识里，我们的家，永远是父母所在的地方，父母在哪里，哪里就是家。

想起那句因深得世人共鸣而被广为转发引用的话：父母在，人生尚有来路，父母去，人生只剩归途。

想想，父母双亲健在，我们有家可回，这是多么幸福的事情啊！为此，我要第一万次感谢每一天的日出日落以及每一分每一寸有情的光阴。

记得小时候，本家的一位曾祖母，丈夫去世得早，她只有一个独生女，我称呼其为姑奶奶，她远嫁到了江西，那时候交通远没有现在这样方便，姑奶奶回趟娘家，真的是跋山涉水各种辗转艰辛，但是她每年都雷打不动地回来两三次，看望曾祖母。解决这个难题的方法也有，那就是曾祖母搬到江西女儿家里去住，但是在这个问题上，曾祖母相当固执，坚辞不去，姑奶奶只能年年跋山涉水来看望。这位曾祖母高寿，活了九十八九岁，实际上具体岁数她自己也说不清，我母亲说，算上闰年闰月，足足有一百多岁了。一百多岁，无疾而终，按照母亲的说法，这是几世的修行才能得来的福分。

这位曾祖母去世后，远嫁江西的姑奶奶在这里其实已经没有直系亲属了，因为老家杨姓是大家族，据我母亲说，这位曾祖母已经是很远的本家了，姑奶奶就更远了一层。曾祖母去后，我们都以为姑奶奶再也不用跋山涉水艰辛辗转回老家了，可是，令我们诧异的是，她还是每年都会回来，就住在我们家里，可以说是一个远房的侄子家里，把我们当成至亲的人。姑奶奶每次来，我母亲都极其热情地招待，把家务农事庄稼牲畜一概放下，把接待这位姑奶奶摆在头等重要的位置。每次走的时候，姑奶奶都要拉着母亲的手，伤感地抹泪，母亲也陪着，抹泪，这是我小时候的记忆里印象极其深刻的一幕场景。

母亲是个没有文化的农村妇女，以前我对这个句子可能不费思量，但是现在我说这样的句子就颇有些自我质疑，其实没上过学只能叫没有文凭，不能叫没有文化，大道之行，在天地，在万物，在尘泥，没有文凭不等于没有文化，譬如母亲对于接待这位姑奶奶的安排，她把家务农事庄稼牲畜一概放下，把接待这位姑奶奶摆在高于一切的位置，其实是对一个异乡人最体贴的安慰，包括她和姑奶奶一起抹泪，那也是一种高妙委婉容易让人接受的亲切表达，让姑奶奶的乡思乡情尽情释放，还乡之旅了无遗憾。母亲说："在江西，无论住多少年你姑奶奶还是个外乡人，能回来，她就觉得她有老家，她心里就不孤独啊！正因为她没有亲人，我们对她才应该比至亲的亲人更亲。"这是一个没有文凭的农村妇女的识见，多少年了，我就算大学毕业后又读了在职研究生，我仍然觉得我始终没有领悟到母亲识见的十之一二，这确定是文凭不能够解决的问题。

　　这两年，因为负责文艺界的工作，接触了一些与文化文艺相关的人和事。其中有一位现居山东的沛籍人，我们叫他老韩，老韩少年贫苦，后来走四方闯江湖，逐渐成功，经营房地产成了老总，但是，他有一个爱好，就是收藏民间老物件，开始是出于兴趣爱好顺便收藏，后来转为专业，把房地产事业也丢下了，几十年来，走南闯北，历尽千辛万苦，倾尽毕生积蓄，收藏到了数量惊人的 30 万件藏品！30 万件民间老物件，时间跨越上下几千年，内容包罗万象，从农耕渔猎、百业挑担、民俗婚嫁到宗教、战争，从服饰鞋帽、钱币、票证到工艺品、乐器、医药……30 万件藏品就是一部中华民俗风物史，让人叹为观止。这些藏品，无法用金钱的价值来衡量，他们超越了物品本身，是不可复制、不可再生的历史记忆，是无可替代的中华民族的独特文化符号。山东及全国多地都向他伸出了橄榄枝，但是，他说，我哪里都不想去，我只想带着这些东西回沛县，老了，叶落归根，也希望能为家乡做点贡献。

无独有偶，现已定居海南的一位文化界名人王老师，最近也在考虑让他的藏品"还乡"的事。作为在汉文化研究界特别是在汉画像石研究方面颇具权威的学者，王老师被文化界称为"汉画王"。他收藏的汉画像石、汉玉等历代文物，也是以数万计，蔚为大观。王老师在云南、深圳、北戴河、河南永城等多地都有藏品展示馆，但是，让藏品"还乡"，造福沛县才是他最大的心愿，为此他积极奔走，力促国内一家极具实力的文旅小镇开发公司来沛投资。一个人"还乡"的愿望，使他爆发了超能量。

因为王老师的收藏与韩老师的收藏分属两域，却有异曲同工之妙，一个是庙堂之器，一个是民俗风物，互为弥补，相得益彰。如果两位老师的收藏能够同时纳入建设规划，沛县将建成中国最大规模的民俗文化博物馆和汉画像石等文物馆，目前，国内一些民俗文化博物馆，大多只有数千件藏品，能有上万件藏品的展馆都屈指可数，更别说30万件！而汉画像石等汉代文物的馆藏，作为"汉画王"的王老师，从藏品数量到对藏品的研究解读，都无人能及。如果两位老师的藏品能够顺利还乡，这笔宝贵的财富，将造福沛县千秋万代。

七年前，因为新调任发改委工作，参加省里组织的一个培训班，赴德国鲁尔工业区学习。宾馆里每天的早餐都甜腻到让人抓狂,所有饭店的西餐以及园区企业里的工作餐都寡淡到生无可恋。终于深刻地体会到,仅就吃这一方面而言,我们中国人真是生活在一个天堂般的国度,中餐馆之所以能够征服全世界,那是纯粹的实力征服,别无其他。

德国的中餐馆也很多,见到中国人无一例外都很热情,让人感受到亲人般的温暖。杜塞尔多夫人口50多万,还不到我们大沛县131万人口的二分之一,但已经是德国第七大城市。因为紧邻鲁尔工业区,行程中稍作停留,在那里吃过一顿午餐,中餐,它成了我至今难忘也许将终生难忘的一顿午餐。餐馆进门迎面而立的中式屏风上,挂的是一副对联,书法龙飞凤舞,一行20多人愣是没有把两行字认全。文质彬彬的老板热情地迎上来,把我们带到显然是饭店里最好的房间,我们招呼他坐下,他便爽快地坐下,并安排服务员上酒,说是送给我们。记得当时团队里有人还专门托运了五粮液带到德国,走哪带到哪,那天除了饭店老板的黑啤,他们还喝了五粮液。咱们大中华的五粮液,确实让人想家,酒不醉人人自醉,老板醉了,他说:"想家啊,来这里20多年了,还是想家!再过些年,我老了,还是要回家,回去,还找你们喝五粮液啊!"

莱茵河畔的迷人风光,年年如诗如画,河畔,却醉着一个年年想家的异乡人!

这个家,不是江苏,不是山东,也不是海南,而是中国,是我们的中华!

也许这个世界上,没有哪一个民族能比黑头发黑眼睛黄皮肤的民族更喜欢想家。

据有关统计，2019年春运，仅全国铁路就发送旅客4.13亿人次。也就是说，每年春节，加上海陆空其他各种运输方式，可能会有半数中国人浩浩荡荡地奔波在返乡的路上。

从"胡马依北风，越鸟巢南枝"，到"举头望明月，低头思故乡"；从"此夜曲中闻折柳，何人不起故园情"，到"洛阳城里见秋风，欲作家书意万重"；从"海上生明月，天涯共此时"，到"乡愁是一湾浅浅的海峡，我在这头，大陆在那头"……

炎黄子孙的这一条漫漫还乡路，从汉唐明清一直绵延到今朝，朝朝暮暮，情怀不改，世世代代，永无穷已。怀揣着永恒的乡愁，我们，每一个人，不是还乡路上人，就是还乡梦中人……

> 朝堂之上权谋交锋,边关疆场鼓角争鸣,后宫的高墙深院里,则始终在进行着一场场暗无天日无声无息无始无终的人生的战争。

后宫女汉子

偶尔看一些后宫古装剧的片段,无论剧情怎么千曲百折千变万化,女人们在那些故事中的经典模版都是:艳若桃李,毒如蛇蝎,争宠夺权,钩心斗角。

当然,这些特征不是指所有的女人们,而是指一部分女人,这部分女人都是在残酷的后宫斗争中生存下来的,一将功成万骨枯,她们一路走来,血雨腥风,身后脚下是成千上万不具备这些特征的后宫女人们的悲惨际遇、累累白骨。两千年封建史,朝堂之上权谋交锋,边关疆场鼓角争鸣,后宫的高墙深院里,则始终在进行着一场场暗无天日无声无息无始无终的人生的战争。后宫佳丽三千,帝王一人独尊,其竞争的激烈程度,远甚于我们现在的高考和国考,能够力挫众美女脱颖而出的,无一例外都是内心强悍手段老辣的女汉子。每看到现在的美眉们动不动就以女汉子自居，我就想起那些后宫美女们，她们早已随着历史的风烟沉寂黄泉，但是，当我们一些当代小女子以女汉子自居的时候，她们一定在长舒水袖掩口窃笑：有本宫在，你们这些小女子也敢自称女汉子？

香艳铺陈、纸醉金迷的后宫，实际上杀机四伏、十面埋伏，有史以来，没有任何一个独特的场所能够像一个王朝的后宫那样错综复杂万象交织，它既是情场又是战场，既是官场又是名利场，既是职场又是演艺场，身处其中，没有任何人可以知难而退或者独善其身，女人们的选择只有两个：生存或者死亡。关于后宫斗争有一个普及版本《甄嬛传》，各电视频道一度播得热火朝天，甄嬛就是无数后宫女子的缩影，无论怎样单纯善良，最终都要武装到牙齿，通过学会玩弄权谋求生存，否则就是死亡。说到底，罪不在女人，而在后宫环境，再社会化学术化一点地来说，是罪恶的封建制度。所谓后宫，就是封建制度为女人们建造的人间炼狱，女汉子们活下来，纯女人们衔冤含恨而去。

后宫女汉子的终极版应该就是吕后、武则天、慈禧等。她们在错综复杂险象环生的后宫斗争中劫后余生百炼成精，变得铁齿铜牙刀枪不入，步步惊心地走上了人生与权力的巅峰，回首处，江河惨淡，天怒人怨。女人们的出发点是争夺帝王的爱情，结局却与爱情完全无关，而残酷的过程也改变了她们的初衷，她们早已不再是初入后宫时那"和羞走，倚门回首，却把青梅嗅"的小姑娘，爱情已经无足轻重，爱情也早已在血雨腥风中灰飞烟灭。位高权重又如何？红颜至尊又怎样？巅峰之上,她们茫然四顾,旷古空茫,能抓住的只有权力了,她们不得不紧紧抓住,抛却最后的女儿气,变成彻底的女汉子。

这些女汉子们的垫脚石,就是那成千上万有名无名的软妹子或者气势稍逊几番较量后终于落败的次女汉子。女汉子们在捍卫自己利益的漫漫征途中,打击敌方的手段可谓无所不用其极,吕后把戚夫人砍断手脚,剜出眼球,熏聋两耳,药哑喉咙,做成"人彘",活活吓死了自己的儿子汉惠帝。武则天则把联手对付自己的王皇后和潇淑妃都处以"人彘"之刑。为嫁祸王皇后,她不惜杀死亲生女儿,为把持朝政,她不惜杀死亲生儿子。"种瓜黄台下,瓜熟子离离。一摘使瓜好,再摘使瓜稀。三摘犹自可,摘绝抱蔓归"。次子李贤的《黄台瓜辞》也丝毫未能改变她的一意孤行。

因为女人不像女人,所以男人也无法像男人。叱咤风云顶天立地如刘邦,面对吕后的强悍也不得不作出让步,改变改立太子的主意,借酒浇愁,击筑作歌:"鸿鹄高飞,一举千里。羽翼已就,横绝四海。横绝四海,当可奈何?虽有矰缴,尚安所施?"生性懦弱的唐高宗则更唯有泪眼蒙眬,泪眼蒙眬看着曾经宠幸恩爱的后、妃死于非命。

后宫早已远去,尘埃落定,风烟俱净,后宫余韵却萦回人间,绵绵不绝。不知道我们中国的剧作者和导演们为什么那么喜欢让摧残人性毁人三观的后宫故事在荧幕上轮番上演,无休无止,乐此不疲。好像韩剧里的女主角就以萌妹子和软妹子居多,又萌又软的妹子,心地善良,全无心机,带着几分痴狂和执着,却一不小心就遇见个白马王子,或者被好运当头砸着。

抱歉地补充一句，我也很少看韩剧，偶尔看到一两次，所以这里的结论可能有以偏概全之嫌，只是偶尔看到的那么一两次，基本上都是这样的。

女人就应该像女人，干吗一定要做女汉子？造物主既使人间万事万物并作共荣，自有其妥帖恰当的安排，女人阴柔男人阳刚自是天地造化鬼斧神工，女汉子有一个两个甚至三五成群也无妨大碍，但是如果女人个个不像女人，男人个个不像男人，这个世界就有问题了。

> 含德之厚，比于赤子。老子认为，单纯的心，本身就是一种美德。

滑滑梯的诗人

已经好久没有感动的感觉了，用诗意一点的话说，已经很少被人间的事物激起心中的涟漪了。可是，今天，在这个暮色刚刚降临的初冬的夜晚，我被诗人如月的一条朋友圈触动了。

她发了一首诗，写的是抱着外孙女滑滑梯，写到了童年、过去、贫苦岁月以及中年人的腰肌劳损。

我说，滑个滑梯你咋想这么多呐，还能不能好好滑了？敢情诗人连滑滑梯都是要先写一首诗作为前奏滴？

其实作为一个写作者来说，这是一种非常好的状态，她保持着对人间事物的敏锐感知。如果一个写作的人不能够再经常性地被某些事物某个瞬间击中灵魂，那就说明他的灵魂已经苍老，他的创作源泉也已经枯竭。所谓灵感其实就是感知的敏锐性，尤其是写诗的人，尤其需要有一颗多愁善感的心。真正有灵性的诗只有在人年轻的时候才能写得出来，如果一个人直到八十岁还能写出好诗，那只能说明这个人依然难能可贵地保留着赤子之心。

赤子之心不是幼稚的心，也不是简单的心，而是历经磨难初衷不改，饱经沧桑其志不移，是持终如始抱朴守拙的初心。

"老夫聊发少年狂，左牵黄，右擎苍……会挽雕弓如满月，西北望，射天狼"。这是乌台诗案发生之前的苏东坡，其实那时他才38岁，还没有开始遭遇人生中的一次次莫须有的陷害打击，其旷达情怀豪放气象笔端流泻意气纵横。至乌台诗案发生，下狱，贬谪黄州，返京，再贬谪惠州，流放儋州，历经人生的大开大合大起大落之后，其诗风在豪放不羁中更融入了雄浑顿挫洞明开阔。《定风波》《念奴娇》《前赤壁赋》《后赤壁赋》，这些才华喷涌登临绝顶的旷世杰作，中华民族文学史上的瑰宝，都产生于其人生的风雨磨折之后，"回首向来萧瑟处，归去，也无风雨也无晴"。"大江东去，浪淘尽，千古风流人物"。"寄蜉蝣于天地，渺沧海之一粟"。前期和后期，他的诗风有所转变，但是他旷达超逸坦荡磊落的胸襟，始终没有改变，他始终保留着纯正纯粹的赤子之心。

在苏东坡堪称中国文人风骨示范样本的宏阔一生中，因为才华横溢，因为性情耿直，因为胸怀坦荡，他遇到多个欣赏与扶持他的贵人知己，同时也多次遭受促狭小人的排挤打击诬告构陷。一言难尽的诗案，有人说是由监察御史何正臣等人上表弹劾，弹劾苏东坡诗文讪谤朝政及中外臣僚，无所畏惮。御史台中有柏树，野乌鸦数千栖居其上，故称御史台为乌台。乌台之乌确实恰如其名。还有一个说法认为乌台诗案的始作俑者是沈括,而且是苏东坡以友视之的沈括。此说被文化学者余秋雨撰文认定,但历史真相如何尚有多处存疑。无论是何正臣还是沈括,他们弹劾苏东坡的原因都是一样的,嫉妒!这个世界上没有无缘无故的爱,却一定有莫名其妙的恨。苏东坡作为北宋中期文坛领袖,在诗、词、散文、书、画等各方面都超拔卓越,是全才全能的让人望尘莫及的艺术巨匠。论诗,与黄庭坚并称"苏黄";论词,与辛弃疾并称"苏辛";论散文,与欧阳修并称"欧苏";论书法,是"宋四家"之一;论画,擅墨竹、怪石、枯木,一时无与比肩。彼时大宋王朝最靓的仔,无疑就是苏东坡。苏东坡简直亮瞎了很多人的眼,苏东坡一天不死,那些人就活不下去。乌台诗案确实差点要了苏东坡的命,好在宋神宗还没有完全昏庸到家,尚有一丝怜才之意,没有斩立决,而是高抬贵手流放黄州。这一丝悲悯,成了大宋王朝逐渐式微的昏暗路途上的一抹明亮,避免了中国文化史的巨大损失,这是具有深刻历史意义的悲悯,有千秋不朽之功。

  乌台暗黑的天空之上,还曾闪过一道炫目的光,那是来自光献太皇太后曹氏的,她为苏轼求情未果,病重时,宋神宗要大赦天下为她求寿,她说,不须赦天下凶恶,但放了苏轼就够了。

  如果乌台诗案的始作俑者真的是沈括,那也真的并不仅仅是苏东坡的悲剧,更是沈括的悲剧,几让人难以直视。作为科学家的沈括原本也是光芒万丈的存在,他在科学领域的才华与成就古今中外找不出几人能与之匹敌,而且他做官也一度做得很顺利，可谓春风得意。他自己本来活得也很好，为什么偏偏不想让别人活，非得置别人于死地？这才是人性真正的促狭猥琐。

卑鄙是卑鄙者的通行证，高尚是高尚者的墓志铭。世事云诡波谲沧桑变幻，唯有历史永远冷静客观，历史会给出一切答案。无论是谁，在他抛开良知和良心去诬告构陷的那一刻，他就被钉在了历史的耻辱柱上，永远不得解脱。碧海青天，长夜漫漫，不知道他们有没有接受过良心的审判，如果连良心的自我审判也不曾有过，那才是一个人真正的无耻和堕落！

扯远了，诗人如月滑个滑梯需要先写首诗再滑，而我，无论写什么内容都忍不住想要先致敬一下苏东坡。

转眼之间我又有一个多月没有写任何东西了，又有几个朋友忍不住来批评我了，她们简直比我小学时的语文老师还要负责，不知道为什么她们竟然一点都不嫉妒我，可能因为我长得丑，穿着高跟鞋还不如她们高，她们大概是想通过肯定一下我的作文让我不至于失去生活的勇气，以便她们自己也能够找到使自己有优越感的参照物。毕竟，有我在，她们就不会是最丑的。哈哈。

你活着，也让别人活，偶尔还能从别人的短缺之处看到自己的富足和优越，这不是很好的事情吗？为什么一定要让别人都死，你自己独活呢？那你活得是多么寂寞！

咱们国产的动漫片好像一直不怎么具有竞争力，以至于咱们只能眼睁睁看着自家孩子从小看着日本人的奥特曼长大，但是有几个动漫片还是有点竞争力的，比如《葫芦娃》等。其中有一个《天线宝宝》，这个片子我实在不知道它到底有多少集，反正很多集，反正无论多少集，总是几个行动缓慢、动作和语言都很简单的宝宝在那里晃来晃去，甚至几乎没有什么故事情节。但是小孩子们都超级喜欢，能够一看看上好几个小时，久看不厌。大约人世间最热烈的爱情，也不如小孩子们对天线宝宝的爱那样不可理解地坚贞执着。我最初还以为天线宝宝的制作简单是国内技术水平问题，现在想来才明白，其实非关机巧，而是制作者更高一着。这就是小孩子的世界啊，所以才能吸引小孩子，单纯、单一、简单，以极简胜冗繁，大道至简。

含德之厚，比于赤子。老子认为，单纯的心，本身就是一种美德。道德修养的至高境界，其实是单纯，如小孩子一般无机巧，有天真。

如月是我很欣赏的一个朋友，不仅仅是因为她写诗写得好，而是她生命的状态一直很好。她是 60 年代出生的人，已经过了知天命之年，然而，她始终保持着一个诗人难能可贵的初心，她眼里总是有阳光，总是有惊喜，总是有发现，所以她的创作高质高产，她一直能够写出很好的诗，而且越写越好了。心情不好的时候，看看她的朋友圈和她的诗，我的心情就会明朗起来，没有什么能够剥夺你的幸福和快乐，只有你自己。他人并不是你的地狱，你自己才是。

一年有 365 天，它对谁而言都是，一天有 24 个小时，它对谁而言都是。你看，这个世界公平如斯！

在这里喊话一下诗人如月，下次滑滑梯之前你再写首诗哦，我也再给你配上三千字。

最后,咱们欣赏一下诗人如月滑滑梯的诗,摘录四行:

滑下来,滑下来

我需要足够的勇气

才能从这高处

飞跃般滑到低谷

两个有钱人

每一朵花开都值得赞美
你是我生命的奇迹
纸戒指
十项全能炼成记
筷笼里的康乃馨
多年夫妻
遥远岁月的纸质芬芳
最忠实的粉丝
两个有钱人

> 在生命的漫漫长途，我们将一次又一次挥别于这样的站台，再多的不舍，终究还是要一再离开，直到大地用最后的夕阳把我们永远分开。

两个有钱人

8月1日，小城暴雨。

女儿心事重重，给姥姥、姥爷打电话，讨论他们还来不来我家的问题。

8月1日，是这个小女孩的生日，于她而言，这就是生命里最重大的事件，此前几乎半年的时间里，她都在憧憬着这一天，各种计划和打算。小孩子的世界，就是这样单纯美好。7月31日她和姥姥、姥爷约好了，请他们来我们家，陪她一起过生日，这生命里最重要的日子。姥姥是陪伴她时间最多的人，她把这事看得相当重要。听着她们电话里讨论不决，我说，毛妮给你姥姥说别来了，雨太大。但是，最后，好像两位老人还是说要来，说是下雨了天更凉快，更要来。我就知道，就算是天上下刀子下石头，他们也是要来的，他们对孩子的那种疼爱，那种坚持和执着，是无法用语言来形容的，在人类的情感面前，语言和文字有时候实在是非常贫乏和苍白。

雨一直没停，紧一阵慢一阵，两位老人还是在午饭之前准时到达了，坐公交车。对他们来说，交通工具唯一的对应项就是公交车，他们从来没有打车的习惯，也从来不让我们任何人专门接送他们，除非能够顺便顺道偶尔坐个顺风车，他们认为儿女都忙，绝不愿意轻易打扰，只愿意让儿女打扰他们。他们的坚持已经成了铁定法则，谁都无法改变，所以妥协的只能是我们做儿女的。

坐下闲聊些家常，无非是些陈年旧事，旧时光里的老故事，那些话题，就像一张张泛黄的老照片，模糊、遥远、温暖、亲切，让人仿佛坐上一条旧航船，回到小时候，村头树下，田间地头，稍显杂乱无章而温馨放松的乡村时光。

除了给毛妮过生日，父母此行还有一个很重要的任务，那就是毛妮的哥哥也就是我的儿子考上大学了，他们要来给孩子送个红包。母亲说，哪个孩子考上学我们都要给红包的，这是惯例。这么算起来，父母大人这些年来可是发了不少红包哒，哈哈，他们可是有 10 个孙子孙女，加上我们这俩娃，外孙和外孙女，12 个呢！而且，马上曾孙辈就要中考高考了，红包可是有得发。母亲说，不光是考上学，孙子买房买车我们也都给钱。

我说，你们这么大年纪了，不用再给儿孙钱了，我们都有钱，没钱还可以贷款，用不着你们的钱。

母亲说，俺不是有钱嘛！有钱不给孩子们花留着给谁？

听着母亲絮叨，这么大年纪了还是一心为儿女付出，本来有些心疼和沉重，忽然被母亲这一句话逗笑了，俺不是有钱嘛！哈哈，得是多有钱，才能说这么财大气粗的话？我觉得至少应该是比尔·盖茨、巴菲特那样的，才能说这句话，可是眼前这两个有钱人，至多也就是每月有几千块钱的退休工资。

笑过以后，默默地品味了一下，又有了哭的感觉。两位80多岁的老人，对他们来说，确实已经到了人生最有钱的阶段，一辈子没有这么有钱过！他们出生在解放前，经历过解放战争年代，……经历过改革开放，经历过1992年的春天，经历过中国特色社会主义的伟大新时代，他们从食不果腹、吃糠咽菜的岁月一路走来，用微薄的工资和没日没夜的辛苦劳动，养育了我们兄妹五人。小时候记得最清楚的事，就是母亲总是什么都不喜欢吃，凡是好吃的东西她一概都不喜欢吃，只让我们吃。直到现在她还是什么都不喜欢吃。现在，她是真的不能吃什么了，山珍海味、满汉全席对他们来说也都已经没有了意义。望着满桌饭菜，父母说，现在啊，我们实在是不能吃什么了，只能吃点清淡蔬菜，这些鱼啊肉啊，是一点也吃不下了！

他们现在确实过上了有钱人一样的生活，住在乡下别墅似的大院子里，院子里一年四季青蔬不断，吃不完。至于衣服，老年人穿得舒适就好，棉布衣裳一年四季也花不了几个钱，而且用不着他们买，光是他们那几个孝顺的儿媳妇们买的已经穿不完，每次哪个给他们买件衣服都要被抱怨半天。说起来他们几乎已经没有用得着花钱的地方，而且他们一辈子也没有养成花钱的习惯，无论去哪里，近的步行，远的坐公交车，连打车对他们来说都是不可思议的事情，再昂贵的奢侈品对他们来说也都没有任何意义，从这个意义上来说，每月几千块钱的退休工资无处可花，确实已经算得上是有钱人。

俩娃的爹匆匆忙忙赶回家，陪着岳父大人吃了点饭，说了几句话，又匆匆忙忙下村了，这些年，越是刮风下雨，他越是要往外走，走街巷，走镇村，生怕万一发生灾情，风雨雷电都是命令。吃过饭，坐了没多久，两位老人就开始心神不定，要走，只有在那个能够踏实地踩在泥土地上的院子里，他们才觉得安稳。我说，再坐一会儿吧，等我上班捎你们到公交站台吧，这才勉强答应。我知道，如果我说我送他们回家，那显然是徒劳的没有可能的事情。他们的执着和他们对孩子的爱一样，固若磐石，坚不可摧，没有任何事物可以动摇，我就不再做这徒劳的争执了。

我又动员儿子，说，跟姥姥回家住几天吧，你开学就要外出上学了。儿子也是好儿子，愉快地答应了，也许他也明白我的心思，其实这是我送给父母的一个礼物，这是他们最盼望的，儿子已经18岁了，可在他们眼里，还是一个最可喜的宝物，能看着他，就是幸福。父母喜出望外，高高兴兴地拉着他们的外孙一起下楼了。

我把他们送到公交站台，80多岁的老父母，虽然身体健康，但毕竟已经行动迟缓，18岁的儿子既是礼物，也是他们的拐杖。

我看着这老少三人，两个有钱人，和一个即将远赴他乡求学的少年，泪水渐渐模糊了双眼。

他们都是我生命里最重要的人，在生命的漫漫长途，我们将一次又一次挥别于这样的站台，再多的不舍，终究还是要一再离开，直到大地用最后的夕阳把我们永远分开。时光啊，请你慢下来，慢一点，再慢一点……

> 这个世界上,唯有母亲的爱,没有目的性,不需要回答『为什么』。

最忠实的粉丝

我的微信公众号里,年龄最大的粉丝 85 岁了。

她是我的母亲。

前两年有闲的时候开的公众号,发的文章不多,粉丝却已经不少,有些是老朋友,大多数素昧平生,天南地北,天涯海角。信息时代的沟通,一再突破我们常识化的认知,网格状的信息架构,使任何一个信息点都能联结起广大到难以想象的范畴。世界,确实已经成为地球村。

即使如此,母亲成为我的公众号粉丝,还是让我吃惊和诧异,母亲虽然从来都是一个喜欢接受新生事物的老太太,但是,关注公众号,这事物对她来说应该还是太新鲜了,背后肯定有推手,果然是 10 岁的娃,她说,是她帮姥姥关注的。

母亲斗大的字识不了几个,她关注了我的公众号又能做什么？什么都看不懂，她只是知道，我在上面写东西，她关注了。

这个世界上，唯有母亲的爱，没有目的性，不需要回答"为什么"。

这么多年来，工作之余，我一直在千辛万苦排除万难断断续续地写点东西，我从来不给家人看，出了书，也没有拿给家里任何人，就像小时候写作文，如果大人去看一眼，就一定要把作文本用手捂上盖上，不让他们看。现在，10岁的娃每天重复着和我小时候一模一样的情景，每次写作文的时候，我走到她身边，她都飞快地拼命捂上作文本，不让我看。也许这是人类情感里不可破解的一种秘密。

2003年，出了第一本书的时候，母亲每次见到我就说，给我一本书看。我说，您又看不懂，要那干啥。后来，听侄子说，姑姑你写的书，奶奶经常让爷爷读给她听。不知道父母是从哪里找到的书。

父亲母亲的事情，孩子未必能时时惦记着，但是，儿女的事情，父母却是永远不会缺席的观众。

一个人顺风顺水的时候，往往会有很多朋友，有真诚的朋友为你高兴，为你鼓掌，为你喝彩。也会有一些意想不到的人，对你羡慕妒忌恨，对你使手段，要阴谋诡计，甚至污蔑陷害。

一个人失意落魄的时候，一定会体会到，朋友，原来是人生词典里一个奢侈的名词，有人会幸灾乐祸，有人会落井下石，甚至有人会当面泼污水，背后插暗刀，把你打倒在地再踏上一只脚。

无论你是得意失意，永远在不打扰你的尺度里时时刻刻关注着你的人，是你的父亲，你的母亲。

无论你的人生演出是成功还是失败，无论你演得多么糟糕，就算是彻底演砸了，一塌糊涂惨不忍睹，父母还是你最忠实的粉丝，如果需要，他们就陪你哭，如果愿意，他们就陪你一起笑。

小时候，母亲给讲过一个故事，说一个人赶集，买了几个包子，让邻居捎给自己在外面玩耍的孩子吃。邻居问，哪个是你的孩子？这个人说：就是那个长得最漂亮的小孩，那个就是我的孩子。

母亲最初讲这个故事的时候，我大约就像我家二娃这么大，很多年来，对这个故事并没有太深刻的感受，感觉也就是一个哈哈一笑的故事。而今人到中年，却越来越多地会想起这个故事，渐渐生出无限感慨。

每年的母亲节，朋友圈里满屏都是母亲的话题，很多母亲都在晒自己的孩子，被晒的每一个孩子无疑都是他们母亲眼里最漂亮的那一个，每个母亲，都是那么幸福、满足，为自己能够做这个孩子的母亲而心怀感恩。从母子在这人世间结缘时起，每一个母亲都成了孩子最忠实的粉丝，孩子是母亲唯一的关注，孩子的世界却广阔纷繁，母亲在其中也许只占据着一个小小的角落。这看似不对等的爱，却是人类永恒的接力，感人肺腑，动人心弦。

唯愿每一个"最漂亮的小孩"，都能够在诸事牵绊的负重人生，也更多地关注一下那个微信里只有一个关注号的人，那也是你在这个世界上唯一一个无可替代的粉丝——母亲。

> 一卷在握,书香淡淡,坐卧随意,行止自如,这才是阅读的从容境界。

遥远岁月的纸质芬芳

  不知道会不会有一天,"书本"这个词将要变成一个古老的名词,像案牍、竹简、尺素等等一样,背对当下时代,渐行渐远,走向历史深处。
  古人将文字写在木片上、竹片上,写在绢上、帛上,那样的阅读,想来就质地厚重意味深长。信息化时代,我们开始将文字写在网络上,容量无穷瞬息万变,感觉却缥缈虚无无所依托。写在木片上、竹片上、绢上、帛上,那是时代的局限,阅读因之有些不堪其重,写在网络上,是科技的进步,阅读却没有变得更完美,反而总让人感觉有些怅然若失。其实就阅读的感觉而言,我认为文字最优雅的状态应该是写在纸上。一卷在握,书香淡淡,坐卧随意,行止自如,这才是阅读的从容境界。无论电脑的体积可以发展到多么轻薄短小,无论手机的阅读功能可以发展到多么简便快捷，在我的印象中，总是不如一卷在握书页翻转的形式更像是真正意义上的阅读，那渐去渐远的淡淡书香，那一卷在握的阅读姿态，是我生命里的最幸福最美好！

如果没有经历过阅读的饥渴，你真的无法理解我为什么会把这件事情看作是人生的大幸福！小时候，我简直从来不敢想象我们竟然可以如此幸福地阅读，如此奢侈地拥有阅读的条件和自由！想读什么有什么，奢侈得简直像是做梦！作为一个七口之家的大家庭，父亲工资微薄，母亲辛苦操劳，尽管我们兄妹五人几乎把所有的零花钱都买了书，还是不够读，一是因为零花钱太有限了，二是因为我们阅读的速度太快了。每读完一本书，我都有一种想哭的感觉，因为幸福接近尾声，犹如宴席将散，糖果将要吃完！最小的四哥最喜欢的是小人书，他的收藏大约达到了上千册，他有全套的《西游记》《三国演义》《水浒传》等等，我因此对他仰慕不已。四哥资金不济的时候，为了买新书，我读他的小人书他也是要收费的。周末休息日，四哥也和其他小伙伴们去集市上摆书摊，也是为了筹集买新书的钱。那时候的集市书摊应该说是相当壮观的，摆书摊的都是大大小小的孩子，看书的也都是大大小小的孩子，有的还拖着长长的鼻涕。一分钱两分钱就可以看五六本，如果都没有钱大家就互相交换着看。四哥的书摊最为壮观，他的藏书最多，帮他照看书摊的时候我可以免费阅读，所以，每个星期天天黑下来的时候我也想哭，因为没法读书了！

阅读是幸福的，它改变了我清贫的童年，虽然我们没有电视电脑游戏机，甚至没有糖果，但是，阅读让我们的生活每天都像万花筒一样纷繁多姿，充满了无尽意义和无限可能，我们不知道清贫，也从不觉得愁苦，丑小鸭可以变成美丽的白天鹅，白雪公主落难的时候会遇到七个小矮人，美人鱼失去了一切却在天堂里永生，阅读的世界里，美丑分明，善恶有报，未来如此值得憧憬和期待！我们最清贫的童年其实是生命里最幸福的时光，离开童年以后，我就永别了那种纯粹的幸福状态。

阅读是致命的，我的整个学生时代，都在阅读和学习之间的矛盾里苦苦纠结。把课外书放在课本下面、放在书桌下面，趁老师不注意的时候偷偷地读，我的整个学生时代的上课时间，基本上都是这样度过的。就在高考前一天的晚上，我还读到深夜，记得那晚读的是狄更斯的《远大前程》，第二天上考场，颇有些睡意蒙眬，我的远大前程因此终结了，这种状态下的考试，成绩当然不可能理想。大学时，一张借书证一次可以借两本书，同宿舍女生们的借书证全部都是交给我无限期使用的，我一次可以借来八本，然后，不知晨昏，不舍昼夜，读得昏天黑地。这种状态，导致我的大学生活和其他女生相比黯然失色，不知道化妆，不懂得穿戴，不会唱歌，不会跳舞，我本该多姿多彩的青春，从来没有飞扬过，而这种损失永远无法弥补，因为我们永远不能回到18岁。

一路读来，世俗得失、红尘纠结，皆烟云淡远，不足挂齿，至今家中无所有，琳琅四壁书。每天晚上，必要读几页书才能入睡，为此，和老公发生大大小小的战争冲突不可计数，然而，十几年过去，终于实现了和平演变，老公不再去夺我手里的书，而是自己也拿起了书，看到他每天睡前也拿起一本书读的样子，我忍不住想笑，近朱者赤，近墨者黑，近我者变成读书人。

让我担心的是，儿子的阅读状态，颇似我当年，如饥似渴，如醉如痴，鞭笞挞伐，百折不回。打过训过，想方设法制裁过，终于不再忍心，想起自己无法尽兴阅读的遥远童年，如果阅读也将是他成年后最幸福的回忆，我为什么要剥夺他的这一点可怜的权利？

于是，每晚睡前，一家人坐在床头，人手一本书，幸福地阅读，成了我们家的经典状态，遥远岁月的淡淡书香，那独特的醉人的纸质的芬芳，弥漫在家常而宁静的日子里，就这样慢慢老去，就这样鬓发渐白，就这样天长地久，就这样地老天荒……

> 爱是成长，是成就，是成全，是一生的修行，是永恒的慈悲。

多年夫妻

昨天吃晚饭的时候，一切正常，像以往任何一顿晚餐一样，我们一边吃饭，一边闲聊。

但是，五分钟以后，我问他，你有什么心事吗？

他说，没有啊！

我说，不对，肯定有。

他笑了，啥都瞒不过你，孩他娘。

多年夫妻，相处的感觉不仅仅是成了左手握右手，更是对坐时，凭借流淌在你我之间的空气都能够感受到你的情绪。

有时候熄灯入睡了，很长时间过去了，我会忽然问他，你在想什么？他大惊，你怎么知道我还没有睡着？呵呵，多年夫妻，闭着眼睛也能知道你的心理活动。

元代才女管道昇有《我侬词》传世：尔侬我侬，忒煞情多，情多处，热似火。把一块泥，捻一个尔，塑一个我，将咱两个，一齐打破，用水调和。再捻一个尔，再塑一个我。我泥中有尔，尔泥中有我。我与尔生同一个衾，死同一个椁！

管道昇是书画家赵孟頫的妻子，工书画，擅诗词，才艺不逊于赵孟頫。《我侬词》是描写夫妻之情状的登峰之作，有史以来，多少类似的吟咏唱和，只能仰望，无以比肩更难以超越。多年夫妻，风雨同舟，休戚与共生息相通，早已经是你中有我，我中有你，你就是我，我就是你，分不清是你还是我。许多夫妻，连长相都会越来越相似，长成所谓的夫妻相。男人大多数时候是粗线条的，对女人的感知未必细致入微，女人却天生是第六感发达的动物，多年夫妻，如果对自己男人的了解还不能够像自己的左手对右手，那她要么是女中丈夫，要么就是根本不在乎。

前几天和人闲聊，提到他，我大加夸赞，对方笑了，说，你们俩可真是好呀，他提到你，也是满满的自豪和赞扬，你们这是彼此欣赏呀，真是难得。我也笑了，是的呢，这么一说自己也觉得还像初恋的感觉哈。哈哈。

沈从文身为一个穷小子时，追求苏州名门闺秀张兆和，文思迸发，留下了经典名句：我行过许多地方的桥，看过许多次数的云，喝过许多种类的酒，却只爱过一个正当最好年华的人……

每一个缘起，都是前世五百次的回眸，是一千年的修行，是三生石上的前盟，当初认定牵手的那个人，一定是最让你动心的那一个。张爱玲说，于千万人之中遇见你所要遇见的人，于千万年之中,时间的无涯的荒野里,没有早一步,也没有晚一步,刚巧赶上了,没有别的话可说,唯有轻轻地问一声:"噢,你也在这里?"

我再加一句:那就一起走吧。呵呵。

乍见之欢易,久处不厌难。

多少人,愿望是且行且珍惜,现实却是渐行渐别离。

人类的爱情,取决于一种叫做多巴胺的激素,多巴胺的浓度高峰可以持续6个月到4年左右的时间,平均不到两年半。也就是说,所谓爱情,无论初见时是多么石破天惊海枯石烂,男女之间如胶似漆浓情蜜意的时刻,都平均不到两年半。而岁月漫长,在离开多巴胺的日子里,多年夫妻将渐渐处成好伙计,江湖遨游相濡以沫,肝胆相照惺惺相惜。

除了不能咬到自己的鼻子,人吃东西时咬到自己的腮帮子和手指头都是常有的事。夫妻之间,朝夕相处,尔侬我侬,情热似火,三天两天可以,三月两月可以,三年两年也可以,要说一辈子举案齐眉相敬如宾,一般人恐怕难以企及。而且农村有句老话,叫做恩爱夫妻不到头。感情太过恩爱完美的夫妻,往往难以白头偕老。这也是世间万事万物的常理。物极必反,过犹不及。所以,先贤总结出中庸之道,孔子进一步主张"执两用中",即抓住事物的两端,在矛盾之中探求最适当的解决途径,通过执两用中,达到求同存异,和而不同,最终实现天下大同,天下太平。

寻常夫妻,都难免吵吵架斗斗嘴,通过斗争实现和谐。我是火暴性子直脾气,心里有什么噼里啪啦一通火力,瞬间芥蒂无存,不留阴影,更不记仇,是最好哄的那种类型。磨合期他不太适应,总欲据理力争,但是,我是个善于做思想工作的人,他每欲较真,我都说教在先:家里不是讲理的地方,夫妻之间有什么道理可讲?要说道理只有一个真理,那就是老婆永远是对的。我发脾气的时候你保持冷静,让一让哄一哄不就完了吗?

大多数时候我的思想动员都很成功,偶尔也失败,但无关大局。

世间夫妻,多差异互补,好像是上帝知道他造人的缺陷所在,想了个办法来弥补。

我属于神经大条马大哈,太阳能充水总是忘记关,做饭经常把锅烧糊,开车在家门口都能迷路。在这方面他却是非常理智精准,让我非常崇拜。我整理收纳有轻度强迫症,家里的每个东西放在哪里都有固定位置,在这方面从不迷糊。他在这些事上却非常低能,每天早上都要问我衬衫在哪里,袜子在哪里,就算在他眼皮底下他也看不到,非得让我瞬间就找到塞到他手里,没好气地唠叨两句。我怀疑他是习惯了我的唠叨,每天不被唠叨几句就觉得生活缺少了点什么。

我习惯晚睡,秉烛夜读,他也拿本书看,但是读书于他,却是最好的催眠。

在我文章开头提到的那种他被我猜中了心事的夜晚,我们总是会召开一次组织生活会,深挖思想认识根源,查找工作生活中的矛盾和问题,开展批评和自我批评,制定整改措施和方案。如果悲伤沮丧,就加加油鼓鼓劲。如果骄傲膨胀,就敲敲警钟提个醒。会议的永恒主题是低调、惜福、感恩、回报，无论是对人、对事、对物，还是对家、对国、对党。深感爱情可以不讲贫富贵贱，但是必须讲三观一致，否则两个人连开个组织生活会都不可能成功。有时候谈到深夜，意犹未尽，全无困意，感觉对方实在是自己的良师益友，世间难遇的好伙计，不由得有相见恨晚之感，激动得涕泪交流，执手相看，猛然醒悟，哦，这不是初相见哪，和这伙计已经结婚好多年了，还生了两个娃呢。

又想起 2018 年度那个很火的催泪短片《我们一生会遇见多少人》：我们一生会遇到 8263563 人，会打招呼的是 39778 人，会和 3619 人熟悉，会和 275 人亲近，但最终，都会消失在人海。

被八百万分之一的概率命中，这是买任何彩票都能够中奖的手气啊。

缘分天注定，无从解读。前世相欠，今生相见。

爱是成长，是成就，是成全，是一生的修行，是永恒的慈悲。

> 爱和诗意之美,以这种突兀的方式从庸常事物的深处渗透出来,从忙碌杂乱的日子的缝隙之间渗透出来,使我目瞪口呆。

筷笼里的康乃馨

我洗碗的时候,儿子神秘地来到我面前,说:"妈妈,闭上眼睛!"他双手倒背,显然是背后藏着一个小秘密。我配合地闭上眼,他有些兴奋地大叫:"睁开眼!"睁开眼的时候,我看到了两枝康乃馨,花枝上各擎着一朵花苞,一朵浅粉,一朵淡紫,含苞欲放,睡眼蒙眬的样子,像是两个慵懒的小仙子,在春天的一场好梦里还没有醒来。儿子把它们举到我面前,却显然是忘记了要说什么,一时愣在那里,片刻,他飞快地转身出门,到客厅里去了。原来,这件事情还有幕后策划者。我听到他和他的爸爸叽叽咕咕地说着什么。再回来的时候,儿子把两枝康乃馨送到我手里,说:"妈妈,母亲节快乐!"

哦,这是五月的第二个星期天,一个被温情地定义为母亲节的周末。康乃馨,象征着母爱的温情之花,散发着淡淡的清香，质朴而不张扬，像母亲的爱，总是深埋心底。

我双手满是油腻，接过康乃馨，无处可放，只好随手把它们插在筷笼里。尽管这两枝康乃馨给了我一刻感动，我却并没有怎样太在意，像所有波澜不惊的老夫老妻，走过十年岁月风雨，我们好像早已经忘记了爱还需要表达，需要经营，需要穿上什么梦幻的外衣。老夫老妻，就像故园窗下的那些农具，在胼首胝足、风雨同舟的漫长岁月里，变得锈迹斑斑、沉默无语，仿佛冷漠无情，互不搭理，却又息息相通，唇齿相依。十年为人妻，六年为人母，我更是已经心安理得地把自己当成了一个资深家庭妇女，对相夫教子甘之如饴，对刷刷洗洗安之若素。岁月的锈迹使我不但淡漠了沦于平庸的苦恼，也丧失了感知幸福的敏锐触须。我甚至想，老公怎么还会有这份心情呢？兴之所至？忽然想到？不管怎样，他总归是很划算的，用两枝康乃馨换得我心甘情愿地在厨房里孤军奋战，与灰尘油烟、小葱大蒜辛苦周旋。

那个忙忙碌碌的晚上，疲惫不堪的我忘记了那两枝康乃馨。

可是，第二天早晨，我走进厨房的时候，却被惊呆了：初夏明媚的阳光洒满厨房，杂乱而温暖的锅碗瓢盆之间，两朵康乃馨已明艳地绽放。像造化的神奇之手轻轻抚过，这方充满烟火气息的空间，这方偶尔会让我产生几分怠惰的空间，顿时温情脉脉，情意盎然，平添了几分超脱于烟火俗尘之上的诗意。爱和诗意之美，以这种突兀的方式从庸常事物的深处渗透出来，从忙碌杂乱的日子的缝隙之间渗透出来，使我目瞪口呆。

这个每天早晨最早迎来阳光的厨房，从来没有像今天这个早晨这样给我如此美好的感觉。我这才意识到，我的感觉早已迟钝了。记得，当初为了寻找这个向阳的厨房，我不辞劳苦，跑遍了全城的每一个角落，那时候，我认定了房子可以小、可以简陋，但不能没有阳光。众里寻它千百度之后，我找到了这个东墙朝阳、南面向阳的房子，坐拥阳光万里，顿觉富甲天下。再苦再累的日子，回到家里，把潮湿的心情在阳光下晾晒一番，很快就忘忧忘形其乐陶陶了。那时候，幸福，就是一缕阳光、一抹晨曦，是偶尔走过窗前的一朵云，是不期而至的一阵雨，是柳梢上传递的春消息，是枫叶的脉络里密织的秋情意。

诗人说，对一个女人来说，哪里有阳光和爱情，哪里就能生活。在这个被阳光和爱情充满的房子里，在纷繁芜杂喧嚣浮躁的红尘之中，我曾经像海德格尔所希望的那样，简单地生活，诗意地栖居。

可如今，我曾经千辛万苦去寻找的幸福，正被我日复一日淡漠地忽略着。那些每天早晨破窗而入的阳光，我何曾再留意过它们？那一寸一寸充满着无穷隐喻意义的光阴，我何曾再认真地体味过它们？

我不知道，这两枝康乃馨，是不是被上帝的手安置在这个筷笼里，提醒我记起那些庸常的幸福、那些美丽的追寻，让我重新学会珍惜这永不重来的时光、这不可复制的岁月，让我以敬畏之心、感恩之意对待生活的馈赠、命运的玄机。

> 女子本弱,为母则刚。每个母亲,都终将被生活改变,但不是举手投降,而是历经艰辛百炼成钢,成为十项全能王。

十项全能炼成记

小猫同学每次坐我的车,都是一副无可奈何的表情。

终于还是毫无悬念地迷路了,每周一次去上课,已经走了整整一年的一条路,因为最近十多天没有上课,我又忘记了路线。

小猫说,我可是服了你了,我的个妈妈。

就这样,在川流不息的车流人海中,我陷入了哲学终极之问:我要到哪里去?

想了好久终于想明白了,已经南辕北辙,偏离很远,急忙调头返回,接着又毫无悬念地走错了一次车道,再操作一次调头返回,已经成功地迟到了五分钟了。

为了对付对我来说像迷宫一样的地下车库,我专门记下了路线图:右—右—左—右。可是十几天没来,路上情况有变化,我记下的路线图成了刻舟求剑,又操作了若干次调头,千辛万苦才找到电梯口,小猫同学都快急哭了,为娘我的光辉形象又一次惨打折扣,羞愧不已。

小猫同学上课,时间两小时,我赶紧去超市,进行一周日用品采购。记得拿好一块钱硬币,因为手推车是要用一元硬币作为钥匙启用,如果忘了拿,你就不能使用手推车。如果要向别人借一元硬币,你就得学会用微信收付款。毫无悬念地,我肯定忘记过带一元硬币,就是因为需要用手推车,才学会了用微信收付款向别人借一元钱。有时候一元钱掉在地上都未必有人捡,有时候,一元钱能难倒英雄汉。

超市里拿着购物清单买东西的人我还真没见过,但是我每次都必须执行这个操作,对我来说超市太大了,寻找货柜已经很不容易,再一样样考虑要买的东西,更是一种挑战,购物清单解决了其中一个难题,就节省了很多时间。就算拿着清单,每次也都会丢三落四,因为清单本身没有列齐全。生活实在是件麻烦事,你永远想不到还有哪些事情需要考虑,再完美的清单对于日常生活的需求来说都是有缺陷的。

收款台现在终于不排长队了,每个出口都只有稀稀落落几个人,因为收款方式改变了,收款台只收现金,主要是方便不会使用微信等付款方式的老年人。年轻人谁还带现金呢,我不年轻了,但还不够老,所以也早就习惯了不带现金,不带现金你就得学会一项新技能,就是收款台服务员的技能。自动收款机的操作,我已经研究了很多次,每次都需要服务员来帮忙,也是深感羞愧,今天终于独立完成了整个付款流程:输入、扫码、支付。我终于具有了收款台服务员的业务技能，又多了一项才艺，同时也深有感慨，别说你不会，你不能，只是生活还没有打算来调教你而已，我们每个人都终将无所不能，只要生活愿意来调教你。

你以为就这么容易放你出门了？你的车呢？想开走你的车，你还得学会再扫一个码，停车码，然后各种操作，到出口才能顺利放行。这个技能，于别人而言不是难事，于我而言也是个难题，好在早就已经努力解决。出口处，看到另外一个车道上，有一辆车被拦住了。没有人工服务，你无法对话，司机如果不解决停车码的操作问题，就只能干着急。科技提供了便捷，在某些情境下，却也是一种冷血。

急忙赶回，接小猫同学，时间大致精准，等了20分钟，小猫同学下课了，她是全班第一个冲出来的，像一只快乐的小鸟，张开翅膀向我飞来，这一刻，世界是甜的，像加了奶油蜂蜜；这一刻，世界是轻的，任何沉重都不值一提。

回到家里，阳光特别灿烂，如果不晒晒被子，简直就像是对阳光的辜负和不义。把被子和还在睡懒觉的儿子一起掀起来，往他屁股上狠狠地揍了几拳。放了8个多月的假了，这孩子就这样黑白颠倒地睡，就这样转眼睡到了大二。我说，你思考一下自己的人生好不好，你要何去何从，得有个志向。答曰：我就靠俺妹妹了，你看俺妹妹多优秀，我啥也不用思考，就靠妹妹了。妹妹说，我养我哥哥，我让哥哥给我看门，当门卫。呵，工作都安排好了，我还有啥话说。

虽然自从有了妹妹，哥哥的地位就不如一只狗了，但是，这儿子毕竟也是亲生的，想到他就要开学走了，在家里最爱吃的是老妈的手工馒头，赶紧和发面准备蒸馒头。想起居家期间大家都在晒厨艺，我也晒过一次蒸馒头，结果很多人留言：你也会蒸馒头？我怎么就不会蒸馒头的？难道我就不能会蒸馒头？就许你蒸馒头不许我蒸馒头？哈哈哈。

想起平时也总会有人问我，你会做饭吗？而且这个疑问句明显是否定疑问句，意思是：你肯定不会做饭吧？我怎么就不会做饭的呢？难道我就不能会做饭吗？我不会做饭俩娃可是怎么长大滴？娃的爹又是怎么吃成一个胖子滴？

前两天老母亲给我打电话，交代我去和一位邻居说一件事，叮嘱我：你可嘴甜着点，得叫人家一声大姐。

我的个天来，我可是真是要崩溃了，我这么老大不小的了，我还不知道年龄大的得叫大姐？

在母亲眼里，你就算80岁了，还是个孩子。

说到底，谁还不曾是个宝宝咋滴？想咱从小到大，也是十指不沾阳春水，没进过厨房的门，可是现在不也是十八般厨艺样样通个一二三四五六八九分？系上围裙谁还不是个像模像样的厨师咋滴？所有你不会的、不能的，生活都会教会你。

解决完吃的问题，由物质到精神，开始检查作业，检查作业是一场精神折磨，现在小学的课程都非常难了，首先自己得学会弄通，不能以己之昏昏，使人之昭昭。所以还得当学生，先学习，然后再当老师，教孩子。这应该可以有效地预防老年痴呆。

打娃也是检查作业的必然结果，努力克制还是难免爆发，尤其是对像小猫同学这种智商主要用在偷懒方面的娃，她每天都有偷懒的新花招，气人的花样每天都不会重复的。尤其是她只把十分之一不到的时间用来学习，其余十分之九的时间都在画画，一秒不盯着，她就画起来了，所有的作业本，最后都成了画画本。我训斥甚至打她的时候，心里也怀着深刻的忐忑，不知道自己是否扼杀了一个艺术天才，如果让她随心所欲地画下去，成为拉菲尔、毕加索、齐白石、黄宾虹这样的大师也未可知。

就这样，小猫同学，有可能成为拉菲尔、毕加索、齐白石、黄宾虹的潜在伟大天才，被无情的现实扼杀在摇篮中，满心不情愿地度过一个有其名而无其实的双休。所谓双休日，对中国的孩子们来说，都是星期六和星期七，可怜的孩子，星期一到星期五在学校里学习，星期六和星期七在各个培训机构里学习。你不学习别人学习，沛县不学习丰县学习，江苏不学习山东学习，这不是哪一个地方的问题，是整个教育链条的问题，是整个社会的问题。可怜的孩子，疯狂的教育，焦虑奔波的家长。

在等小猫同学上课的时候，碰到其他接送孩子的家长，几乎每个孩子星期六和星期七的课程都排得满满的，从一个课堂奔向另一个课堂，无缝衔接，家长和孩子都像陀螺一样旋转。其中有一位家长，家在几十里外的镇区，说是认为县城的培训更好一点，每次都是骑着电动车，赶几十里路送孩子来学习。她没有工作，说以前也经常出去打工，现在为了孩子也不再出去打工了，让孩子爸爸一个人打工，自己全部的精力都放在孩子身上，钱多点少点日子都能过，孩子的教育不能耽误。她说，孩子上学是唯一的出路。

我看着这位朴实的农村妇女，怀着深深的怜悯和敬佩之情，刮风下雨的时候呢？寒风刺骨的时候呢？几十里路骑着电动车，带着孩子，从镇区到城里来，多少艰难啊！可是她可能并不觉得苦，因为有希望在。我反而觉得她眼睛里有喜悦，有光芒，因为孩子的未来，寄托着她的希望。

女子本弱，为母则刚。每个母亲，都终将被生活改变，但不是举手投降，而是历经艰辛百炼成钢，成为十项全能王。

有人问我是怎么有时间写东西的，我说你要是从来不健身不美容不八卦不赶场，并且每天半夜一点之前不睡觉，也可以写很多东西，这比蒸馒头还更容易一点。

其实所谓写东西，不就是说废话吗？这是家庭妇女的第十一项技能。

> 天下的童音都是相似的，天下妈妈的心也都是相似的。

妈 妈

在外地参加一个会议，忙里偷闲，去逛商场。面对满目繁华，心中正自生出一种淡淡的落寞，忽然听到一声清脆的呼唤："妈妈！妈妈！"我顿时心头一热，热血上涌，"儿子？"是一种本能的条件反射，我几乎没有任何犹疑地认为，叫妈妈的就是我的儿子。虽然我很快意识到在离家千里的异地，叫妈妈的不可能是我的儿子，可是，我的心，仍因那一瞬间的惊奇而怦怦跳个不停，几乎要跳出胸膛。

这样的情形已经不是第一次发生了，自从成为一个妈妈，我已经有好多次在一声声清脆的呼唤声里迷失。

天下的童音都是相似的，天下妈妈的心也都是相似的。

我相信，改变一个女人的最有效的办法，就是让她成为一个妈妈。

曾经不喜欢小孩子，不知道一个突兀地闯入我的生活的小东西将会给我带来多少麻烦。可是，自从我的那个小小的孩子来到我身边的那一刻起，我就心甘情愿地失去了自己。他的到来和他的成长过程中的一切，带给我连绵不断和永远新鲜的惊喜，他让我的生命里再也没有不能忽略的悲伤、不能忘记的痛苦，再也没有跨不过的沟坎、度不过的难关。有时候，牵着他柔软的小手，穿过熙来攘往的车流人流，听着他奶声奶气地叫着妈妈、妈妈，我真的希望，时光就在这一刻停留，永远不再往前走。

不知道该怎样爱他，总觉得给他的太少，欠他的太多。我经常在一盏台灯下枯坐，写那些永远也写不完的公文，或者偶尔头脑发热，涂抹几笔叫做散文的东西，儿子习惯了，很少来打扰我，可是，有时候也会顽性大发，百般扰乱，于是，忍不住打他，打哭了，最后，他来认错："妈妈，对不起，我不捣乱了，你写材料吧！"也有时候，他会给我出些坏主意："妈妈，你别写了，你明天就给人家说你写了不就行了吗？"

4岁的孩子呀！

叫我怎能不爱他！

儿子自小便有吃鱼时自己会挑鱼刺的天才，我们一向还引为向人夸耀的资本，可是，天才的儿子也难免偶失水准，有一次，就因边看电视边吃鱼被鱼刺卡住了，又哭又吐，看样子很严重。意外和慌乱之中，我不知如何是好，竟然挟起几块带刺的鱼肉送到嘴里，想体味一下儿子被卡住的感觉。

谁能想象得出，一个妈妈，到底能有多傻！

如果不需要考虑世界未来和人类生存的沉重主题，我最大的心愿就是把这样的一个梦想变成现实：一个以绿水青山为背景的院落，风吹着，花香着，鸟儿啁啾着，猫咪慵懒的梦被阳光爱抚着，一群孩子，三个四个或者更多，在院子里嬉戏着，一个天底下最幸福的妈妈在旁边微笑着。而我，就是那个妈妈，那一群孩子的妈妈。

我知道，作为一个变成了"妈妈"的女人，我已经不可救药地变成了一个胸无大志的人，可是，你能告诉我，有哪一种幸福比这种更真实和永恒吗？

> 金黄金黄的一枚纸戒指,它在我的掌心里跳跃,像一枚小小的太阳,炽热地燃烧。

纸戒指

  金黄金黄的一枚纸戒指,它在我的掌心里跳跃,像一枚小小的太阳,炽热地燃烧,它让我的心温热,让我的眼眶湿热,但我却无论如何都不能流下眼泪,这样的眼泪,是我眼前的这个小人儿所不能理解的。

  他站在我的床前,眼睛里满是兴奋,咧开的嘴露出两颗大门牙,由于两边的牙齿都还没长出来,两颗突兀的大门牙显得特别大,他那可爱的样子对我来说就是一颗开心果。

  他说:"你选的那个颜色的笔没有水了,我就自己选了一个相近的,给你涂上了,好看吧?"

  好看,实在是太好看了,这一刻,我忽然觉得金黄色应该是这个世界上最温暖最美丽的颜色,金黄色的纸戒指,更是这个世界上无可老替代的无价之宝。

5月10日，今天是母亲节，母亲节的下午，天气突然变冷，始料不及的寒流，让我在大街上的寒风中冻得瑟瑟发抖。儿子倒是很暖和，出门前，我给他带了厚衣服。回到家就感觉不舒服，躺在床上不想起来，怕是感冒了。儿子拿了一盒彩笔来，对我说："妈妈，你选一个你喜欢的颜色。"我随便指了一个，大概是红色。我于色彩，一向有一种低调浅淡的偏好，选择鲜艳的红，纯粹是为了应付儿子。儿子飞快地走了，他穿的是滑冰鞋。最近在家里他总是穿着滑冰鞋，来去如飞，行云流水。这个世界于他而言，似乎每时每刻都是欢天喜地的，让人羡慕和感叹。

原来，儿子是在为我做戒指！忽然想起昨天的对话：

"妈妈，今天几号？"

"9号。"

"明天是母亲节。"

"你怎么知道的？"

"到处都写着呢。"

儿子指着迎面而立的一个广告牌：5月10日母亲节……

大街上确实到处都是有关的广告标语，我却视而不见。成年人从来都不知道自己的心灵已经如何迟钝。

儿子又说："如果我有钱，我就给妈妈买一个戒指当礼物！"

我说："你有这份心情就行了，妈妈不要你的礼物，再说，表达感情不一定要用贵重的礼物，一句话、一个行动都可以当作礼物。"

儿子就把这枚纸戒指当作母亲节的礼物送给了我！于他而言，做工已经相当精致，胶水涂合的地方甚至几乎不露痕迹。我不知道他那笨拙的小手是如何隆重地完成了这项手工。

金黄金黄的一枚纸戒指，像一枚小小的太阳，在黄昏慢慢降临的窗前冉冉升起，驱散5月的寒意，驱散生命里的所有阴影。

我终于不想再控制喜悦的泪水，要流，就让它流吧，站在我面前的这个小小的人儿，就像他已经明白了一枚纸戒指的意义，生命里的所有喜悦和伤悲，他也都会慢慢明白，渐渐懂得。总有一天他会知道，一个母亲，一生会为儿子的许多细节流下许多次泪水：他呱呱坠地时的第一声啼哭，他牙牙学语时的第一声呼唤，他蹒跚学步时的第一次跨越，他独自走进校园时留给母亲的第一个背影，他的第一次成功喜悦，他的第一次少年困惑，他的第一次远行，他的第一次独立直面人生，他的理想选择，他的成家立业，他的得失沉浮，他的喜怒哀乐……

母亲的泪水，会浸透儿子的一生，但并不都是因为伤悲。也许这个世界上只有儿子能拨动母亲心灵深处最脆弱的那根弦，让她悲伤时流泪，喜悦时流泪；让她寤寐辗转，牵肠挂肚；让她情不自禁，迷失自我；让她心甘情愿，付出一切。而世界给予一个母亲的回报，也同样多情而丰厚。譬如，一枚金黄金黄的纸戒指，还有什么礼物，能比它更像一轮太阳，将你的生命彻底温暖、彻底照亮？！

> 我就这样卑微而渺小地凝望着你,从清晨到黄昏,从黑夜到黎明,从春秋到冬夏,从发如青丝到鬓如霜雪。

你是我生命的奇迹

缘　起

是什么让你投入到我柔弱的怀抱里来的呢？是五百年前我在佛前许过虔诚的愿，还是前生往世你用那清澈如水的眸子深深地凝望过我一眼？

花间唱和，你是唇齿生香的那首古诗词；

月下弄影，你是牵绊裙裾的那枝玫瑰；

溪边浣沙，你是指间嬉戏的那尾活泼小鱼；

涉水泛舟，你是摇曳生姿的那朵红莲；

林间放牧，你是音遏云霄的那支短笛；

荷锄晚归，你是余音绕梁的那段歌谣；

对影梳妆，你是那一溪清流记住了我的模样；

顾盼流连，你是那一缕微风想要在来生再轻轻抚过我的脸庞。

懵懂红尘匆匆流转，多少约定随风飘散，多少盟誓化作云烟，多少遥望成为永远的遗憾，而你和我，穿越纷纭光影无情流年，相牵于茫茫人海万丈红尘中的一根有情线。

佛说，这是缘。

我

我得到神谕，她说要让我完美。

她用玉净瓶里的圣水滴在我的眼睛里，让我满含泪水。

女人完美的过程伴随着泪水。

每个女人都曾是母亲怀抱里的娇儿，是母亲的心头肉、掌心的夜明珠，长大后，成为女人。

一个女人通往完美的唯一路途是担当。担当孕育之责，传递生命的圣火。

这是一个女人的默默的、坚忍的、独自的苦修，漫漫长途孤独的跋涉，无论是悬崖峭壁还是暗礁险滩，都没有任何人可以拉上一把、替上一回。

不曾觉悟的人啊，请向这个世界上所有苦修中的女人献上你最虔诚的感恩，她是孩子的母亲，她是人类的母亲。

即使用朝圣者至高无上的礼节也不过分，一步一叩首，一步一长跪。

那是你向生命的源头致敬，那仅只是你在得到大海般的赠予之后回报的一滴水。

眼含热泪，我听到春天来临，种子生根发芽，幼苗破土拔节，万绿丛中众星捧月，枝头蓓蕾迎风舒萼。

而我，在风中枯萎。

发胖，长斑，呼吸困难，行动不便，告别淡妆，颠覆形象。

没有任何一种自弃自毁可以这样让一个女人无怨无悔欣喜满怀。

我知道我已经够幸运，十月苦修，每一个日子都危机四伏。人类神圣的生命接力，伴随着大大小小几十种几百种不适反应和病症，有些无足轻重，有些足以致命。

人啊，请再向你的母亲献上朝圣之礼！每个女人都可能是那千分之一，但是，每个母亲都毫不犹豫地选择了不畏惧不回避！

我是得了神佑的那个苦修者，我仅仅是感觉到几次小小的眩晕，就像是被一些小幸福轻轻地陶醉。

是不是你用那温暖的小手紧紧抓住了我，一定要和我在这纷纭人世同走一回，一定要让我在这劳碌长途真正畅饮一次生命的甜蜜？

我在你响亮的啼哭里迎来新生，因为你，我的苦修走向圆满；因为你，我得到尘世的致敬。

生命，从此不同！

你

是启明星的光芒投射在你的双眸，是三月桃花的颜色晕染着你的两腮，是春天第一朵花蕊绽放在你的小嘴上，孩子，我得到了神赐的至珍至贵之礼，我看见了天使。

你的啼哭是歌唱；

你的微笑是阳光；

你的尿片在阳台上是旗帜招展；

你的小衣服散发着人之初的独特芬芳；

你吃小手，几乎忍不住想和你分享；

你皱眉头，想知道是哪能一只小蚂蚁咬啮在你的梦乡；

你发出的单音节，是人生诗章的领诵。

你喊出的第一声妈妈，是洪涛巨浪的决堤，将我深深淹没在幸福里。

你吃饱了，就满意地微笑；你喝足了，就香甜地睡觉。在你单纯明净的梦境里，我感觉自己卑微而渺小，人世间所有的欲求，都卑微而渺小，甚至是可耻的。

所有尘世的贪欲和奢求，在你的纯净面前窥知自我，无地自容！

望着你，有时候我满怀内疚，为什么要把你带到这个世界上来？滚滚红尘走一回，每个人都要经历生老病死、浴血淬火。那些无法为你遮挡的风雨、无法为你抹去的泪水，无法为你平复的伤痛，你都要一一体会，独自承受。

望着你，有时候我心生释然，今生此世的因缘，要经过多少前生往世的流转，经过多少千曲百折的交错？亿万斯年无始无终的光阴路上，我们能够相逢于此时此地，是机缘，是幸运，是苍天的垂怜，是命运的眷顾。再痛还能痛成怎样？所有的痛我大约也都已经品尝过了，那些伤最终都会被时光一一治愈，是结痂还是了无痕迹，这并不是太重要的事，重要的是，经过之后，我们就学会了咽下泪水并且忘记。

就这样牵手吧，不悔不怨，不离不弃，浴血中一起涅槃，淬火后共同成钢！

熟睡中，一抹微笑挂上你的嘴角，像无形的轻波荡漾开来，充盈天地，喧嚣红尘顿时扰攘止息，尘埃落定，天地沉静，酣睡如婴儿，纯净如婴儿。

我就这样卑微而渺小地凝望着你，从清晨到黄昏，从黑夜到黎明，从春秋到冬夏，从发如青丝到鬓如霜雪。

你和我

你的小手紧紧抓住我，抓住我灵魂深处最柔软最柔情最柔性的关节；你的眸子深深凝视我，确认我是你最坚实最强大最值得信赖的世界。孩子，我已经受宠若惊，我已经不知道怎样做才能表达自己，满腔满怀的爱因为你而泛滥成灾。

如果你是一颗小星星，我必须是那宁静的夜空；

如果你是一滴小水珠，我必须是那浩瀚的大海；

如果你是一片绿叶，我必须是那参天的大树；

如果你是一朵小花，我必须是那永恒的太阳；

如果你是一只雄鹰，我必须是那高远的蓝天；

如果你是一棵苍松，我必须是那巍峨的群山；

你高飞，我是大树之巅；

你远行，我是永远的故园；

你乘风破浪，我是高举的风帆；

你偶尔搁浅，我是休整的港湾；

你流下泪水，我就是那动荡的潮汐；

你笑容灿烂，我就是那澄澈的晴空；

你有一声呼唤，我有万水千山连绵不绝的回应；

你有一份眷恋，我有昼夜无眠深深凝望的双眼。

孩子，我确信，为了你，我可以失去我，无条件地失去我自己！但是，结果却是，你没有让我失去我，而是提升了我，雕刻了我，重塑了我。为了你，我才想让自己更完美，为了你，我才想让自己更强大，而因为有你，这个世界上已经没有不完美，因为有你，我已经不再知道什么叫脆弱。

我原本是怕黑夜的，而你成了我永恒的黎明；我原本是怕寒冷的，而你已是我温暖的篝火；我原本担忧长路的艰难，而你用笨笨的小手告诉我此行不再孤单；我原本畏惧光阴的追迫，而你用天使般纯净的微笑告诉了我永生的真谛！

孩子，我终于得知了生命和生命相逢的缘起。

孩子，你是我生命的奇迹！

> 牡丹开花、玫瑰开花、紫丁香开花，野百合也开花，苔花如米小，也在被阳光遗忘的角落里热烈绽放，每一朵花开都值得赞美。

每一朵花开都值得赞美

　　一年一度高考季，每年这个时候，"考生、高校"都是比大暑节气的热浪更热气腾腾热火朝天的话题。

　　几家欢乐几家愁。随着高考成绩揭晓、录取结果尘埃落定，注定是有人悲有人喜，有人春风得意皆大欢喜，有人喜乐参半纠结犹豫，有人愁眉不展深夜饮泣。

　　往年我是局外人，对这每年一度牵动万家悲喜的人间大剧只是偶作关注，今年，因为家有考生，却是结结实实地体验了一回个中滋味，实在是感慨万千百感交集酸甜苦辣五味杂陈不知从何说起。

　　一直觉得自己够淡定，算得上所谓的佛系家长，条条道路通罗马，人生的道路千万条不只是高考这一座独木桥，等等等等，这些高调平时说起来头头是道完全没毛病，可是，等到直面孩子高考的那一天忽然有点抓狂，貌似目前在我们大中国，除了高考，还真没有别的哪一条路更好走，18岁的孩子，如果不能经由高考踏进大学的校门，似乎找个地方搬砖也没有那么容易。

于是失眠了，辗转反侧寤寐思服，反思自我，检点平生，深觉多年披星戴月夙兴夜寐，在平凡的岗位上为国为民奋斗奉献，俯仰无愧，但是在最关键的孩子学习问题上却似有缺失缺位，未尽全力，18年恍如弹指一瞬间，儿子竟然就到高考了。由此开启了人生中最为自责焦虑的历程，从6月7、8、9号，到下旬出成绩，到7月中旬等分数线，下旬盼录取结果，四十多天的生活，可以起个标题：儿子高考，一个妈妈疯掉的四十天。

最痛苦的，远不是自己内心的挣扎，而是来自外界的压力。

头条上讲了一个故事，说是一个女孩高考落选，面对亲朋好友的一致的密集的关切问询，在无数次一个一个回复之后，女孩的父亲终于几近崩溃，于是他给所有已经问询正在问询以及将会来问询的亲友群发了一条消息：各位亲朋好友，女儿不孝，女儿高考失败，辜负了大家的期望和厚爱，我们非常惭愧，在这里统一回复，不再一一回复，求你们不要再来打扰了！

这个故事没有夸张，它就是生活的原版，就是现实本身。

家有考生，所有的亲友都会来关注，询问的人心怀关切，并非恶意，被关注被聚焦的家长和孩子在无数次回复各方密集关切之后，终成被虐。如果孩子成绩很好倒还好，家长很乐于张扬与分享孩子的成功与喜悦，哦，我们考上了清华，哦，我们考上了北大！这种金榜题名，若是无人询问反倒如衣锦夜行稍嫌寂寞，但是，如果孩子考得不理想甚至落选呢？换位思考试试：孩子考得怎么样？考了多少分？考上了哪个学校？哦，我们考得不好，落选了，什么都没有考上。哦，我们考得不好，落选了，什么都没有考上。哦，我们考得不好，落选了，什么都没有考上。十次以上，必然像头条上的那位父亲一样，彻底崩溃。不崩溃的，确定不是亲爹娘。

所以我发誓，今后、往后余生以及永远，我都不会去询问别人家的孩子到底考得怎么样，除非是人家满怀喜悦想要来和我分享。

7月20日晚上看到一位朋友发了朋友圈，孩子考上了南京的985，赶紧打电话问在哪里查到的，说是在所报考学校的官网。赶紧去查儿子报考学校的官网，没有查到录取结果，不由焦急万分。于是把几所学校的官网刷了整整一天，直到第二天晚上才查到了。查到结果后顺便给这个朋友说了一声，她说，刚刚还在念叨这个事呢，可是又没敢问你。呵呵，只有同样家有考生的人，才能体会到这种心境，我相信经历过孩子高考的人，都不会再追问别人家孩子高考的情况。

7月24日，头条上又报道了一个消息，一个和高考有关的悲剧：安徽一位母亲，因为儿子高考成绩不理想而爬到楼顶，准备跳楼自杀，儿子跪在地上苦苦哀求，母亲无动于衷，最后是警察费尽心力才解决了问题。关于孩子的成绩，报道未作详述，表述为：成绩不理想，未能考入希望的好学校。仅此而已，这位母亲竟至于跳楼！

这是一个多么可怜的孩子，十年寒窗，漫长的马拉松跑到终点，他也是拼尽了全力，坐在考场上的时候，他也是用尽了所有的努力，想把每一道题答好，而且，母亲要跳楼的时候，他是"跪在地上苦苦哀求"，没有漠然置之，没有比母亲更极端，举刀自戕。这显然是一个好孩子，母亲要做的，本应该是给孩子一个温暖的拥抱，而不是去做一个疯狂极端的示范。

　　据说2019年的高考，竞争空前激烈惨烈，全国高考大军首破千万，能考上本科的只有400万，更有185万考生连上专科的机会也没有，直接落选。所以每个孩子，都是刀锋上粹火热锅里熬煎，经历着精神和肉体的双重磨炼。只要是走进了考场的孩子，只要是认真思考答题的孩子，都是愿意为自己的人生拼搏进取的孩子，都是没有放弃理想和追求的孩子，无论他们考试的结局怎么样，我们都要给他们一个温暖的抱抱，特别是，如果他失败了，请你一定要拥抱得更加用力一点，因为他已经很脆弱了，也许任何一个不经意的打击，都会成为他难承其重的最后一根稻草。每年高考季，网络上都会有一些不幸的消息，一个两个或者更多的孩子，以从高楼上纵身跃下等决绝的方式，告别这个世界。高考失败，孩子所承受的压力和痛苦已经无可名状，家长怎能再在他背后猛推一把？

　　已尽人事，静听天命。怀着最美好的愿望，也做好最坏的打算。

　　我们是高兴地拥抱了自己的孩子，当他查到自己的分数的时候，当他查到被录取信息的时候。孩子的成绩虽然不是名列前茅出类拔萃，但是他心地善良、心态阳光，思想稳定成熟，未来,还有无限个可能,一切皆有可能。

因为我两个月来浏览的信息全是关于高考,现在头条每天给我推送的都是与高考有关的信息,并且随着时间节点不同内容不同,这两天关于发朋友圈和办升学宴的信息比较多。考上名校的发朋友圈,考上普通高校的也发朋友圈,有人说,切,又不是清北985,考个普通学校还发什么圈,装!呵呵,难道穷人就没有资格过年了么?杨白劳过年时还要给喜儿扯上二尺红头绳。金榜题名,总是孩子人生的第一件大事,许多人都想用这种方式记录下生命里的这一刻。我们考的也不是清北985,我也发了朋友圈,主要是想让儿子看到,让他知道妈妈很在意他,在为他高兴。如果别人的妈妈都发了朋友圈而我不发,可能会让孩子觉得我对他的成绩不满意,会让他感觉自己是一个失败的人。其实说真的我已经很满意了,并且相信一切都是最好的安排。

关于升学宴,头条上也有很多例子,说是有的孩子考上了三本(当然,现在二三本合并已经没有三本一说了,这里是沿袭老说法),家长举办升学宴而被群嘲:切,考个三本还好意思办升学宴?评论区像炸开了锅,智者见智仁者见仁七嘴八舌众说纷纭。说实话大张旗鼓办升学宴甚至收礼金我是极不认同,但是至亲好友吃顿饭庆祝一下原也无可厚非。毕竟,考上大学,从另一个意义上来说,也是孩子的成人礼,至亲好友共聚庆祝一下也是民族传统人之常情。

那些站在鄙视链的高端中端鄙视三本孩子的人其实也是鄙视得太早了一些,大地之上高天之下,众生平等,何况是一个孩子，一个站在新起点上一切皆有可能的孩子？马云考了三次才考上大学，而且还是本科线下录取，当年肯定也有人鄙视过他。

今年高考季的话题里，还有一个不可思议的杂音，就是在诗词大会上横空出世的才女武亦姝以613分被清华大学录取竟然也被网络上的某些人讥讽质疑。见不得别人的好，眼光总是瞄向阴暗的角落，对于这样的极少数人，我只能说，请你务必，努力善良！请你尽量，面朝阳光！

牡丹开花、玫瑰开花、紫丁香开花，野百合也开花，苔花如米小，也在被阳光遗忘的角落里热烈绽放，每一朵花开都值得赞美。静待时光，每一个无论是金榜题名的还是名落孙山的孩子都有可能成为这个世界的传奇！

人生脱敏

我们都是罗小布

洪雅的午后

凭什么你长得那么好看

陈油坊的葡萄熟了

佛光

以科技之名

美好的事物正在发生

人生脱敏

幸福的人都有秘诀

> 这个秘诀，是心存良善，是懂得感恩，是眼含热泪用力生活，是逆风飞翔追逐太阳，甚至是，世界以痛吻我，我却报之以歌！

幸福的人都有秘诀

在我的印象里，南京是一个很暖心的城市，这个印象，来自南京的出租车。在南京打车，多次遇到非常礼貌、热情、周到的师傅。

有一次是带着女儿，她坐上出租车就要吃面包，可是出租车是白色的座套，一尘不染，洁净至极。我说宝贝咱们下车以后再吃吧，在车里掉了面包渣不好打扫。师傅赶紧说，不要紧不要紧，很好打扫的，让孩子吃吧，孩子饿了可得让她吃。

瞬间被感动到了。

人世间，能够让我们感动的事物其实有时候就是这么简单，一句暖心的话而已。

师傅健谈，说，看到这样的小孩子就觉得可爱，因为我也有一个这么大的女儿，还有一个不到一岁的儿子。

我说，南京人也喜欢要俩娃吗？

他说，他们夫妻两人都是独生子女，"80后"，两年前父母都生病了，两人心力交瘁地照顾父母的那段日子里，忽然无比强烈地渴望要个二娃，就算给孩子找个伴，找个孤单无助时可以互相拥抱鼓励一下的人也好！

有了二娃以后，生活虽然更忙碌更辛苦，但是幸福感却大大提升了。收入不高，温饱有余，父母健在，住在市郊，而且有个大院子，休息日节假日带上一双儿女到父母的大院子里过过田园诗意、亲朋相聚的日子。

幸福就是这样呗，咱也不和人家富的贵的攀比，很好了。

二十分钟的路程转眼就到了，全程听一个人聊幸福，下了车，感觉空气里流动的都是幸福的味道。

一次赴会途中，车遇小摩擦，替我领取了会议资料的好友久等我不见，打电话问：怎么还没来？我说车出了点小事故。她关切地问，怎么样？人没事吧？我说，人没事。她说，哦，人没事就好，值得感恩！

一句感恩，解开了多年萦绕心头似有若无的一个疑问：为什么和这位敏姐姐相识至今二十余载始终深觉可亲可近，原来，正是因为这个感恩。行走红尘，漫漫长途，每个人都会遇到千万个人，结千万段缘，经千万次离散，有人擦肩而过，有人相忘江湖，有人一别两宽，有人永留系念。这位喜欢感恩的敏姐姐，非常爱笑，终日笑意盈盈，好像幸福总是藏不住，要从嘴角溢出来。她还有点爱撒娇，但又完全不是矫情和做作，而是天生带有一种少女萌，内心里住着小女孩。只有懂得对这个世界心怀感恩的人，才能保持这样的一种纯粹气质和状态，人到中年，依然没有沧桑老迈，全无恶俗气，只有通透感。

文友如月姐姐，是个写诗的女子，也是个幸福感爆棚的中年少女。她发在朋友圈里的一段话一直让我感慨万端，她说，春天来了，图书馆周边桃红柳绿，春意盎然。她感叹：多么好！工作的地方有花有草，有轻曼的音乐，还有墨香四溢！

感知幸福的能力也和一个人的人生经验有关。如月姐姐从小家境贫苦，她一直没有工作，一直写诗，诗歌高贵却不贵，三十五十的稿费，只够喝一杯奶茶或者速溶咖啡。两年前得到了去图书馆工作的机会，工资不高，每天又忙又累，她却很珍惜很认真很幸福，她的诗歌里满是赞美，赞美读书的孩子，赞美繁忙琐碎的日常工作，赞美图书馆的早晨中午和黄昏。她喜欢晒照，摆着各种轻盈快乐的造型，像个天真烂漫的小女孩，她像我见过的所有只忙着幸福来不及忧伤的女子一样，看上去比实际年龄要小得多，幸福感让她忘记了岁月。

爱雪是一个农民，长相淳朴，她笔下的文字却空灵纯美，出尘脱俗，仿佛发自天籁。她每天赤脚走在田埂上，灵魂却追逐着明月清风高天流云。麦子抽穗的时候她发了九张图，四张抽穗的麦子，五张不抽穗的"麦子"，面对大片大片不出穗的麦子，她一片茫然：是种子？土质？化肥？农药？

无论是什么原因，总之这一季的收成又打了很大的折扣。麦子就是她的工资啊，是柴米油盐，是她和家人素朴的衣衫，是孩子的学费，是辛苦劳作之后深夜静读的几卷诗书，甚至就是她生活的全部。作为一个农民，能够被剥夺的除了庄稼的收成似乎也没有其他更多的东西了。爱雪虽然心疼，也没有坐在田埂上号啕大哭，她虽然是个农妇，毕竟同时还是一个文雅的作家和诗人。她为出穗的麦子写诗，也为不出穗的麦子写诗，植物是没有过错的，她擦擦眼角的泪水继续吟诵，吟诵麦子，也吟诵茄子辣椒黄瓜豆角，她把她伺弄的那些庄稼果蔬都搬进了文字的宫殿，她把这个王国命名为"后园情思"，她写茄子：熬过一次次浩劫，该开花的时候小花寂然。就像写她自己。她的文字始终散发着淡泊而又幸福喜悦的光芒，朝露晨曦，原可以清心洗尘，工业文明再发达，也代替不了土地和农事带给我们的那种宁静平和的幸福，我曾经怜悯爱雪如此才华却只能埋没乡间，却又觉得，乡间于她，并不是埋没，而是另一种成全，没有晨兴理荒秽，戴月荷锄归，又怎能写出那些美如天籁的语句？

佳是我的大学同学，得了重病，她的生活里只剩下了辗转求医，她最有理由哭泣，可是她说，我觉得自己很幸运很幸福，遇到的都是医术高明医德高尚的医生，他们是那么真诚地关心我，用心为我治病！

你有没有想过，幸福，竟然可以是这一种？

那些深感幸福的人，其实并不一定比你更幸福，他们只是掌握了幸福的秘诀，这个秘诀，是心存良善，是懂得感恩，是眼含热泪用力生活，是逆风飞翔追逐太阳，甚至是，世界以痛吻我，我却报之以歌！

每一次失去，我们当时都会认为那是我们的末日穷途万劫不复，以为自己再也挺不过来，走不出去，可是，每一次，我们都在伤筋动骨元气大伤甚至奄奄一息生死徘徊的状态下，慢慢恢复过来了，有时候，甚至会像凤凰涅槃，浴火重生之后，展开了更加华美的翅膀。

人生脱敏

　　好端端的皮肤过敏了，在高铁站，脸上脖子上一阵灼热刺痛，一场没来由的过敏由此发生。

　　人声鼎沸，众声喧哗，熙来攘往，穿梭奔忙，在那样一个喧嚣沸腾的场所，没有人知道，也不会有任何人留意，一个过敏性体质者在这盛大的喧闹之中忽然陷入了她一个人的独自的渺小而深刻的恐慌。迎面而来也好，擦肩而过也罢，无数潮水般涌流的匆匆过客，谁也不知道谁的悲伤和喜悦，谁也不知道谁的过去和现在，谁也不知道谁平静的目光和表情之下隐藏着怎样波澜起伏、千姿百态的悲欢离合。

　　在群体的庞大喧嚣之下，是每一个个体的绝对孤独，人生是一场多么孤独的旅行。

　　在皮肤过敏这个老朋友暌隔多年之后忽然深情款款不期

而至的那个高铁站的下午，我忽然文青意兴勃发，对我的过敏作了如上颇具哲学意味的思考。

我自小就经常皮肤过敏，以至于形成了我对季节的规律性恐慌，每到夏秋收种，麦子啊稻子啊脱粒扬场，那就是我无处躲藏的悲情时刻到了，不用亲密接触，风中的那些颗粒微尘就足以让我浑身刺痒、红肿疼痛。村里婶子大娘们总是打趣我，看来你只能去考女状元了，不然咋活？母亲对这件事的态度却远没有这么轻松，她从来不说什么，但是我只要像别的孩子那样摆弄一下那些农具，她都要黑着脸赶走我：写作业去！

卧薪尝胆悬梁刺股地狠狠写了好多年作业，终于离开了那个让我过敏也让我留恋的村庄，现在它也改掉了乳名，唤作居委会了。离开了打麦扬场的村庄，到了城市上大学，过敏竟不知不觉地好了，恍兮惚兮，二十年过去，我竟然似乎已经和过敏这个不大不小的痛苦永别，以至于我以为过敏也许只是上帝偶尔兴起，随手附赠予我的人生调剂品，以使我太过单调的童年少年多一些回味。谁知，一别二十载，不意君又来，且来势汹汹，前后折腾了近半个月，外涂药膏，内服药剂，打小针挂吊瓶，消消长长，反反复复，其汹汹之势才渐呈式微之象。这个过程，让我终于确信，现在的病菌真真都是进化变异了，道高一尺，魔高一丈，病菌界的科技进化与人类的科技进化齐头并进，难分上下，若非得分伯仲论翘楚，到底还是病菌君技高一筹，让我们人类望菌兴叹，无可奈何！

做过敏源测试时，小护士问起病况，我说小时候经常过敏，近二十年来没有过敏了，不知为何现在又开始过敏了。小护士说，姐姐呀，20岁到40岁，是人的身体各项机能最稳定状况最好的阶段，过了这个阶段，就开始走下坡路了呀。

一语既出，醍醐灌顶，原来这本就没有任何值得困惑的地方，这是人生最基本的自然规律，到底是小护士术业有专攻，一语中的。

顿悟之后，怅然若失，人生易老，岁月无情，原来，这么恍兮惚兮之间，我已经走过了人生最好的阶段，如果以整整20年计，20年，实在是一段并不短暂的时光，然而，身处其中，我却从来没有意识到过它就是最好的时光！20年的光阴里，为生活奔波，为所谓的事业打拼奉献，为所有值得不值得的事物焦虑操劳，有哪一天是在纯粹的欢笑愉悦中度过的？20年最美好的光阴就这样被我糟蹋掉了！如果早知道自己正享受着人生最美好的光阴，原该每日感恩祈祷、开怀欢笑，原该每日驭风乘云，仰天吟啸。

测试完毕，过敏源多多，却也无法确定到底是哪一种引起这次过敏。医生建议尝试一下脱敏治疗。对我来说，这是一个从未听闻的新名词，听完医生的解说，又自己"百度"了一下，百度说：脱敏治疗，在临床上确定过敏患者变应原后，将该变应原制成变应原提取液并配制成各种不同浓度的制剂，经反复注射或通过其他给药途径与患者反复接触，剂量由小到大，浓度由低到高，从而提高患者对该变应原的耐受性，当再次接触此种变应原时，不再产生过敏现象或过敏现象得以减轻。

简单地说，就是以毒攻毒。

百度还说，曹操是最早悟出脱敏方法的人，为了防止被别人毒害，他每天都喝一点砒霜，逐步增加服用量，时间久了，他对砒霜的感觉就不那么敏感了，同是致死量的砒霜，别人服用后会死，曹操却安然无恙。

一代枭雄的炼成，实属不易啊，除了文韬武略、权谋攻伐，还有这些个旁门左道、歪门邪道。

无论如何，过敏这件事，带给我的除了不大不小的痛苦，还顺便让我长了医学和史学知识，特别是脱敏治疗这个新名词，真正值得品味琢磨，况味无穷。你对什么东西过敏，偏拿这个东西来注射到你体内，让你从激烈抵触到慢慢适应，直至和谐共处，相依相生。

人生，何尝不是这样一个逐渐脱敏的过程？

小时候，别人从你手里拿走一块糖，你都会哇哇大哭，痛苦难当，后来，背起书包担起繁重的日子，失去快乐的童年；大学毕业后，走出象牙塔走向万象纷纭的社会，失去纯净无忧的世界；情窦初开时，山盟海誓死去活来把一句承诺当作永远却依然要失一次两次或者若干次的恋；千军万马九死一生浴血拼杀职场商场官场挣扎，才智心机用尽之后，也难免失一次两次的业、遭遇那么一次两次若干次的人生滑铁卢；在人世间种种说不清道不明斩不断理还乱的恩怨情仇中身不由己地失去朋友失去知己；半生拼搏风驰电掣偶作喘息时忽然发现失去已经来不及去孝敬的双亲；华发双鬓身心疲惫蓦然回首时才知道失去了已经永远来不及去经营得更完美一些的遗憾人生！

每一次失去，我们当时都会认为那是我们的末日穷途万劫不复，以为自己再也挺来过来，走不出去，可是，每一次，我们都在伤筋动骨元气大伤甚至奄奄一息生死徘徊的状态下，慢慢恢复过来了，有时候，甚至会像凤凰涅槃，浴火重生之后，展开了更加华美的翅膀。

这就是我们的人生脱敏，在经历不断注射各种人生痛苦变应原的过程中，我们逐渐失去了对所有痛苦的敏锐感知，最后终于刀枪不入百炼成钢。

我接受了医生的建议，决定试一试脱敏治疗。还有什么好畏惧的？人世间千苦万苦，哪一样比人生的这场漫漫长途更苦？仓央嘉措说，人世间，除了生死，哪一样不是闲事？

> 何必忧心忡忡,且共秋风从容。

美好的事物正在发生

我的一个亲戚,经历了一点儿人生挫折,事情过去以后,他对我说,也许经历这样的事并不是坏事,如果没有这件事,以后可能会有更严重的事。这是上天及时拯救了我。

我原以为他会有悔、怨、恨,但是他这么一说,我瞬间觉得他是成熟了,他虽然已经是三十多岁的人了,但是之前也许并没有长大。当一个人遇事开始向内求,叩问自己,反躬自省,而不是怨天尤人恨天恨地抱怨周遭的时候,他才是真正长大了。有的人一辈子都没有长大,无论是八十岁还是一百岁,甚至直到老死,都是个老小孩。

曾仕强说,这个世界上就没有不好的事情,凡是发生的事都是好事。

没有真正领悟其中深意的人,会觉得这是鸡汤,是自我麻痹，是阿Q精神。40岁之前，如果你告诉我这句话我肯定也会嗤之以鼻，但是现在，我是发自内心地深以为然，并将其奉为圭臬。时光是真正的雕刻大师，不仅会改变一个人的容颜，更时时深刻地改变着一个人的思想和精神。

《老子》有"祸兮，福之所倚；福兮，祸之所伏。"《淮南子·人间训》有"塞翁失马，焉知非福。"

这是文学名句，也是哲理名言。中国人的辩证法，都在这极简极深刻的寥寥数语里了。

有太多的事，当它刚刚发生的时候，从形式上看，是坏的，不利的，悲伤的，难过的，痛苦的，但是当经过一段时间以后，回头再看，你会发现，原来事情并不是你想象的那样，上帝只是换了一种不易被察觉的方式来帮助你。你可以放心地相信，在这个人世间，你遇到的所有的事，都是来成就你的，哪怕是让你很痛苦的事，甚至是剖骨剜心。你遇到的所有的人，都是来成全你的，哪怕是对你当头泼粪明晃晃插刀。任何事，都不要在当时下结论，而要在一年半载以后、三年五年以后、十年八年以后、甚至百年千年以后……时光布下谜面，也终将揭开谜底，晚一点并没有什么问题。

有人说，我一直在努力地修行，存善念，发善心，结善缘，做善事，为什么还总是会遭遇各种挫折和不幸呢？

这就是上天的玄机所在了，如果一个人付出一点善就会立即看到立竿见影的效果，得到切实的回报，那么这种善就会成为一种误导，让人急功近利，教人投机取巧，让人怀着非常功利的目的去为善，而不是发自内心一无所求，纯粹就是要去做一个善良美好的人。

那些朝圣者，一直深深地震撼着我，也许是因为积雪背景的衬托，那种遥遥长途一步一长跪的虔诚，总给人一种很纯粹纯净的感觉。人生长途的朝拜也是如此，长路迢遥，艰难险阻。从善如登，从恶如崩。善要坚守、持恒，不抱目的，不求回报。但是不求回报，回报却无处不在，无时不有，只是看不见摸不着，甚至你永远也不会知道。你只需要记住一点就可以了，就是你目前的状态，没有更差，没有更坏，这就是上天已经在眷顾你了。比如你打了一只碗，你不要沮丧地抱怨：唉，我怎么打了一只碗呢！你应该换个角度想：哦，感谢上苍，我只是打了一只碗，而不是摔断了一条腿！所以民间有老话"破财免灾""碎碎平安"等等。这是民间智慧，也是庶民的哲学。小的损失和波折，它一定是替你冲抵了大的损失或者灾难祸患。如果你被人欺负，一定不要去悲伤难过，反而甚至应该有一点小小的庆幸，因为一个人来到人间，即使你什么也不做，也是带着原罪的，要不然你怎么会坠地就哇哇大哭呢？这是背负了多少罪过，要来这人间偿还历劫！所以如果有人来欺负你，你所受的这苦难，就抵消了你的原罪，你就不会受到更严酷的惩罚了。欺负你的人，他原是你的恩人呀。

说到这里，我必须声明一下，我可是一个信仰坚定的共产党员，已经光荣在党20多年，我绝不是在这里提倡迷信，这也不是迷信，我只是建议你用正向的理念来面对人生，过好这一生。即使身陷泥淖，也要心有莲花。人生不如意事十常八九，如果你没有乐观的积极向上的态度和方法，你的一生都将是怨念聚集、悲伤痛苦的一生。意念的力量大到怎样惊人的程度，说来实在是让人震惊。

有一个著名的实验可能地球人都知道，两株植物盆栽，长得差不多，每天给他们施一样的肥，浇一样的水、晒同样的太阳。实验者找了很多学生，提前录好音，然后把音频在植物"耳边"循环播放。

一株播放的都是暴力攻击语言：

"你就是个废物，你一无是处！"

"你一点儿都不招人喜欢，要你有什么用！"

另一株播放的都是欣赏赞美之辞：

"你真的很美！"

"你好棒啊！"

就这样，30天以后，那盆被攻击辱骂的植物，活生生被骂枯萎了，而那盆每天被赞美夸奖的，则长得生机盎然。

一言之善，重于千金；一言之恶，可以杀人。

你如果觉得所遇皆痛苦，人生就会真的很痛苦，你如果认为所遇皆幸运，你周边的磁场也都会渐渐改变，你会真的变得很幸运。每天用美好的意念来赞美和肯定自己，生命里就会发生很多奇迹。

小孩子们的动画片里，好像有一种什么神奇的召唤器，掌握咒语就能召唤神灵、能量等等。我们内心的意念，也类似于这种召唤器，想什么，求什么，执着于什么，就会召唤来吸引来什么。所谓念念不忘，必有回响。

我发朋友圈，最常用的一句话是：感谢所有人。也许有的人会认为我有点虚伪，你真的会感谢所有人吗？在这里我可以非常肯定地回答，我是真的发自内心地感谢所有人，包括每一个看到这些文字的人。无论我们工作中生活中有过什么样的交往交集，不管你是否把我看作朋友，但你真的不是我的敌人，我的眼里从来没有一个敌人。众生皆苦，天地慈悲。睡前原谅一切，醒来便是重生。在无际无涯的时空长河里，在这万丈红尘中，唯你我相逢于这短短一瞬，这是多大的缘分！数十年的人生，实在是太短暂的一瞬，要做的事太多，爱和欢喜都来不及，真的没有时间去怨憎恨。

都是在这人间暂坐，终将归于苍茫星河。

何必忧心忡忡，且共秋风从容。请相信，这一刻，每一刻，美好的事物都正在发生。

> 愚蠢的众生啊，我将以科技之名，一再虐你，让你觉得自己很老、很笨、很没用。

以科技之名

　　过完这个年，我不得不彻底地承认，我可能真的老了。老了的标志并不是皱纹和白发，而是无力感。这一点，我在一些生活琐事中越来越深刻地感受到了。

　　给我教训的首先是电视。搬家之前，我本来是下定决心旧物不弃，能用的坚决不换，倒不是因为穷，也不是因为吝啬，而是出于敬畏，对苍茫宇宙和永恒天地以及万物的敬畏。小时候，对于母亲的很多行为是不解甚至是不屑的，她连一滴水也不舍得多用，并且完全不是出于吝啬，而是出于深入骨髓的习惯和理念。她说，人一辈子的享用都是有定数的，磨难和福报也都是有定数的，老天给了你一百年的物用，你50年挥霍完了，你就只能活50年，你60年用完了，你就只能活60年，你爱物惜用，就可能享用到100年。这位有神论者的很多理念，小时候我是听不进去的，认为是迷信，是迂腐，甚至好笑，但是，时间的长河大浪淘沙，岁月的河床留下闪光的珠贝，母亲的很多理念越来越成为那最闪亮的。所以，几十年过去，现在我认为我有生以来崇拜的偶像只有两个，一个是毛泽东，一个是我的母亲。对伟人的崇拜是仰望星空，对母亲的崇拜是脚踏实地。一个母亲的影响，远比任何学校和教育给予的影响更深刻。

  话题扯远了，咱们回到电视。搬家以后发现十年前的电视确实已经与新居不协调了，尤其是电子产品的更新换代周期，已经缩短到了让人瞠目结舌的地步。现在华为手机仅仅一个Mate系列，短短几年间，已经升级到了Mate50，而且Mate50以及每一级还都细分为多个规格层次。严格来说，我其实是一个科技盲，对手机没有任何深入研究，我只是一直用华为，每次去换手机的时候都被弄得眼花缭乱无所适从，我对手机的了解也仅限于Mate1到Mate50。我对电视更没有任何研究，因为我几乎从来不看电视。我本来是不打算买电视了，又环保又节约，可是电视又好像是一个家居的标配，墙上不挂个电视，总觉得不像个家的样子，好像只有挂个电视心里才踏实了。所以大白墙空置了半年，终于又挂上了一块黑板。送货的只负责送货，装机的只负责装机，联网还得找网络公司，社会分工的精细化教人成长，买个电视你也得沟通各处协调八方。这一通忙乎下来，又浪费了不少脑细胞。好在这些事我都甩给了孩他爹，我的能力严重欠缺，我仅仅是看着就累得不行了。联网的小伙子给讲解了好半天，我根本听都不想听，我根本听不懂，最后的结局是我根本不会操作电视，太复杂了，貌似比高等数分还要难得多，听得我恐惧症都要犯了。

这么一块我彻底搞不懂的大黑板摆在客厅里，搞得我天天都像是在上学，好像老师随时都会喊我去爬黑板，黑板上都是我不会做的数学题，真的是构成了张爱玲所说的那种"惘惘的威胁"。

在我的认知里，科技好像应该是让人类更温暖更便捷，但是，电视的这种科技方向到底意欲何为？它要走向哪里？小孩子们很少看电视，青年人不会感兴趣，中年人基本上没有时间看电视，看电视的主力和主要群体应该是老年人，但是，老年人怎么可能操作得了这么越来越高科技的电视呢？电视啊，你就不能长点心吗？长此以往，干掉你的将不是你的竞争对手，而是你自己。

尤其让我感到恐惧的是，最近手机忽然频繁推送关于吐槽电视机操作复杂、节目各种收费套路连环层出不穷之类的小视频，搞得我忽然很害怕。据说现在大数据不但掌握你的所有网上以及人间留痕，更连你的心理活动都能掌握了，你动念想一想的事情，手机上都能给你推送相关内容。

其次给我教训的是拖把。几十年了，我一直坚持用路边摊卖的那种最早是两元一把现在已经是20元一把的棉布拖把。我这个人懒，懒得去做任何耗费精力的事，拖把不知道已经更新到Mate几十了，我还是觉得拖把的Mate1用起来最顺手。搬家后买了一种貌似拖把Mate2的，比拖把Mate1唯一改进的地方就是不需要用手去拧拖把头了，我觉得已经很满足很幸福。可是孩他爹老是觉得太低端，非得买一种稍微高端一点的，也可能是想对长年包揽了拖地业务的我表达一点关心。拗不过他，家里终于拥有了一套高端拖把，咱仔细一看，这是伺候木地板的呐，咱家可贴的是瓷砖哪！反正包装也拆了，包装盒也被勤快的小区保洁员给捡走了，接下来只能让瓷砖也享受一下木地板的高端待遇了。不知道这是不是拖把Mate80，一系列配套眼花缭乱，我从最初就放弃了研究，我自知这根本不是我的能力所能达到的高度，以后拖地的活干脆交给孩他爹吧。

拖把Mate80在客厅里高大上地矗立了很久很久，我每次用拖把Mate2拖地的时候，还得小心翼翼地把它挪开再放回原处，像伺候一个二大爷。

话说正月初五这天，孩他爹终于打算在家拖一次地了，可是拿着说明书研究了很久很多久，最后，他放弃了，他明白这也不是他的能力能达到的高度，这个拖把Mate80，他也不会用。哈哈，没把我给笑死。

所以我对科技深怀敬畏也深怀恐惧，我用的东西大部分都是低端和初级的，都是Mate1，升级一档对我来说都是挑战。我觉得与居民生活领域相关的科技，出发点和落脚点都应该是便捷实用，如果它的走向是让大多数人都搞不懂不会用，那真的不知道它是要干什么，难道它只是想像上帝一样，居高临下地说：愚蠢的众生啊，我将以科技之名，一再虐你，让你觉得自己很老、很笨、很没用。

> 这碗面里配有各种蔬菜,不见我们通常用的各种调料的影子,味道却非常清新鲜美。原来它融合了清晨五点钟开始熬煮的虔诚与各种新鲜时蔬的纯粹。

佛 光

受一位长者之托,去拜访宝莲寺方丈觉耀法师。

周末一念忽起,立即动身前往。结果寻隐者不遇,方丈外出开会去了。于是认识了通国法师,佛家的说法叫结缘,人世间的每一份相识相遇都是缘分使然。既来佛家圣地,所遇皆是天意。

通国法师负责寺院日常事务,看起来忙忙碌碌,他长得胖胖的,笑眯眯的,热情和善,正是佛家模样。法师热情地带领我们参观宝莲寺各处,介绍寺院的情况。谈到觉耀法师,满怀着钦佩崇敬之情。望着由于忙碌不停以及激动而满面红光的通国法师,我忽然想到我们平时对一个干部或者职工的通常评价:爱岗敬业,尊重领导。这样想着我不由地暗自笑了,不知佛家对员工的评价是否也使用这样的词汇和语句。

不知不觉时近中午，通国法师就打电话和餐厅联系，安排斋饭，法师的挽留没有虚假客套，却之反为不恭，而且我们也很乐于讨一顿寺庙的斋饭吃，于是很高兴地跟随法师到雅静的餐厅用餐。

恰有到宝莲寺送花草绿植的三位园艺师，安置好花草也被法师留下吃饭，同坐一桌。通国法师一再客气地说，咱们就简单吃点哈，简单吃点。斋饭是一碗素面，佐以各种时蔬，配备三碟小菜，还有水果。虽是素简，却算得上搭配合理甚至可以说是丰富了。特别是面，真是好大的一碗，一般的女同志应该都是吃不完的。我想起母亲曾经说过，在寺庙里吃斋饭，是要吃得干干净净的，连菜汤都是要吃干净的。不由心生忐忑，因为我早餐吃得有点晚，还根本没有感觉到饿，这么多肯定是吃不下，不知是否会有不敬之嫌。我忍不住问法师，吃不完没事的吧？法师笑了，说，没事的。大家吃吧，有饭就吃，有活就干。这么简单的一句话，在我听来，却忽有醍醐灌顶之感，大道至简，有饭就吃，有活就干，这是多么纯粹干净的人生姿态。人生的许多纠结困惑，如果用这个道理来参悟，都会变得简单明朗。

法师说，咱们这里的面是一位香客专门加工供应的，不加防腐剂和任何食品添加剂，在别的地方是吃不到这样的面了。这个汤呢，是不加任何调料的，是各种蔬菜混合熬制的，做饭的师傅每天五点钟就要开始熬煮这个汤，把各种新鲜蔬菜放在一起煮，最后汤里就是各种蔬菜的原汁原味。我这才留意到，这一大碗面里配有各种蔬菜，不见我们通常用的各种调料的影子，味道却非常清新鲜美。原来它融合了清晨五点钟开始熬煮的虔诚与各种新鲜时蔬的纯粹，我们在中午时能够吃到的这碗面是有人从早晨五点钟就开始劳作的成果。所以我们真的不知道我们拥有和享用的一切，背后有多少不为我们所知的努力和心血。所以凡是拥有，都需要心怀感恩。

同坐的三位园艺师是三个年轻人，两个女生一个男生，边吃边自然地聊了起来。原来三人都是大学本科毕业，毕业后在某地产公司工作，有一天这三个年轻人忽然厌倦了已有的生活，毅然放弃了待遇很好的工作，走上了自主创业的道路，历尽艰辛创办了一个如今已经规模不小的花卉园艺店。三个人都文文静静的，其中一位短发的美女说，因为是往宝莲寺送花，我们没有让店里的工人来送，我们决定要亲自送来。我们从早晨六点钟就起床了，挑选、修剪、装车，我们要把最好的花草和最好的服务送给宝莲寺。

我想那一刻我被感动了，我觉得我看见了佛的光芒。早晨五点钟开始熬煮蔬菜汤的师傅，六点钟开始筹办花木的年轻人，拥有同样的专注、虔诚，以及对应该敬重的事物保持了敬重。

作为资深路盲的我，能熟记的只有上下班的基本路线，从来不敢在沛县以外的城市里开车，所以宝莲寺之行，我拉了一个共产党员做驾驶员。作为我每一篇文章的第一读者，他说，共产党员是无神论者，你能写这样的文章吗？我说，说到底，共产党员才是具有最坚定信仰的人，只不过我们的信仰是共产主义。世界三大宗教的信仰，都是以慈悲向善为核心追求。从这一点上来说，两者和而不同，殊途同归。

所以，我所说的佛的光芒，是灵魂的光芒，是人性中的纯粹虔敬、至善至美之光。其实每个人都是自己的佛，刹那善恶生灭，皆是成佛成魔，心中每有一念生出，如果有慈悲、有虔诚、有善良、有美好在，你的肉身凡胎便会散发出佛的光芒。

我和园艺师美女加了微信，我的朋友圈里，每天开始鲜花怒放。这是多么美好的事情啊，有缘得识，便每天赠你以鲜花悦赏。古人诗句里表达的，就是这个意思吧，江南无所有，聊赠一枝春。

最后还要感谢美丽善良的好友莲和凌，为我一念忽起迅疾成行的宝连寺之行各种操心，我每次到市里她们都要留我喝茶吃饭，却每次都匆匆来去未及停留。那样的挽留绝不是虚与应付的客套，揽着你的肩膀拉着你的胳膊，近乎强迫一般的挽留，每次都把俺这个乡下人感动到不行。人世间还有多少这样的情谊，还有几个这样的好朋友？我在佛前，也为你们许下一个愿：愿真诚善良的人，都一生平安！

> 夏虫啁啾，似也在谈天论地，昆虫里的仓央嘉措是不是也会说，这世间，除了生死，都是小事！

陈油坊的葡萄熟了

  陈油坊这个名字似乎有点土得掉渣。
  但是，你且将它慢慢读三遍：陈油坊，陈油坊，陈油坊！
  如果你认真地读过三遍，你一定会急于寻找一个绝妙好词来形容这一刻的感觉：唇齿生香，是不是恰如其分？
  俗极而雅，读上三遍就会让人唇齿生香的陈油坊，在沛县张寨镇，城西南十华里，无论你住在城市哪个方位，也至多三五个红绿灯就到了，小城市的小，就体现在这里。
  除了老家，我小时候叫做中心大队现在改掉乳名唤作中三居的那个村庄，还没有哪一个村庄能让我这样心念系之、频频拜访。
  八月，陈油坊的葡萄又熟了！
  这对很多人而言，不过是再寻常不过的农事，四时庄稼果蔬,都随着时令更迭而在大地的舞台上登场、演出以及谢幕,葡萄苹果桃梨李杏都是一样,但是,对我而言,陈油坊的葡萄熟了却是一个隆重的盛典。八月是孩子们放暑假的日子,每年暑假我们的出行计划看上去都很美,最终却总是被工作与生活的种种羁绊挤压得支离破碎,唯有陈油坊葡萄园的采摘,是花上两个小时就可以实现的出行,算上往返路程也绰绰有余。

每人提一个小篮子,拿一把小剪刀,钻进无边无际的葡萄园,仿佛一瞬间回到了童年,深紫的葡萄掩映在碧绿的叶片下,让你深深感叹大自然才是最杰出的调色师,就算梵·高和莫奈的调色盘也望尘莫及。一串串晶莹的葡萄挂着露珠,散发着源自日月星辰的光芒,你简直想把所有的葡萄都采摘下来,又似乎不忍心采摘下任何一串葡萄!

孩子们穿行在一排排密不透风的葡萄架下,不断惊呼与欢笑,哦!这一串好大!哇!那一串更紫!这是他们在超市的货架上永远也找不到的惊喜。

有一次是雨后采摘,葡萄架下小径泥泞,一家四口人的鞋子最后都粘到抬不动,最后相视大笑,到干道上去摔鞋子上的泥巴。人世间,好像所有来自泥土的快乐都是那么纯粹而彻底,坐在葡萄园的小路上摔泥巴鞋子的情景至今深刻在记忆里,那画面,每想起,都莞尔甜蜜。

葡萄园核心区五千亩,周边一万亩,走不到头,也望不到边,田间小路,可容车行,缓缓而行,随意而停,路边的葡萄可随意品尝,尝了不买也完全没有问题,用路边村民的话说,尝尝没啥,自家地里长的。不像市场里的小商贩,尝了东西不买,可能会讹上你。

在陈油坊,尝了不买的几乎是没有的,陈油坊的葡萄哪一家都同样香甜,哪一个品种都同样美味,一个连名字都唇齿生香的村庄,生长出的自然都是佳果美味,江苏最美乡村百果园,自然不是浪得虚名,而是实至名归。

在陈油坊,卖家短斤少两的现象是不会有的,有零头他们也都主动给抹去。这样的村庄,也像我们记忆中小时候的村庄一样,村民们都不会讲那些仁义道德的大道理,他们只是践行者,他们淳朴的践行让村庄处处弥漫着仁义道德的芬芳。

这个世界上,从来不会有人因为讲究、因为实在、因为厚道仁义而失去什么,相反,所有这些美德都会得到相应的回报,也许不一定是明显的等价的回报,而是以各种隐性的间接的迂回的方式体现,这些回报也许迟来,也许让人意识不到,但它终会有、肯定来!

因为陈油坊葡萄卖家的淳朴,我每次都会买下远远超出预算的葡萄,买到拿不动,装不下,吃不了,只得拉回家分送亲朋。村民们并不知道这是一个买家对淳朴的他们略尽绵薄的回报。

一群孩子在葡萄园的小路边拍照,摆着各种造型,有两个小男孩只穿一条短裤,长度到膝盖上面的那种,光着膀子,这是乡村小男孩的标准造型,几十年前就是这样,现在还是这样,在乡村,时光仿佛是静止的。

孩子们拍照的背景是葡萄园,一派生机勃勃,有时候他们变换位置,背景又变成了那些大招牌,牌子上写着"某某葡萄采摘园"之类的大字。望着他们天真烂漫的笑脸，我一时神思恍惚：这些以葡萄园为背景的孩子，和县城里以高楼大厦为背景的孩子一样吗？和以东方明珠塔为背景的孩子一样吗？和以北京天安门为背景的孩子一样吗？这些孩子也许会走出葡萄园，走向不可预知的未来，也许一辈子都守在葡萄园，每一天的生活都像今天一样。若干年后，这六七个孩子就会有六七种人生，而这一刻，他们全都满脸阳光满心欢喜，像孪生兄弟。

时光是多么值得敬畏，结果总会到来，它却从不预告。它鼓舞着每一个人永远满怀希望地向前走，不会因为提前预知结局的成败而丧失过程中的快乐。

晚上，作为全能主妇的我，各种洗刷收拾腰酸背痛之后，略作喘息，看到大学闺蜜微信里诉苦，近日职务安排有委屈之处，令她有不解和失落。闺蜜在仪征市，虽然远隔千里，但微信常常交流，深知她凡事求完美，工作家庭皆尽心尽力，付出的是十倍百倍于别人的努力，论德论才都无可挑剔，也颇为她感到惋惜。交流谈心一番后，她说奔忙一天很累先休息了，我却全无困意，乡下居所的窗外，夏虫啁啾，似也在谈天论地，昆虫里的仓央嘉措是不是也会说，这世间除了生死，都是小事！

年复一年，陈油坊的葡萄永恒地成熟，人类的一切奔波劳碌、营营役役却终将归尘化土。在辽阔星空的俯瞰之下，身高一米一和身高两米二没有任何区别，任何人的分量，都不比一只蚂蚁更显赫。

陈油坊的葡萄熟了，来采摘吧！

> 所有赠予别人的玫瑰,都将成为自己生命里的清香。

凭什么你长得那么好看

走过各种各样的路,见过形形色色的人,至今不能忘怀的,是我在组织部工作时的一位蔼然长者——干部科的李科长,至今想起她,我能够想到的唯一的最贴近的形容就是如沐春风!

那是20年前的事了,2000年,县里"三讲"(讲学习、讲政治、讲正气)党性党风教育领导小组办公室抽调人员,从报社抽调文笔好的编辑记者到办公室工作,主要是写材料。那时候年轻,写材料从来不觉得累,报社的工作程序大多数时候是编采合一,因为大部分自然来稿不得要领,不符合版面要求,很多稿件都是自己动手写,任务最繁复的时候大家都是白天采访加排版,晚上写稿,加班是常态,不加班的时候基本上没有,我一直晚睡熬夜的习惯就是那时候养成的。那时候还不是电脑办公,稿子是手写稿,版面是在图纸上自己设计、反复修改,拿到照排车间有专门的打字员排版。大学毕业的时候我还没有近视，在报社工作几年下来，我的近视达到了 500 度。500 度的视力换来了一点虚名，因为写的稿件很多，方圆 30 里的小县城，竟然成了个知名人士。

抽调前组织部还要到单位去考察，被点名抽调以及被考察的事儿我都完全不知道，直到确定被抽调去工作了，我才知道。后来李科长告诉我，考察情况总体上很好，但是有极个别人反映你有点小脾气啊，注意改正一下哦。我笑了，这是真的，我那时候 20 岁刚出头，还不懂得什么叫社会，象牙塔里的书生意气，读了十几书的书呆子，也可以说是不通半点人情世故，不食一点人间烟火气，有一次单位里有个同事和我开了个小小的玩笑，我以阶级斗争般的严厉态度把人家训斥了一顿，从那以后单位里人都不敢和我开玩笑。单位里还有一个和我性格脾气相似的女孩子，也是不喜欢开玩笑，我们俩关系比较好。后来我们听说男同志们曾经背后打赌，说看有谁敢去和我们俩开玩笑，大家请他喝酒，结果是这场酒他们没有喝成。

"三讲"教育办公室设在组织部，工作安排与交待由干部科统筹，我就这样科认识了当时的干部科李科长，女同志，当时大约 40 多岁，长得清秀和善，满面春风，第一眼就给人一种亲切温暖的感觉。

有人说，一个人的长相，前半生，靠基因，靠父母，后半生，靠自己，靠修行。深以为然！年轻时，人的长相差别会很大，有长得漂亮的，有长得丑的，区别分明，可是随着年龄增长，一个人的内心就慢慢地全部长到了脸上，人的美丑差别就不大了，善恶区别开始变得很分明。尤其是一个人年老时，脸上纹路的走向完全反映着他的内心世界，心存良善的人，脸上的皱纹及面相会温暖柔和，心存邪恶的人，脸上的皱纹以及整个面相则会阴冷凶险。也许是因为心有阳光，印象中李科长脸上始终带着浅浅的恬善的笑，让人感到舒适、温暖。

组织部，对于那时青涩懵懂的我，是一个神秘与需要仰望的地方，我对组织部的认知，仅限于王蒙的小说《组织部来了个年轻人》。管干部的地方，让我内心充满了敬畏。是李科长，以春风般的和善让组织部给我留下了终生难忘的美好印象。因为写得了各式各样各种难度的材料，也能够吃得了各种各样的苦，"三讲"办公室交给的任何工作和材料任务，我哪怕是整夜不眠，也要赶在第二天一早准时上交，而且必须是高标准高质量，所以，组织部几个需要写大量材料的科室都非常热烈地欢迎我。半年集中办公结束，李科长极力举荐，把我从报社调到了组织部工作，这是我没有想到的事，我竟然能够和我所敬仰的李科长成了同事。在长达11年的同事时光里，我从她那里得到了最可贵的关怀，也学到了最可贵的人生品格，上不谄媚下不骄横，对任何人都奉上自己春天般的温暖和热情。

因为李科长已经退休多年，我才敢写到和她相关的这些事，如果她仍在任，为避嫌，我是会回避这一切的。现在她既已江湖悠远，我在这里写下对她的感激和怀念，也就不会影响到她的什么。而且，如果她在任时，我这样感念，未免让人有闲话说。受人滴水之恩，牢记涌泉相报。虽然一个人政治上的成长进步不能感恩哪一个人，要感恩党和组织，感恩社会和人民，但是，那个在人生道路上给过你帮助的人，那个用自己的言行和美德影响你了一生的人，真的值得你从人生和生活的角度深深感恩。

李科长有一双儿女，分别考上了清华大学和北京大学，她的人生，一度被小县城视为巅峰传奇，怎么可以这么成功？这么好命？对于李科长的传奇，我从来不觉得是个意外，我相信这是上苍的回馈，所有结果都有它的起因，一个人的好运气，是她自己所有的善行善举必然得到的回报，只是，这种回报不是那么明显，也不是那么立竿见影立马显现，它是在一个人漫长的生命历程中悄悄累积，慢慢呈现，可能迂回曲折，可能是几十年的一个大循环，兜兜转转，所有赠予别人的玫瑰，都将成为自己生命里的清香。

就好像每个人都拥有自己的小宇宙，如果一个人整天满腹怨毒，对他人深怀恶意，他的小宇宙就会充满了负能量。充满负能量的小宇宙，吸引来的也全是负能量的事物，正面的阳光的美好的事物在他这里就没有容身之地，只能离他而去。很多人喜欢抱怨命运，却不知道命运其实全掌握在他自己手里，一个人生命的所有结果结局和所能达到的高度，都是他自己的修行所致，一味抱怨和拼命盯着别人的生活，甚至不惜代价不择手段地去诋毁或者陷害别人，更是会折损完他的好运气。有的人一辈子都悟不透这个道理，你如果凡事想好，先要存一份善念好心，自会山不转水转，水不转云转，常逢喜事常遇贵人，所有美好的愿望都能成真。如果心不善，老想着攻击谁陷害谁，只会让自己永远在怨念的地狱里沉沦。

80多岁的老母亲，多年吃斋念佛，生活中遇到不顺心的事，有时候和她聊聊，忍不住牢骚两句，她总是说，千万别抱怨，这就像唐僧取经，九九八十一难，少一难都不行，你的人生应该有这些坎，如果少了这一回，打马挑担都得往回折返再补上。如果我忍不住骂哪个人，母亲就说，千万别骂他，你不骂，罪孽在他身上，你骂了，他的罪孽就消了，反而是你有了罪孽。有老天在呢，你什么都不用操心。你只管行你的善，存你的好心，感化不了的人也不用管他，老天自有安排。

　　小时候，对母亲的话百依百顺，渐渐长大了，觉得母亲的话渐渐迂腐陈旧，再渐渐长大，直到自己也慢慢老了，才知道，母亲才是一个最伟大的哲学家。

　　五六年前的事了，政府办公楼里有个值勤人员，一位大姐，每天上下班时间都能看到她，时间长了，见面就点头一笑互相致意，像是熟人了，但也仅此而已，因为毕竟又不是熟人，我不知道她的名字，她也不知道我是谁。

　　有一次我加班，很晚了，是冬天，我从办公室里出来，感觉大厅里有点冷，看到大姐还在那里，点头致意后，我问了一句，大姐冷吗？这么晚了怎么还不走？

　　她说，你们都没走呢，我也不好意思走。你们好辛苦呀，天天都这么加班。

　　我说，是的，反正总是干不完的活。

　　她说，我以前没在这里工作的时候，就想着你们办公楼里的人可真有福呀，天天坐在办公室里，喝个茶看个报纸，风不着雨不着，真不知道是这样的。

我说，是的呀，各有各的辛苦。

她说，还真是这样，我看这里的人真的都是很辛苦，天天那么多事，我看着都累。我在这里工作以后再也不觉得你们清闲了。

我说，以前骂过我们是吃闲饭的是吧？她笑了，没有没有，就是以前觉得你们应该很清闲，现在知道了，真不是这样的。

短暂的沉默之后，她又突然说，你真好，长得也好看。

我忍不住笑了，怎么忽然这么说的呢？大姐。

她说，你问我冷不冷，我觉得很温暖。

这句话至今深深地刻在我的脑海里，其实，每次点头致意的瞬间，原可以再加上一句话：你冷吗？你的每一个小小的善，可能都是别人生命里的暖。

我从小就觉得自己长得很丑，因此非常自卑，人丑就要多读书，所以，我就多读了几本书，这也是长得丑带给我的一个最大的好处。所以世界上的事，永远没有绝对的，所有的事都是相对的，塞翁失马，安知非福，如果你愿意相信，这个世界上所有的人和事，都是来成全你的，都是你应该经历的，一切都是最好的安排。小时候很丑的一个人，渐渐老了，竟然还偶尔会被人说好看，虽然我知道我并不是真的好看，而是因为一个人看一个人，是因为喜欢和亲近才会觉得好看，值班的大姐是因为被温暖才觉得我长得不是那么难看。

也是一个冬天，我跟一位女领导出差，我一般不喜欢穿很厚重的衣服，可能看起来穿得有点单薄，领导关切地问我：你冷吗？我一下子想起那个冬天办公楼大厅里我和值勤大姐的对话，一时感慨不已，这个世界上，恶人有各种各样的恶，善良的人却都是一样的善。可惜我没有值勤大姐那样善于口头表达，我竟然一句话都没有说，只是记住了那种温暖，并且一直记得。

走过各种各样的路，遇到过许多这样的蔼然长者，他们身处尊贵，全无骄矜，他们春风大雅，秋水无尘，让人永远难忘深深感念，他们有一个共同的特点，就是长得很好看。内心的慈光，散发在他们脸上，净化了岁月风霜，只烙印了坚定、美好、温暖和善良。

> 渐入青葱深处,扑面而来的绿意一层浓过一层,一层深过一层,如天工泼墨,着意点染,似要把天空都铺绿了去。连空气里都充盈着青翠的绿,让你忍不住要作深呼吸。

洪雅的午后

走向洪雅,本是一个意外。

行程中没有关于洪雅的安排,同行者中有一人忽然想起洪雅的一个朋友,于是成行。

成都西南行百余公里,至洪雅。

幅员 1896.49 平方公里的县域内,林地 168.1 万亩,森林覆盖率达 67%,"七山二水一分田"的天资禀赋,让它成为当之无愧的"绿海明珠"。

汽车驶出成都闹市,一路西行,渐入青葱深处,扑面而来的绿意一层浓过一层,一层深过一层,如天工泼墨,着意点染,似要把天空都铺绿了去。连空气里都充盈着青翠的绿,让你忍不住要作深呼吸。

我们一路赞叹,一路艳羡。热情的接待者为我们播放了洪雅县的宣传片——《养心之地　山水洪雅》。

这个题目，如此清新脱俗，如洪雅的山水，有"清水出芙蓉，天然去雕饰"的意韵，而无任何媚俗和浮躁。在以经济利益为导向的当下，还有几个城市的名片，不带有功利色彩，不沾染孔方兄的气息？洪雅只告诉你，她有青山绿水，适于怡养心神！

养心，这也许是每一个焦虑浮躁的现代人都需要认真修炼的一门功课，天下熙熙，红尘攘攘，芸芸众生，奔忙追逐，每个人都在说忙，每个人都在喊累，城市的空间，每一方寸，都被欲望和焦虑填满，想得到一切，要不断拥有，没有什么能够放得下，唯有心灵的宁静平和，成为现代人不得不放弃的奢侈。

而洪雅，她以不存任何功利的姿态，用如此纯净清澈的青山绿水，为你养心。

未至洪雅，心已折服。

洪雅的午餐，竟然少有劲辣菜肴，而以甜点和微辣菜肴为主，原来是接待我们的朋友特意安排，以为我们是江苏人，吃不了他们的辣。其实，喜甜点是苏南人的口味，苏北人的口味则多有豪放之气，喜食辣者大有人在，譬如我，看起来文弱小女子一个，却是真正的食辣高手，犹如大侠隐于江湖，深藏不露。五年前第一次到四川来，我就恋上了四川的辣，直有日食麻辣三餐，不辞长留蜀地之意，这次重游，最惦记的，还是四川的辣。洪雅的午餐，虽然没有让我过一次麻辣瘾，却让我们一行几人都体会到了主人的细致情意，毕竟，几人中只有我一个人喜食辣，其他几人的肠胃都得到了温暖的体贴和关怀。

午餐后，殷勤的主人说带我们去一个古镇，叫做柳江古镇，山路辗转，一路翠竹夹道，清幽无限，让人不觉路长，唯叹人生苦短，不可长留此间！

柳江古镇，竟然给了我们一个意外的惊喜，这是一处真正的世外桃源，古树老屋，小桥流水，无论是村民还是游客，全无匆忙之态，个个悠然自得。原来环境可以如此改变人的心境，在这里，你会不由自主地放慢脚步，融入那份安逸，说到底，人生到底有多少事情，值得我们终日疲于奔命？人只有在回归自然的状态之下，才能感知到自己在物欲和功利世界里的渺小卑微，山水洗尘，观照我们内心的空虚和焦虑。

柳江的古屋和老院，都带着不加修饰的沧桑之感，游客不多，三三两两，恰与古镇意境相适，不像有些古镇，车水马龙摩肩接踵，喧嚣过度意韵尽失。

古屋老院，处处是绝佳楹联，无奈年少时过目不忘的资质早已在庸碌世事中消磨殆尽，叹赏之后，即刻遗忘，仅一联，刻于脑海，至今感喟：宅弟耸崇，日月每从肩上过；门庭开豁，江山常在掌中看。气势恢宏，有霸气在，却又并不让人反感，钱财权势，可以被某些人左右，日月江山，却从不被任何人专有！

一条河流沿蜿蜒流转，不知源起，不知尽头，潺潺流水，与游客一路相随，两岸古树老屋隔河呼应，遥相致意，使古镇意韵婉约，风情万种。两岸之间的通道，或为木栈，或巨石作桥，踩着一块块大石头走向对岸，流水会浸湿你的鞋子，蹲下身来嬉水，游鱼会滑过你的指间，美丽的鹅卵石静卧在无论深浅都一样清澈通透的河底，关于时光，她是最权威的见证者，却始终缄默无语，不向我们透露时光的任何机密，我的前世或者来生，是否也能够像她这样，在纯粹的清澈里，安静地美丽，不受任何烟火俗尘的扰攘？

这是我至今没有吐露的秘密，曾经有那么一刻，在洪雅安静的午后，在仿佛已经静止的时光里，我最大的愿望，就是做一块古镇河流之下的鹅卵石，被万古不腐的流水洗尽心灵的尘埃，并且在每个夜晚都能够抬头看见满天星光。

虽然意存流连，却不得不告别这一段风景，走向计划中的下一个目标峨眉半山七里坪。

朋友介绍，洪雅境内的历史文化名山——瓦屋山非常值得一看，此山早在唐宋时期就与峨眉山并称"蜀中二绝"，系太上老君升天之地，道教发源地，青羌民族最后留居之地。据说，从任何角度望去，这座山整体上都状若瓦屋，因此得名"瓦屋山"。但是，洪雅的午后看似漫长，实际上却如此短暂，天色向晚，行程催迫，我们只能遥望云雾缭绕处那座状若瓦屋的奇山，想象着诗人的描绘：须臾白雾起，如绵如浪。溶作一天云，匿尽千重嶂。

千重嶂外，无缘得睹奇山近貌的我们，带着无法尽兴的遗憾，渐渐远离洪雅的午后，渐渐隐入无边无际的苍茫竹海。

> 我们就这样在不知不觉中出卖着自己的快乐，引诱我们的是一个比毛卷卷更隐蔽更难以抵挡的对手，那就是我们永无止境的欲望。

我们都是罗小布

　　和儿子一起看动画片，只看了一个片段：一个叫罗小布的小孩子，在和一个毛毛虫做交易。儿子告诉我那个毛毛虫叫毛卷卷，是一个邪恶的小生灵，专门收买别人的快乐送给一个叫疙瘩王的怪物食用。

　　果然，毛卷卷花言巧语，以种种诱人的条件引诱罗小布出卖自己的快乐，最后，毛卷卷用三个条件买走了罗小布的快乐：考试每次都得一百分；玩游戏每次都赢；每天都能吃到两种不同口味的冰淇淋。三个条件实在太诱人了，几乎是每一个小孩子梦寐以求的事情，难怪罗小布终于动心。罗小布的快乐化作一根金光闪闪的巨大羽毛，毛卷卷抱住它，陶醉万分地感慨：小孩子的快乐真大呀！比成年人的大多了！

　　然而，马上就可以实现三个愿望的罗小布却立刻变得神情沮丧，在夕阳余晖的背景里，他耷拉着脑袋黯然神伤地退场。就算可以实现一千个愿望，他也没有了可以感知的快乐！

剧情到这里告一段落，广告之后的故事，我没有继续看下去，却在这个片段里回味良久。其实，这应该也是一部适合成年人观看的动画，在这个片段里，相信每一个神志清醒的人都会得出相同的评价，即罗小布的选择是错误的，任何条件也不能成为交换我们的快乐的砝码！然而，当局者迷，旁观者清，在现实生活中，很多时候，我们并不比罗小布明智，在漫长的生命旅途中，我们甚至在不断地用自己的快乐跟许多看似诱人实则不值的条件作着交换。大到对金钱、名利、地位的追逐，得一望二得陇望蜀的天性使我们永远处在求之不得的焦虑、失落、痛苦之中，得到和抵达的快乐常常只是昙花一现，这终其一生的追逐，消蚀了我们一生中绝大部分的幸福。小到日常生活中的细枝末节、磕磕绊绊，无时不在无处不有无孔不入的烦恼纠结时时刻刻围绕左右，侵蚀身心，我们仅余的一小部分快乐就这样灰飞烟灭。

我们就这样在不知不觉中出卖着自己的快乐，引诱我们的是一个比毛卷卷更隐蔽更难以抵挡的对手，那就是我们永无止境的欲望。古希腊神话中，达那瑟斯国王的女儿们被罚汲水苦役，而水桶是永远汲不满的无底桶。无止境的欲望就是那永远汲不满的水桶，陷于汲水苦役中的我们，却总以为自己终有一天会抵达圆满。

我们像罗小布一样，从来都不曾长大，也不曾更明智。

我们都是罗小布。

只是当时已惘然

满想的中秋

只是当时已惘然

无常

水上仙居

故乡的雨

卿卿我我

那个人的城

永远没有那么远

> 龙固街上的灵魂人物满想，是我们放学路上最靓的仔。

满想的中秋

午后三时，在汽车的轻微颠簸里，我有点儿迷迷糊糊昏昏欲睡的感觉。还乡的感觉让人放松，故乡的氛围犹如襁褓，让人卸下所有疲惫，复归于婴儿。

经过熟悉而又陌生的老街，娃的爹忽然说："满想还活着呢。"

我忽地坐起来："啊？满想？在哪里？"

娃的爹说："我刚才看到他，已经过去很远了，现在看不到了。"

我非常失望，本来想让娃的爹调头再去寻找，可是这么做好像显得又太无厘头了，简直都不好意思说出口，为什么专门要调头去寻找满想呢？可是没有去寻找我又非常后悔，总有一天，再回老家的时候，将再也看不到满想了。几十年了，总以为满想会早就不在了，可是每隔几年，回老家的时候总是能见到他一次，每次都很惊诧，在心里叹一句："满想竟然还活着呢！"

如果不交待一下满想是谁，我这样的想法就会显得很奇怪，怎么会对一个人还活着感到惊奇呢？或者，怎么会有这么不善良的想法呢？

现在的龙固镇，在我小时候曾经叫龙固公社，后来叫龙固乡，最后叫龙固镇。无论地名如何更改，那些上了年纪的人却始终把这个地方叫做龙固集，赶集上店的集。龙固集上那条兼具政治经济核心功能的老街，面貌也数经变易，但是龙固人始终叫它龙固街，犹如汉高祖刘邦，即使他当了皇帝，回到沛县，乡亲们还是叫他刘三。满想曾经是龙固街上的灵魂人物，在我的童年印象里，他深刻到超脱于所有事物之上，以至于只要想起老家，想到龙固，就会想到满想，满想简直就是龙固的副标题，犹如说到江苏省的省会，思维就会自动打卡南京。

满想只是取个字音，大家都叫他满想，不知道是不是这两个字，也无从考证。没有人知道满想有多大年纪了，从我记事时起，满想就作为龙固街上的灵魂人物存在了。虽然不知道他有多大年纪，但是那时候满想很年轻，现在想想，他那时候的样子，应该是20多岁，一年四季穿着军装，很神气地扎着军腰带，冬天还有军大衣，当然都是不带徽章的。我到现在也想不明白，他那些衣服都是从哪里来的，小时候的事，都是迷迷瞪瞪稀里糊涂的，能整明白的不多，何况村庄又是多么万类并蓄的存在，有哪一个村庄不隐藏着许多高深莫测的人和事物呢？每一个村庄的故事，都够写一部《百年孤独》，龙固街的传奇也许丝毫不比马孔多逊色，遗憾的只是，人世间没有那么多伟大的马尔克斯来书写。

龙固街上的灵魂人物满想，是我们放学路上最靓的仔。他所到之处，小孩子们群群簇拥，一拨散尽又涌上一拨，总是把他围得水泄不通。想要靠他近一点，需要很大的力气。我们班里只有最高最胖的马大力，每次都力挫群雄，跑到最前面，仰着脸，像瞻仰明星一样，骄傲而自豪地眼巴巴地望着满想。也许英雄人物总是在小时候就显现出了非凡的特质，几十年后马大力竟然成了刑警大队长，也许小时候一次次勇猛无敌地冲破层层包围圈冲到满想面前，正是他的早期演练。像我们这样瘦弱的小女孩们，只能远远地观望着，既是因为没有力气挤到最前面，也是因为害怕满想，不想靠他太近。因为满想的表演充满了不确定性，他有时候很文雅地唱念做打，有时候也会突然出其不意地冲出人群，像是听到了冲锋号，要勇猛地冲锋，虽然不知道是为了什么。这时候小孩子们就会被冲得东倒西歪七零八落，摔倒的挤掉鞋子的扯破衣服的，哭的笑的喊的叫的，乱成一团。这种由满想引起的放学路上的混乱，每天都在上演，剧情大同小异，演员和观众却都永不厌倦。那时候，小孩子上学放学是不用接的，那时候，是没有手机电脑的，如果没有这样的剧目上演，生活该会有多么寂寞无聊，回忆将会多么冷清单调。

满想是个疯子，有精神病，看起来却比任何正常人都更精神，每天雄赳赳气昂昂地穿着绿军装，敬礼，打仗，冲锋，在永无休止的战斗里，每天都胜利，从来不失败。

可能他的灵魂里住着一个军人，所以才对绿军装，对冲锋打仗情有独钟。穷乡僻壤，我们小孩子也没有几个人见过真正的军人，感觉军人大约就应该像满想这样，精神抖擞，两眼始终闪耀着光芒。满想个子不高，有点瘦小，却精气神十足，尤其是一双眼睛，完全没有精神病人的萎靡不振，甚至配得上语文老师教我们的一个最神气活现的成语：炯炯有神。满想大约也精通战略战术，在孩子们水泄不通的围追堵截中，他总是能够千方百计地找到一个相对的高处，站到土墙头上，站到小土堆上，甚至站到一块砖头瓦片上，总之要占据一个制高点。他一身绿军装，扎着军腰带，叉着腰，俯视着我们，仿佛在检阅他的军队。他一次次呼喊着冲向无意义的远方，仿佛一个将军，在完成他的征途辉煌。

小时候哪个村庄里没有几个疯子呢！有想不开的事过不去的坎，无法面对了，直接疯掉就解决了，这是乡下人最简单直接的办法。疯掉了就会忘记一切痛苦，这也是上帝的慈悲。我们小时候的乡下，很多人都是这样疯掉的。

精神病，顾名思义患病的根源是精神，是思想问题，乡下人朴实执着一根筋，可以疯掉的原因太多了，邻里矛盾，婆媳失和，夫妻拌嘴，兄弟姐妹纠纷，都是导火索，具体事件的起因，有时是一块钱，有时是一只打碎的碗，有时是一只走丢的鸡鸭鹅，有时是一句言差语错。其实疯掉还是对那些陷入了执念的人的一种迂回拯救，如果没有疯掉这条路，可能会有更多的人跳河跳井喝药上吊。在几十年前的乡下以及更久远的过去，这样的场景几乎是非常频繁地上演。被乡亲们七手八脚抢救下来的人，无论是将往生还是向死，家族的人都要为他们举行一个喊魂的仪式，站到房顶上，敲着锣鼓，一遍遍地吆喝着："某某某，回家喽！某某某，回家喽！"声音高亢悠长，久久地回荡在村庄的上空，惊起几只黑乌鸦。这个仪式是如此神奇，简直让人恍惚觉得死亡都不再是一件可怕的事，喊回来的是短暂地回人间的家，数十年暂寄，喊不回来的无非是永归，那是这个人世间所有的人最后的归处。

乡下人对疯子都是很宽容的，只要没有暴力倾向，大家都把他们当成正常人一样对待，他们在村庄里出入自由行止如常，甚至有点村宠的意味。他们除了精神已经超脱于那个村庄，游离于不可知的世界，其他的都和普通村民没有什么两样。比如满想，龙固集十里八乡的红白事，他都要去帮忙，其实也帮不上什么忙，但是他忙里忙外，满脸喜悦，就像是在为他的至亲操办一样。满想不懂得喜悦悲伤，人家办喜事他满脸喜悦，人家办忧事他也是满脸喜悦，他以为只要是很多人热热闹闹地聚在一起都是快乐的事。多年以后，想到满想，想起在一片盛大的悲哀之中，他那喜悦洋溢的脸，我总是想起屈原的那句"悲莫悲兮生别离"，也或想起庄子，为循环往复生生不息的永恒生命击缶而歌。乡下的大席前前后后总要摆上两三天，对于满想来说，这样的盛宴就像是过年一样。多那一口，增加不了什么负担，乡亲们倒顺便对满想照顾了几餐，从来没有人因此嫌弃满想。

乡下人比较嫌弃的是那些因为爱情而疯掉的女人，因为乡下人觉得感情的病纯粹是闲出来的毛病，都是给闲的，扛几天锄头累到腰酸背痛倒头就睡哪还有工夫寻愁觅恨寻死觅活。可是因为感情疯掉的人还是越来越经常地出现了，大多数都是女孩子，豆蔻年华青春正好，忽然就疯掉了，像是已经被全世界抛弃。我虽然没有和其他小孩子们一起，向这样的疯子吐过口水，扔过树枝，但是回望此刻，我仍然想真诚地代表年少无知的我们，向光阴深处的她们，致以深深的歉意，如果不是万劫不复，谁又愿意用疯掉的方式来回避痛苦呢？地狱有十八层，但是爱的痛苦大约在第十九层吧。

满想在我们小孩子眼里甚至比正常人更可爱，因为他笑嘻嘻的，从来不暴力。那时候，小孩子远不像现在这样娇贵，家家都有三四个五六七八个，谁家的大人有心情陪孩子玩打仗的游戏呢！所以从来不暴力的满想，简直更像是一个以精神病的名义陪孩子们玩游戏的天使。他还喜欢给小孩子送糖吃，在彼时物质还没有极大丰富的乡下，糖果也是很稀罕的。满想的糖果也像他的绿军装一样，不知道来自哪里，应该是总有一些好心人，在关照着这个可怜人。菩萨不在莲花宝座之上，而是遍布乡间。满想不知道自己的命比黄连更苦，他有一点甜，还想去分给别人。满想的糖果有诱惑，又有恐惧，孩子们不敢接受，满想就追着硬给，每次满想要送糖果的时候孩子们就吱吱哇哇四散奔逃，仿佛要摆脱撒旦的魔咒，满想就很开心，也许他是把这个当成了游戏，玩起来总是乐此不疲。

说起满想，一个龙固老乡说："我小时候最感到惊奇的是一个疯子竟然还会写字！"这个事我竟然差点儿忘记了，岁月的细节在努力回忆里慢慢清晰,我想起满想最喜欢写的好像是"中华人民共和国"。他常常以树枝作笔,以大地作纸,一遍又一遍地书写着"中华人民共和国"。随着满想笔走龙蛇,小孩子们团团簇拥着他,一字一顿地念着:中、华、人、民、共、和、国……

没有人知道满想到底是怎么疯掉的,他给龙固街和孩子们带来的欢乐淹没了他所有的痛苦。

满想以龙固街为主要根据地,足迹遍及龙固公社的大街小巷,我们小时候从来不知道龙固公社的最高长官是谁,却都知道满想,一个龙固人如果不知道满想,可能连智商都要被怀疑。满想精神抖擞地扎着军腰带在龙固公社的大街小巷巡视的时候,谁又能相信他是一个精神病人呢?又有谁敢说自己比满想更威风凛凛呢?

贫苦岁月里,龙固公社的地域范围内,肯定还有很多精神病人,但是没有哪一个能比满想更有名气。做精神病人做到满想这个境界,也未尝不是一种天赋异秉。

很多年来,龙固街上最靓的仔,始终都是满想,前无古人后无来者,无可替代难以超越。

我初中毕业考上沛县中学以后,就很少见到满想了,满想在此后数十年的光阴里时隐时现,犹如故乡的炊烟。每隔几年,回老家的时候总是能见到他一次。满想也渐渐老了,但是他的全副军式装备却始终没有改变。人类的生命很脆弱,但是满想的生命力却如此顽强,他风餐露宿,病患无医,如今也是老迈暮年,他是怎样走过几十年的光阴,依然在龙固街上,永恒地胜利着的呢?

不知道满想的中秋是怎么过的,不知道下一个中秋还能不能见到他,也不知道今天在龙固街上,有没有好心人能送给他一块月饼啊!虽然他永远都不知道团圆的意义是什么。

> 有多少新朋旧友就这样消失于人生羁旅、匆匆驿站,回首时,伊人渺渺,只有远芳古道、晴翠凄凄。

只是当时已惘然

到了年终岁尾,亲朋好友的祝福又开始陆续抵达,邮件或者贺卡,短信或者电话。尽管现代通讯已是如此发达,信息传递已是如此便捷迅速,但是,我依然不得不遗憾地意识到,有些祝福,仍然会被种种缘由阻隔,尘封在永远无法抵达的角落。

许多年来,我一直想送一句祝福给我的两个朋友:李晶和蔡丽。"送一句祝福"这个愿望看起来如此简单,可是要让它抵达李晶和蔡丽,却是如此希望渺茫遥不可及。李晶是我的高中同桌,蔡丽是我的室友,我们土生土长于一个县城,高中三年同窗,大学时仍同城就读,常于周末相约相聚。那么多年的时光声息相闻,从来不曾想到有一天会彼此失去联系。可是,某年某月某一天,当我又想起李晶和蔡丽的笑脸,才意识到,我们已经飞鸿各东西，长久地失去了联系！也许，我们已经有太多的方式可以传递信息，可是，有时候，我们却失去了目的地。

因此，我分外珍惜少年时的友谊。一次，我对一位至今保持联系的中学密友说："个人信息如有变动，一定及时告知呵！"她也是忧心忡忡："你也要切切记牢呵！"这份担心果然不是多余的，几年来，我不断收到她的变更通知：手机换号码了，工作岗位变动了，搬家了……同时，我的变更通知也不断传递给她。瞬息万变的现代社会，使我们的人生有了更多的变数，所幸，因为珍惜，我们还能够如此风雨无阻地表达着对彼此的祝福和牵挂。

两年前，在内蒙古呼伦贝尔大草原上的一个蒙古包里，一顿充满蒙古特色的风情午餐即将开始，刚一落座的我瞬间几乎惊讶站起，和我隔桌遥遥相对的一个人，像极了一个曾经熟稔而又失去了联系的朋友，从长相到神情，从一举一动到一颦一笑，无不相似，惊讶良久，恍如梦中。呼伦贝尔大草原和那无数个蒙古包，都是一个短暂的驿站，每天每时每刻，都会有成千上万的游客从天南地北潮水一样涌入又无声无息消散，每一个人和另一个人于彼时彼地的相逢都是偶然中的偶然，是永不可重现的绝版，像流星交错，有瞬间的火花，却不会在永恒的星空留下任何痕迹。有多少新朋旧友就这样消失于人生羁旅、匆匆驿站，回首时，伊人渺渺，只有远芳古道、晴翠凄凄。

一天，和母亲闲坐聊天，母亲说：你姥姥年老的时候，常对我说，我想我娘了！我就笑话她，这么大年纪了，想什么娘啊，你娘都走了多少年了啊！没想到，现在我也会常常想起你姥姥，原来，人越老越会想娘的！

其实，我原也想笑话母亲的：白发苍苍了，想什么娘啊！可是，我终于没有说出这样的话，因为我想，也许当我白发苍苍的时候，有一天，我也会对自己的孩子说：我想娘了！可是娘在哪里呢？

现代通讯再发达，也没有任何一种途径可以把我们的思念送达天堂！

在母亲如此琐屑家常的唠叨里，我的心底竟走过一阵凌虚绝尘的哀伤：此情可待成追忆，只是当时已惘然！

流光中拼命追逐的我们，多少温暖的细节匆忙中忽略，多少本该珍惜的情缘擦肩而过，蓦然回首的时刻，只能在追忆中徒然伤怀！

这一刻，我忽然意识到，在这个阳光暖暖的午后，我能够和母亲在这里相坐相守，这是多么幸福的事情！人生的所有所谓伤感失落都是微不足道的；在这个纷纷攘攘的尘世，有这么多祝福能够跨越时空的种种阻隔向我走来并且顺利抵达，这是多么幸运的事情！世间的一些所谓风霜雨雪都是可以忽略不计的。

少年时，读晏殊的"满目山河空念远，落花风雨更伤春，不如怜取眼前人"，以为有人生苦短、及时行乐的消极在里面，现在才知道，一个"怜"字，其实道尽了人生的珍重与珍惜，流光容易把人抛，红了樱桃，绿了芭蕉。匆匆人生，有多少亲情至爱能够永远伴你前行？许多人、许多事，都只能与你相伴短短的这一程，漫漫人生长途，更多的时候我们都是孤独的，最美的相逢和相知都在无穷无尽的追思追忆中。怜取眼前人，就是把握现在的拥有，呵护掌心里的幸福，珍惜相依相伴的情缘。

  我深知，无论是邮件还是贺卡，短信还是电话，每一声祝福都来自真诚的心灵，没有任何一颗真诚地为我们祝福的心灵可以被忽略，我将怀着绝对的感恩和虔诚，对每一颗真诚的心灵回复以同样的真诚！

  感谢你，用你的真诚温暖我！

> 他们既不渴望功业千秋也不奢求荣华永继，连生命都只是一个"无常"，还有什么浮云幻影值得膜拜和追求？

无 常

　　家乡的老人们把一个人的离世叫做无常。

　　老人们大多没有多少文化知识，斗大的字识不了一箩筐，或者根本就是文盲，但是他们关于死亡的这种婉称，却表现着令人无法理解的渊博。

　　无常本是佛教用语，谓世间一切事物不能久住，都处于生灭变异之中。万物无常，有存当亡；另一无常，则为人们常说的勾魂小鬼"无常"，有白无常与黑无常；其三，无常，作为人死的婉词，与老人们所说的无常含义一致。

　　春秋更替，人事无常，离开家乡渐久，那些把死亡叫做无常的老人们也许也都已经相继无常了。我只能用"也许"这个词，因为他们的在与不在，于我的世界确已是关联不大的事情，只是偶尔与母亲闲聊的时候，说到东关的张奶奶或者是西门口的李爷爷，母亲会平淡地说："老去了有两三年了吧？可是真快！"母亲说得平淡，于我而言却是霹雳闪电，总会让我震惊之余错愕良久。

对于母亲这个年龄的人来说，谁谁谁走了，确实都已经是寻常事，就像是很久以前，去老家的那个露天电影院去看一场好电影，先走一步，不知道是不是找到了一个好座位，他们都是辛苦了一生的人，该坐下好好歇歇了。

在我的记忆里，家乡的那些老人们确实是有些老了，但是感觉他们好像是可以停留在那种苍老的状态里，一直那样苍老下去似的，然而，他们到底并不是一座老屋或者是一棵老槐，可以苍老得更长久一些，到时候了，他们就会离开，不管来招呼他们的是白无常还是黑无常，他们都会老老实实地跟着它们走，像他们一生一贯表现的那样，安然接受命运的安排，从不呼天抢地，更不怨天尤人。

以为他们可以在光阴里永恒地苍老下去，是老人们的通常状态带给我的错觉，因为他们实在太像顽强坚韧的车前草，虽然命运卑微，但是生命力无比顽强，经得起岁月风霜的任何碾轧磨折。东邻付爷爷，喜欢站在家门口吃饭，一手拿馒头，一手喝汤，馒头能连吃五六个，汤能连喝七八碗。我们小孩子曾认真地站在他跟前核实过，确实能达到这个水平，小小的我们站在他面前，仰视着，咿咿呀呀，叹为观止。

这样的付爷爷也"无常"了，我一直不能确信，每次回老家，似乎都感觉还能迎面见到他站在门口，一手拿馒头，一手端着碗喝汤，人世间所有的愁苦仿佛都是九霄云外的事，这样滋味浓厚的日子真的可以活上五百年！

　　对门人家也姓付，按乡间的辈分论，我也称呼他们夫妇爷爷奶奶，他们似乎身体不大好，夫妇两人经常在大门底下相对而坐，昏昏沉沉，似睡非睡，似醒非醒，只是偶尔咳嗽两声。叔本华说，男女之间不恨不爱的几乎没有，爱情是没有中庸之道的。可是，我确信付爷爷付奶奶的状态对叔本华的哲学是最深刻的质问：他们爱吗？他们恨吗？或者他们爱过吗？他们恨过吗？追问的结果，是你只能对光阴顶礼膜拜，它是真正的大师，可以把一对曾经爱恨强烈的男女雕刻成恩怨消泯、波澜不兴的塑像。亦或是，这样的相对相守才是红尘男女铅华洗尽的终极归宿？

　　对门付奶奶是个抽烟的女人，在乡下，一个妇道人家抽烟并不会被人小瞧，反而是有几分气派的，她们大抵是出身富贵之家，或者是婚后家境优越，总之是要抽得起。气派威严的付奶奶经常郑重地清清嗓子，问我："丫头，你娘把你家的钥匙藏在哪里了呀？说了给你糖吃。"母亲下地干活，总会把钥匙放在一个固定的地方，以便我们回到家里可以及时开门进家，这是乡间通用的模式，大人下地干活了，不知道什么时候能回来，孩子要吃饭要上学，只能用这种办法解决。好在钥匙放在哪里也不是太需要保密的事，都没有万贯家财，不担心有什么宝贝会被偷了去，有的人家钥匙固定地放在哪里会有好多邻居知道，因为下地干活的人们经常会让中途回家的邻居帮忙开门捎带些东西。然而，于我而言，钥匙的秘密却是一件大事，五六岁的我，扎着一对羊角小辫，总是狠狠地对付奶奶摇摇头，说:"不知道!"然后转身跑了。身后常常传来一群人开心的大笑:"嘿,这丫头!"这个问题,付奶奶不厌其烦地问过我许多次,问到终于让我困惑:她到底用意何在?

如今,对门付奶奶再也不会令人费解地向我发问了,她吐出的优美的烟圈似乎还淡淡地萦绕地那里,她的曾孙女活泼地在街上跑着,一个五六岁的小女孩子,见到我羞涩地笑着,双眸清澈,正像扎羊角辫时的我。恍兮惚兮,光阴的河流停止了流淌,依然年轻的风送来付奶奶苍老的声音:丫头,你娘把你家的钥匙藏在哪里?

被"无常"带走的,还有那些村头路口、随便谁家门前院后的一棵棵大树下相聚闲话的爷爷奶奶大伯大姨叔叔婶娘们,乡间的光阴似乎宽裕得分外奢侈,日头好像永远落不下去,人们只好一堆堆地聚在那里,有一搭没一搭地闲话,他们很少有沉重的话题,插科打诨、嬉笑玩闹是他们的拿手好戏,人群里不时地爆发出一阵阵开怀大笑。是的,还有什么能够成为他们的忧愁?当连死亡也不过是一次"无常"!说谁谁无常了,俨然是说谁谁出了趟远门或者是走了个亲戚。

在"无常"的定义之下,他们对死生之变有一种淡然处之、不惊不怨的气度。生死无常、得失无常、贵贱无常、沉浮无常,还有什么值得锱铢必较、耿耿于怀?他们胸怀宽阔,没有隔宿的冤仇,他们心地坦荡,没有过夜的心事,他们满脸皱纹却心无沧桑,满头白发却童真未泯。他们既不渴望功业千秋也不奢求荣华永继,连生命都只是一个"无常",还有什么浮云幻影值得膜拜和追求?他们走后,也就是留下一座老屋,屋里有些铁锹镰刀箩筐木凳之类的家什，子孙们愿意守着就守着，不愿意守着，就无挂无碍地去寻找他们自己的天地去。

越来越多的年轻人选择了走出去，留下一座座老屋，笼罩在村庄古老神秘的气息里，像遗世独立的大儒，庄严地思考着天、地、人、神的深刻命题。

每一次回老家，村庄似乎都更寂寞了一些，东邻付奶奶还在，其实馒头能连吃五六个、汤能连喝七八碗的付爷爷看起来似乎应该比她走得更长久一点，然而，"无常"似乎并不理会我们尘世的逻辑，偏偏是比一头牛更壮的付爷爷早早无常了，经年病弱的付奶奶却还在与时光博弈。每次见到我，她都要拄着拐杖，努力快走几步，走到我跟前，紧紧地拉住我的手，几乎要凑到我的脸上来看我，远一点都看不清了，她茫然地盯着我的时候，我看到她的眼睛里覆盖着厚重的云彩，其实凑得再近，她也一样是看不清了，所有的努力都只是徒然，然而，这徒然的努力，使这无常的人间留给我一份刀削斧砍的记忆。

前不久回老家，离开时夜幕已降临，付奶奶拄着拐杖依依不舍地目送着我们，她瘦小的身影一点点消失在夜幕里，像光阴的大幕悄悄闭合，将她的一生慢慢掩盖。我深深知道，被无常带走，是每一个人与时光博弈的最后结局，总会有那么一天，当我再回老家的时候，不会再有一个老太太拄着拐杖努力地快步走过来，紧紧地拉住我的手，一如最亲的亲人。

后记：这是我 2011 写的一篇旧文，至现在把这篇文章收入新的文集中，时光又走过了 11 年，"无常"陆续带走了故乡老街上的老人们,也彻底带走了我的童年,每次都要紧紧拉住我的手的东邻付奶奶也已经走了好几年,老街上人们嬉笑打闹开怀大笑的场景永不会再现,往事依稀,就像一张老唱片。

> 那位曾经让我深深依恋的随水而去的姐姐,她究竟漂流到了哪里去,烟雨苍茫的水云间,哪一只小船是她诗意的仙居?

水上仙居

  小艇在微波荡漾的湖面上曲折穿行,像是径直驶入了一幅淡墨山水,徐徐展开的这幅长卷,是颇得张大千笔意的写意之作,墨韵疏朗,清新俊逸,而不是黄宾虹的用墨如泼,点染厚重。

  因为天气阴凉,盛夏的湖面上颇有几分清秋的气息,极目远眺的风景,也都有了几分冲淡之气,像避世求隐的魏晋名士,对我们这些慕名而来的俗尘中人,采取着一种敬而远之或者是不屑为伍的姿态。

  也许生长在水上的生命都沾染了水的性灵,湖上的莲、荷自然是不染俗尘的凌波仙子,连间隔错落的芦苇,也都袅娜生姿,让你不能不用它在《诗经》里的别名"蒹葭"来称呼了。它们迎风起舞的身姿,确是恍兮惚兮的伊人韵致。

在这些孤高独标的风景之中，最引人注目的还是那些气定神闲的船。

那只是一些渔船，灰蒙蒙的，甚至有些破旧，零零落落地泊在湖面上，散漫无序，像一盘没有下完的棋，最激烈的冲突已经过去，已成定势的残局，没有悬念的结尾，让人们的所有紧张情绪一扫而空，只剩下一份无所企求的慵懒和放松。

彻底的慵懒和放松。这就是那些船在最初的一瞬间传递给你的一种情绪，而这种情绪在越来越忙碌的人世间已经几近绝迹，所以，那些船，总是会在最短的时间里，以令人难以置信的力量征服你。

在一望无际的湖面上，每只船都有自己的一方称得上广大的领域，轻纱般的渔网为它们划分出疆界，每只船都拥有方圆数百米的水域。在如此广阔的天地里独领风骚，那些灰旧的渔船，不能不呈现出一种主宰天地的王者气派。

船头嬉闹的孩童或是晒太阳的老人告诉你，那些船，是微山湖渔家的居室，方圆数百米的水域，是他们的庭院！

如此奢华的拥有，让我们油然而生的只能是艳羡！在寸土寸金的城市，我们得以容身的蜗居，动辄数千上万甚至数万元一平方米，为了安放我们短短的人生小小的悲喜，我们只能像一头拼命拉磨的驴，蒙上了眼睛，机械地转圈。只能蒙上眼睛啊，睁开眼，谁能有勇气面对那样的现实：也许你一辈子都拉不来摩天大楼上一方小小的格子、一个蜗牛的家！

渔家的出行工具就是一只小船，解开系在大船上的缆绳，一叶轻舟，就圆了他们游走天涯的梦想。划开清波的双桨，就像鸟儿张开了翅膀，可以带他们飞到最遥远的远方。

记得小时候，微山湖渔家的生活，在我们眼里是颇值得怜悯和同情的，他们泊于水上的生活，在我们眼里就是一种居无定所的流浪，一只船怎能叫家呢！我爸爸有一个做渔人的朋友，常常带了些鱼虾来我们家里走动，我们则把田地里出产的一些食物回赠给他们。每次送走他们，母亲总是同情地说："早早找个地方住下来就好了！"可是，他们好像丝毫也没有要找个地方住下来的样子。他们家里有个女孩子，大约比我大五六岁，到我们家里来住过，没有姐妹的我对她产生了深深的依恋，直到现在我还记得她的模样，梳着两条长辫子，有水一样温柔的性格，她住在我们家里的时候，我一步不离地跟着她，可是，她终于还是走了，此后，我竟然再也没有见过她。这是我生命里最伤感的事情之一。我已经忘记了我们两家什么时候失去了联系，大人们之间肯定是告过别的，但是，我不知道，直到很久不见爸爸的渔人朋友来走动，我才知道他们走了，那是怎样神秘而优雅的消失，顺水漂流而去，没有一丝沉重！

多年后的今天，当我怀着成年人的重重心事，在这远离喧嚣的湖面上寻找片刻悠闲，我才恍然醒悟，我们那种希望他们"早早找个地方住下来"的同情，对于渔人们来说，是多大的误会！居于水上的他们，从来没有渴望过岸！有谁能比一个自由自在的渔夫更幸福：早晨出去撒网，中午赶集卖鱼，卖了个好价钱，可以额外奖赏自己一壶好酒，喝个醉眼蒙眬，坐在船头上看日落，似睡非睡，似醒非醒，直到太阳完全沉没到海底，月亮升起在苍茫水云间……明月清风，更不用一钱买！

这个世界上，还有什么诱惑可以让一个渔夫放弃他的拥有？

从来没有一个渔人会愿意找个地方住下来，犹如没有任何一只小鸟愿意折断自己的翅膀失去广阔的天空！

遗憾的只是，我始终不知道，那位曾经让我深深依恋的随水而去的姐姐，她究竟漂流到了哪里去，烟雨苍茫的水云间，哪一只小船是她诗意的仙居？

雨后，花坛里会冒出许多不知名的小虫子，穿梭忙碌，却不知道它们在忙些什么；角落里到处冒出嫩绿的小草；墙根处增添了新生的青苔；蜻蜓拍拍粘湿的翅膀飞向更高一点的天空；迟钝一点的蝴蝶会成为我们的俘虏，万物生息，一派祥和，世界美如斯！

故乡的雨

关于童年，雨天里的记忆似乎比平时清晰许多，也生动许多。

下雨天，一个乡村孩子总会被一些禁令束缚，比如不要跑出去淋雨，不要弄湿了衣服鞋子，甚至不要吃一些生冷食物等等，这样一来，作为一个不幸的小孩子，只能老老实实呆在屋里，看雨水怎样滴滴答答从屋檐流下，听雨声怎样气象万千地变化。

对一个孩子而言，所有禁令，反而更是他们一定要去探索和突破的东西，禁令背后的事物，对他们具有无可比拟的吸引力和诱惑力。关于这一点，有一个有趣的例子来说明：一个孩子，迷恋上了啃指甲，妈妈对他说，孩子，让我们每天都来按时啃指甲。于是，在每天固定的时间里，这个孩子都被要求坐在客厅里，专心致志地啃指甲，没过几天，这个孩子就彻底厌倦了！

大禹治水，根本原则就是"疏"而非"堵"，治理小孩子亦同此理。可惜乡下的母亲大抵很少在这方面有所造诣，对小孩子们旺盛的好奇心，她们总是一"堵"了事，结局就是小孩子们的反抗意识和好奇心理反而暗流奔涌，泛滥决堤。

小时候的我对于雨，也是这样的一种心理。好奇心像铺天盖地的帘幕，笼罩我的整个心灵世界，如果不弄清楚雨水深处的奥秘，我大约是一定会被憋出毛病来的。于是我总是想尽了一切办法走进雨水里去。记得那时候，油纸伞还是很稀罕和很阔气的物件，撑一把油纸伞走进迷蒙烟雨，于我而言是一种极大的虚荣的满足。那时候我还不知道油纸伞是戴望舒笔下的诗意兴寄，如果知道，我的幸福指数一定会加倍地提升。

那些烟雨深处的秘密，无一例外让我欣喜痴迷。如果是暴雨倾盆，密集的雨帘就会把我和周围的世界完全隔离开来，只有伞下的一方空间随我移动，像在和我一起玩一个有趣的魔术；如果是雾雨其蒙，远望之处的所有事物都披上了一层朦胧的面纱，与往日经验完全不同，像是走进了童话世界。有时候，在烟雨深处我会一直走到风停雨住，独自一个人，享受世界由浑浊到清明的过程。站在被雨水洗涤过的村路上，四顾苍茫，我的心境也是一片迷茫。记得那样的时刻我拥有的似乎不是一个十来岁小孩子的心灵，似乎有很多沉重复杂的东西随着飘飞的零星细雨，丝丝浸透到我的生命里，成为掸拂不掉的人生印记。

连梦境也被烟雨笼罩。有一次,我梦到在一阵大雨中,传说中的七仙女从天下飘落了下来,她乌黑的长发从天际垂落,她的衣服是黑色的,神情是落难的意味,大约是受了玉皇大帝的重罚,到人间来受苦。落难的仙女,形象也是那么美,比较起来,乡村那些粗糙土气的姑娘简直都不能叫女人。而且因为是落难,仙女的美丽蒙上了一种神圣的光环,犹如被钉在十字架上的基督,让人只能仰视。许多村民远远地围观,叽叽喳喳地议论,不知道怎样才能帮助她。梦境是如此真切,几乎一直让我分不清它是现实还是梦境,以至于后来无数次在烟雨中行走,我都期盼着七仙女真的会从天下飘落下来,可惜这样的故事始终没有发生。

雨中的探索,总是被母亲打断,我被拉回家里,脱下湿衣裳,塞进被窝。尤其是在深秋的雨季,被窝的温暖总使我以为那就是人生幸福的终极体验。因为既已探索过烟雨深处的秘密,没有了好奇的不安分,坐在温暖的被窝里,趴在窗台上看雨水倾泻而下或迷蒙飘洒,心里只有十足的安然和无名的快乐。以至于直到现在,我还坚持认为,温暖是幸福的基本条件和必要条件,如果让我们穿着单薄的衣衫在冰天雪地中数金币,那也不能说是幸福的际遇。

所以,故乡的雨,留给我的最深刻的记忆就是温暖。母亲在雨天里也被禁令束缚,她只能坐在门前做针线,并不时地唉声叹气。我实在是不明白,雨天有什么好忧愁的,雨天带给我们的幸福和乐趣比平时要多得多,除了被被窝温暖,我们还不断发明着种种新鲜的乐趣，讲故事，猜谜语，比赛背课文，背古诗词，在这方面，最小的我反倒常常是大赢家，因为哥哥们都不会真的像我那样傻傻地用全副身心去背书，他们只不过是用这个招数把我打发掉罢了。每次我得意洋洋地背着一首又一首诗，听着他们啊呀的惊叹，看着他们吃惊的表情，我都以为我胜利了，实际上我给他们提供了最大的乐趣。我记得一本语文书，我从头背到尾之后，哥哥们说："再从后往前背一遍！"于是我就又从后往前背一遍，背完后以为自己的胜利更加辉煌了！

  风停雨住后，院子里更有许多意想不到的乐趣，也许是风雨搅扰了各类小生命的好梦，它们都活跃起来了。蚯蚓是最多的，到处都是，然而，它们是我最厌恶的一种东西，软软黏黏，面目模糊，又见不得人似的拼命钻爬，嘴脸甚是猥琐。虽然知道它是益虫，却也终于无法改变印象。其次是蜗牛，它们总使我想起老师在课堂上沉痛地讲述的"三座大山"，这种肢体柔软的小东西，背着如此坚硬沉重的外壳讨生活，无论是为公为私，无论有没有积极向上的意义，能做到这一点还是需要些精神的。我们经常把许多蜗牛捡拾起来，放到晴天的时候，它们就干枯了，死掉了，想来我无意之中，竟做过许多杀生之事，追悔都已经来不及。夏天雨后的最佳发现是知了猴，也许它们也想出来呼吸一下新鲜空气，纷纷拱破了地皮，成为我们的囊中之物，最后成为我们的盘中美味。雨后，花坛里会冒出许多不知名的小虫子，穿梭忙碌，却不知道它们在忙些什么；角落里到处冒出嫩绿的小草；墙根处增添了新生的青苔；蜻蜓拍拍粘湿的翅膀飞向更高一点儿的天空；迟钝一点儿的蝴蝶会成为我们的俘虏，万物生灵，一派祥和，世界美如斯！

故乡的雨，我生命中最美丽和最温暖的部分。

> 不知道平凡而善良的他和她，是不是还那样忙碌而艰辛？亦不知，在辛勤操劳的间隙里，他们是不是偶尔也会『卿卿我我』一回？

卿卿我我

  这样一件平凡的小事，留给我的印象之深刻超出了我的想象。
  那是我刚参加工作的时候，单位有一位40多岁的同事，人很善良，长得很瘦弱，说话细声细气的。他的妻子却很高大，高喉咙大嗓，风风火火。他们两人在一起，像是上帝有意编排的一场永不落幕的轻喜剧，反差很大，有滑稽感，却没有不协调的感觉。他们有四个孩子，都在上学，负担是很重的。妻子是农村户口，在单位的食堂里当临时工，家里还种着几亩地，农忙的时候，他们都是白天上班，晚上干农活，两人眼里都布满血丝，胳膊上手上被稻啊麦啊划出了一些细细的伤痕。他们好像总是比别人要忙得多，永远没有轻闲的时候。也从来不像别的夫妻，晚饭后一起散散步、聊聊天，做出些亲昵的举止，他们各忙各的,像两架被岁月的风霜锈蚀的机器,给人沉闷疲惫的感觉。那时候,我正处在热恋中,经历着所有年轻人都会经历的狂热,体验着所有年轻人都会体验的自以为独一无二的感情。我常常怜悯地想,像他们这样,生活还有什么质量呢?他们的生活大概只能叫做生存了。

　　有一次,他们吵起来了,妻子的大嗓门惊动了很多人,却听不到他说话,大家也不能确定该不该进去劝架,就都在门口犹豫着。忽然听到她说:"你从来没和我卿卿我我过!"高喉咙大嗓的这句话,像一颗炸弹扔过来,把我们大家都震懵了,他和她?卿卿我我?她的文化水平不高,这词应该是跟他学的,用在这里,用在他们两人身上,有一种搞笑的效果。我们大家真的爆发了一阵大笑,谁也无法忍住。看到我们,他不好意思地说:"老夫老妻了,还说什么卿卿我我,一块过日子还不什么都有了!"而一向粗犷泼辣的她脸上竟有了几分羞涩。那一刻,我忽然发现,一个40岁女人的羞涩,竟然和18岁少女的羞涩一样动人。我为我以前对他们的怜悯感到深深的羞愧,浪漫,并不是如花美眷青春少年的专利,只是,人在年轻的时候,浪漫以各种夸张的形式张扬着,随着时光的流逝,浪漫会渐渐聚成隐秘的内核,这内核才真正比任何夸张的形式都更稳固而长久。多少海誓山盟的青年男女会轻易分手,一些波澜不兴平淡相守的夫妻却会并肩走到地老天荒生命的尽头。一块过日子,什么都有了。这是我听到的关于浪漫的最现实主义的剖解。

　　后来,"卿卿我我"成为同事们众口相传的经典掌故,一向默默无闻的他们一时成为单位里的焦点人物。

  我不久就调离了那个单位，人生里的第一个驿站，蓦然回首，已近十年，我没有料到，他和她，竟是我回望时，印象最深刻的两个人。不知道平凡而善良的他和她，是不是还那样忙碌而艰辛？亦不知，在辛勤操劳的间隙里，他们是不是偶尔也会"卿卿我我"一回？

> 有没有一座城，那个城里住着一个人，被岁月深埋，也许永不相见，却永远需要在内心深处，盛装以待。

那个人的城

敲键盘之前犹豫了三秒。

因为这是一段似乎关乎儿女情长的文字。

人到中年还不能活到心如止水，似乎是件有点儿可耻的事情。

可是，它确实让我感动了，它像一枚小石子，投向我心灵的湖面，轻轻划过一道弧线，却激起巨大的涟漪。

我终于还是想把它说出来，以验证一下这个故事会不会也激起你心灵的涟漪。

我的朋友小玉，这里的小玉当然是化名。小玉已经不小了，人到中年，但是面无沧桑，属于那种被岁月温柔以待的女人，岁月在别人那里是杀猪刀，在她这里是雕刻刀，削繁就简、去芜存真，独留一份清简纯粹、通透明媚。

她有一次小玉要和我一起出差去一个城市。为了后面表述的方便，在这里且把这个城市叫做梦城。

离出发还有两天，她问我："你说我穿什么衣服比较好看？"我有点诧异，出个差这么隆重的？我正忙着，也没有太在意，随口说，我一时也想不起来，有时间再说吧。她说算了，我自己选吧。

以为事情就这样过去了，我的诧异也只是那么一点点。

出发前的那天晚上，夜已经很深了，她的信息又来了：你帮我想想，我到底穿哪件衣服好看？你平时见我穿的哪件衣服感觉比较好看？

我认真地吃惊起来了，难道是有选择焦虑症或者是完美强迫症？出个差在穿着上能纠结到这个程度。

我处在深深的惊讶中还没有回过神来，她又说：我去买了一双马丁靴，但是没来得及买新衣服，这几天太忙了，没抽出时间。

我彻底震惊了，怎么回事？什么状况？

她说：我的初恋在云城。

云城在这里当然也是化名，离梦城很近。

我终于笑了：你是要去见初恋？

她很坚定地说，不见，当初是我决绝而去，更不会在这么多年后再主动去见他。

我说，那你纠结穿这个穿那个又是为什么？

她说，不为什么，梦城，离云城那儿很近了。

一直如坠五里云雾的我，终于顿悟，在这个万籁俱寂的

274

深夜，这一瞬间，我忽然有点感动，有点想哭，尽管感动和眼泪对于一个中年人来说都是有点可耻的事情。

原来深埋在岁月深处的一个人，你是要，连走近他所在的那座城，都要盛装打扮。

我说，你把你喜欢的几件衣服都拍来一下吧，我帮你选。

我们一直讨论到围巾，以及围巾要选带着小花刺绣的还是不带刺绣的。

讨论完又是凌晨了，她欢喜地进入了她的梦乡，我却又一次辗转反侧难以入眠，无边的夜，笼罩着人世间所有的故事。

这个故事太过简单，如果作为小说，它缺乏构思；如果作为电影，这情节稍嫌单调，但是，它又是那么动人。

有没有一座城，那个城里住着一个人，被岁月深埋，也许永不相见，却永远需要在内心深处，盛装以待。

那个人的城，在云端。

> 往事随风雨,薄宦各东西。

永远没有那么远

　　大学好友冯为艳推送给我一个微信号：我爱吉小帅，然后发来两个字：徐佳。

　　犹如平静的海面忽然山呼海啸，岁月沧桑，情怀渐老，已经很难轻易再为什么事物激动的心，这一刻几乎要跳出胸膛。徐佳是我大学时代最好的好友之一，不能说是唯一，但是这样的密友也仅仅只能有三两个而已。

　　我加了吉小帅，她连珠炮似地发来一连串信息，我能够感受到她同样的激动，隔着20多年的光阴，青春年少时的友情在这一刻热烈馥郁，让风雨阴凉的深秋，忽然炽热如盛夏。

　　与青春年少时密友的重逢之所以激动人心，是因为经历过那么沧桑风雨之后再相逢，我们就像是找回了青春年少的另一个自己，只有曾经那样情怀相近、惺惺相惜的彼此，才共同掌握着逝去岁月的珍贵密码，能够共同开启青葱年华的最美好记忆。

我们的大学时光，那么美好而短暂，20多年前，江苏师范大学的名字叫徐州师范学院，专科学制两年。悬梁刺股、生死搏杀，考上大学，第一年新鲜劲还没品味完，第二年就要品味离愁别绪了，这就是我们青涩短暂、意犹未尽、充满了遗憾感叹的大学专科生涯。

当时徐州的城市规模远没有这么宏大，中文系专科新迁至当时的一分部，在现在铜山新区境内，远离市中心，只有一辆19路公交车，慢慢悠悠地穿过繁华市区，再穿过漫长的荒芜区，在倒数第二站到达。

20多年前，我们上大学的标配，压根没有手机、电脑和网络，纸质阅读和清谈是我们最主要的交流消遣方式。学校里除了图书馆，名气最大的聚集地就是一个舞厅，那是唯一奢华的娱乐，据说每晚热闹非凡，但是我至今不知道舞厅的具体方位是哪里，因为我从来没有去过，徐佳也没有去过，全校如此闭塞狭隘的女生也就是那么屈指可数的几个，我和徐佳都是。我问过徐佳为什么不去，她说她要织毛线，各种风格花样需要很多时间来研究琢磨。她问我为什么不去，我说我要读书，图书馆里那么多书，不知道这么短暂的大学时光里我能够读完多少本，愁得要命，时间不够用，哪有时间去跳舞！

新建新迁的一分部，除了教学楼和宿舍楼，其他设施及生活配套实在是少得可怜，我们的活动范围仅限于校园内，因为校园外周遭蛮荒，出门远望，只能看到永远不紧不慢的19路，慢慢驶来，或者慢慢驶去，它无论是比以往时候来得更早一点还是更晚一点，对我们宁静到犹如隐居的生活都没有太大影响。

校园内我们能去的地方，只有两个小卖部，小到没有店面，只有售卖窗口，还有几个小吃店，做些小炒，最重要的是做冷面和米线。对坐清谈的夜晚，特别是冬夜，总是显得特别漫长，一碗热腾腾的冷面或者米线，就是幸福的源泉，就算外面大雪纷飞，提起冷面，我和徐佳也要披衣起床，到小店里去买一碗。徐佳是个爱忧伤的小女生，谈心有时会谈到泪水涟涟，但是不管什么伤心事，最后，一碗冷面总是可以解决一切问题，一吃解千愁，只要还能吃得下，就没有什么大不了！20年前，徐师一分部的冷面，那才是真正治愈系的美食。

徐佳是个精细派的小女生，从心思到衣着打扮，都精心用心，我却是个囫囵大条的女生，那时候正被以文名世的春秋大梦时时刻刻激励激动着，生活等等其他方面的事情，完全是个马大哈。如此情怀迥异、看似不搭界的两人，却结结实实地成了死党级的好朋友。

毕业季，徐佳有好几天都在哭泣，上课时不见她，另外一个好友潘晓莉告诉我，徐佳哭了，在宿舍。我们轮流地去劝慰她，她却终于还是哭着告别了出产治愈系冷面的一分部。

往事随风雨，薄宦各东西。

初时还有联系，后来各自奔波，工作、生活、为人妻为人母，几经辗转，失去了消息，这份友谊，就像我们一去永不复返的十八九岁，定格在徐师一分部，定格在最美好的状态。

现在，徐佳的微信名叫吉小帅，她养的一条可爱的小狗的名字，我和冯为艳都不再叫她徐佳，而是叫她吉小帅，或者直接叫小帅。

吉小帅和徐佳是完全不同的两个人，她再也不哭鼻子了，她展示在朋友圈里的生活，明朗阳光、积极向上，助人、爱心、美衣美食、生活的小情趣，不变的是，她还是那个精细派的她，美丽到指甲，她晒她戴着各种漂亮戒指的手，让我一瞬间无地自容，甚至开始怀疑人生，看看吉小帅的手，再看看我自己这双从来没有涂过指甲油、从来没有戴过戒指、从来没有做过任何护理的手，这还好意思叫做手吗？这充其量叫一爪子罢了。

有好几次吉小帅在微信里找我聊天，我都正处于水深火热的忙碌状态中，我说，抱歉小帅，我这会正忙，等我有时间找你聊。其实我也有一肚子话要和她说，一别二十载，积攒的话语量山高海深，可是我不知道我为什么会那么忙，好像如果没有我，中国梦都无法实现了一样，呵呵。

直到有一天深夜，我终于有时间和小帅聊天，我才知道了这次重逢在我生命里的意义。

小帅说，一直在做化疗呢，过一段时间要去做放疗了。

这一次，小帅没有哭，我哭了。

我说，小帅，你现在真的是非常坚强，不再是爱哭的你了。

她说，呵呵，其实我骨子里和你看到的外在完全不一样。

我说，小帅，你安然无恙就好，你一定要好好的！

她说，我很好的，你放心。

幸亏是用微信聊天，不像我们大学时，面对面，没有让她看到我已经哽咽难抑泪流满面。

青春年少时，我们总是习惯说"永远"：我们永远是好朋友；我永远爱你；我们永远在一起，永远永远不分离……

永远有多远？

永远没有那么远，有时候就是一转身，或天涯永诀，或死生契阔，永远，不能再见……

吉小帅说，她的病情没有那么严重，一直都是在很好地恢复。但是，假设是严重的呢？

严重的，已经经历过。

一个高中同学，非常爱笑的女生，已经走了两年了。脑海中深深镌刻的，一直都是她坐在高中宿舍上铺的样子，笑得阳光灿烂。家境贫寒、学业繁重，都没有在她的笑脸上投下一丝阴影。青春年少的那时，怎么可能想到，这样笑容灿烂的她，在人世间的停留，竟会如此短暂？

这几天，单位同事们刚刚送走一位老同事，说是老同事，其实已经因病很多年不上班，他的生命停留在49岁。我们去慰问他的亲属，他的未亡人，哭到完全不能自持，只拉着我们的手，一直哀哀哭泣。执子之手的青春初见，他们一定也彼此承诺过永远，虽然此情未变，怎奈苍天未肯垂怜，牵手只至中途，再也没有永远。

刚刚过去的国庆节假期里，微信群里在传一个故事：山西吕梁的一对老夫妻，给孩子们做好了爱吃的辣椒酱，可是，六个子女却一个也没能回家，老两口不禁抹起了眼泪。

为了生活，人们四处奔波，为了生存，人们稻粱筹谋，就算是节假日，也难得有时间到父母身边一聚，各有各的苦，各有各的难，各有各的不容易，我们总以为我们永远有明天，今天未完成的心愿，明天还可以实现，但是，永远没有那么远，人生，更多的是遗憾。

姥姥病重的时候，儿子尚在襁褓，总想着等长儿子再长大一点就多去看看姥姥，可是，姥姥就在那一年走了。

走的人走了，活着的人肝肠寸断，永远的遗憾，永远的追悔，永远郁结于胸无法释然。

姥姥是这个世界上最疼爱我的人，童年记忆里的最多温暖，都来自姥姥家的时光，白棉花的棉衣裤、留多久都要一直给我留着的一口好吃的、亲切的呼唤……也许这个世界上只有那个叫做姥姥的人才能够把我们的乳名呼唤得那样亲切温暖！

贫寒的童年时光，心里却住着永恒的天堂，那是来自姥姥的爱和暖，可是，姥姥走的时候，却没有牵到我的手。

永远没有那么远。

想要表达的爱，需要珍惜的缘，必须报答的恩，应该偿还的情，期盼实现的心愿，渴望尝试的人生，要做，就在这一刻，就在现在、当下、此时，不要拖到明天，不要承诺给永远。

永远，没有那么远……

彩云易散琉璃脆，世间好物不坚牢。

这是我写于 2017 年 12 月 1 日的一篇文章，当我在众多的文稿中筛选的时候，我不忍再留下它，因为看到它就会勾起感伤的回忆，可是，我又终不忍舍弃它，因为这是最难忘的大学时光的记忆，关于最美好的年华，关于最纯真的友谊。徐佳是我最好的朋友之一，可是，她早已经走了，我和同学们一起去探望她的时候，是那么深刻地感受到了她对生命的强烈渴望和对人间的无限留恋，而这个世界并没有给她多少甜。我是后来才听同学们说，她毕业时的哭泣，除了因为离别的留恋，还因为男朋友要出国留学，而她将回到故乡的小镇，如此一别或便是永诀。再后来，听说她回到故乡的小镇教书，却又爱上了一个不爱的人，当生命的凄风苦雨来袭，曾经山盟海誓的那个他埋下羞愧的头颅，却终究弃她而去，只把人生的惨淡残局留给柔弱无助的她。她自此再没有让任何人走进她的心里，曾经像林黛玉一样弱不禁风的她，从此独自一人扛下了命运的所有凄风苦雨。最后的日子里，照顾她的是姐姐，双亲早已故去，姐姐是她在这个世界上唯一的亲人。在最后的时刻，她积极治疗，以惊人的毅力忍受各种治疗的痛苦，她爱着她的小狗，爱着美食，爱着一些女人的小饰品，新买的戒指还喜悦地发到朋友圈……无论这个世界给了她多少痛和苦，她还是恋着这人间的一丝甜。

她是一个让我想起来就忍不住流眼泪的人，人人都说黄连苦，她的命运似乎比黄连还要苦三分。我盼望这个世界上真的有神明，我想向上天祈祷，苍天啊，大慈大悲的众神啊，求你们在那边，给她一点儿甜！

动物笔记

羊的样子
猫的角色
鸡的哲学
狗的忠诚
鹅的风度

> 它的清高独标、特立独行从来不被指责,它那临清池而自赏、揽明月而自怜的姿态让整个家禽群体在卑微生存的处境中生出凛然不可侵犯的人性光辉。

鹅的风度

儿时,鹅是我们家的常客,母亲每年都要养几只,少则三两只,多则七八只,最多的时候有十几只。院子很大,十几只鹅悠然散步也不过占据院落一角,院落后面就是一条小河,鹅们散步累了之后就可以从院子的侧门到后边的小河里沐浴一番。应该说,我家的鹅过的是很体面的生活,最起码衣冠整洁,不像其他人家的鹅,要圈养起来,弄得浑身脏兮兮的,斯文扫地。

所以,我所见识的鹅都很有几分优雅。一袭白衣,纤尘不染,风度翩翩,气质高贵,颇有几分宠辱不惊的气度。特别是它们立在岸边,对着波光粼粼的小河水梳洗打扮的时候,你简直不能相信它们仅仅是一只鹅。直到很久以后,我才想起一个最确切的比喻,它们应该是乡间行吟诗人,甚至就是峨冠博带、泽畔行吟的屈大夫,"独醒亭"里,终夜无眠,徘徊辗转,痴痴喟叹:"举世皆醉唯我独醒,举世皆浊唯我独清。"

鹅的长颈向天的姿态确乎是清高的样子。"鹅,鹅,鹅,曲项向天歌。白毛浮绿水,红掌拨清波。"天才诗人骆宾王七岁时的这曲吟哦,让鹅们以最美丽的姿态在我们心目中定格。所以,它的清高独标、特立独行从来不被指责,它那临清池而自赏、揽明月而自怜的姿态让整个家禽群体在卑微生存的处境中生出凛然不可侵犯的人性光辉。

如此清高美丽的鹅,年年与我经历着悲伤难抑的生离死别。走村串户的买鹅人在街上一吆喝,我就知道,又有一只鹅或者更多的鹅要与我告别了。母亲安慰我说,买鹅人把它们买走后,会把他们养起来。我一直觉得这个说法很值得怀疑。就算是养起来,那些看上去大多形容猥琐的买鹅人,也让我觉得我家的鹅一定再也过不上这样体面清高的日子,而是像别的鹅们那样被圈养起来,弄得浑身脏兮兮的,再也没有心情悠然散步,哦哦吟唱。我不知道,鹅们其实总是在买鹅人手里走向了黄泉路。也许,鹅们是知道的,所以,一向矜持自重言语不多的它们,总是拼命地嘎嘎大叫,企图挣脱买鹅人的手,却终于无法掌握自己的命运。

清高在猥琐面前的无奈挣扎,是留在我儿时记忆里很伤感的一幕。好在这样的场景我亲历的并不多,母亲知道我多事,说不定要哭骂买鹅人,所以总是借故把我支开,我面对的结局总是最后的结局、已经无可挽回的结局:一只鹅或者更多的鹅走了,院子里空落落的,地上有一些散落的鹅毛,说明面对不可知的命运,它们抗争过,那一定是异常惨烈的场景,它们内心怀着怎样的忧伤和绝望？那么风度优雅的鹅啊！

　　我一直感到疑惑的是，我似乎从来没有看见过鹅的眼睛，与那么多鹅相处了那么多年，我竟然从来不知道鹅的眼睛是什么样的，也许是它们长颈向天的姿态使我只关注了它的这一个特点，而忽略了其他，这未免是一个遗憾。但是，多年以后，在回首的今天，我才忽然又意识到，这也许是上天的怜悯吧，假如一只鹅，在它落难的时刻，曾经用充满信赖的眼睛深深地凝视过我，而我却终于不能伸出援手，改变它的命运，我将如何面对它离我而去之后的无尽的岁月？

　　我至今不知道鹅的眼睛是什么样的，所以，关于它们的眼睛，我拥有的是一种写意的怀念，我相信，如果它们也有明亮的眸子，那里面一定蓄满了拂之不去的忧伤，就像我曾经有过的莫名的童年的忧伤一样……

> 乡下人从来不对一只狗耍阴谋诡计,"飞鸟尽,良弓藏;;狡兔死,走狗烹;;敌国灭,谋臣亡。"那都是帝王将相们和狗之间的过节。

狗的忠诚

狗不嫌家贫,子不嫌母丑。狗的品质,是在俗语里盖棺定论的。和见风使舵、二三其德的猫相比,狗是人类永不叛变的朋友、绝对忠实的奴仆。

以前的乡村如果没有狗简直就不是个乡村了,家家户户都少不了一只两只三只四只狗。我家养过的狗,我记得的,有三只,个个都很漂亮、聪明,除了不会说话,简直都没有它们不能理解的事。不幸的是,三只小狗,都没能落下美满的结局。先是一只小黄狗,在马路上被汽车夺去了生命。后来是一只刺猬狗,我带着它在门口玩,一辆车停下来,车里的人下来,抱起那只小狗,我还没明白是怎么回事,那人已上了车,飞快地绝尘而去。我那时大概只有五六岁,还不知道什么叫强取豪夺。一家人都没有责怪我,我却哭得很伤心。最后是一只小狮子狗,也许因为太可爱，被人偷去了，过了好久，它又出人意料地回到了家中，却是伤痕累累，腿上有被捆绑的痕迹。最可怕的是，它的精神明显不如以前，好像经历了沉重的打击。因为它终于不能开口说话，我们到底也不知道，它究竟经历了什么，它那原来明亮的眸子里竟然是一种看破红尘的消沉了。我们想尽了办法医治它的创伤，它却终于郁郁而终，告别了世界。

一只狗，它到底经历了怎样的心路历程，我终于也无法得知，那只美丽的小狗的忧伤至今仍是个谜。

后来，我们家里再也没有养过狗，因为我们再也经不起一次又一次的生离死别。

也许我家的养狗经历带点伤感的色彩，其实，乡村的狗，大多数没有那样命途多舛，它们过的是悠哉游哉的神仙日子。狗们的主要任务就是帮主人看家，可是，那时的乡村，似乎很有些世外桃源的风范，夜不闭户，路不拾遗，哪里用得着狗看家，看家只是个名目。狗也知道它只是个摆设，所以，主人出去做活的时候，它们就懒洋洋地在太阳底下睡觉，或者三只两只聚在一起，说些闲话，无非是些东家长西家短的琐事，提到张三家的那只猫，狗们一致嗤之以鼻：游手好闲，专会谄媚讨巧，还仗着主人的宠爱，在我们跟前耀武扬威，小人啊！

闲得无聊时，狗们就互相串串门，整个村庄南北东西串一遍，张张面孔都是熟悉的，没什么新鲜劲，因此，狗们有时也会觉得很郁闷，不过也是一种惬意的郁闷。狗们串门的时候常常会碰到主人也在串门，主人就会踢它一脚："狗东西，也在家里呆不住了！"狗们知道这就是主人们表达亲昵感情的一种方式，他们对自己的儿子也不过如此，于是它就死乞白赖地在主人脚边趴下了，听主人和邻居们喝酒聊天打麻将，后来，迷迷糊糊睡着，最后，又被主人一脚踢醒，披星戴月回家。

狗在乡下，得到的是至高无上的信任，人们连孩子都托付给狗照看。让狗看家，如果真正有什么可看守的话，那就是小孩子。那时候，乡下小孩子是最不稀罕的物件，不比一只锄头更珍贵，会跑的满村乱跑，不会跑的满地乱爬。许多妇女下地干活的时候就把小孩子拴在床腿上。如果有一只狗来料理，已经是比较幸福的小孩子了。何况狗还真是个料理小孩子的高手，连给小孩子揩屁股的事都干得很利索。估计狗给孩子揩屁股的时候，大抵会想：都说狗改不了吃屎的性，真是天大的误会啊！咱真正喜欢的是小孩子呀。

乡下人从来不对一只狗耍阴谋诡计，"飞鸟尽，良弓藏；狡兔死，走狗烹；敌国灭，谋臣亡。"那都是帝王将相们和狗之间的过节。

杀文种的时候，勾践说，你教我灭吴七种方法，我用了其中三种就灭了吴国，你那里还有四种，把它带到先王那里去吧。

夺取天下后，朱元璋说："吾终夕未尝安枕而卧。"得了天下，却又睡不着觉，夜夜失眠，竟是功臣战将们惹的祸！朱元璋觉得他们个个都像是要取而代之的野心家。自己先前不也是个野心家么？有这些野心家在，江山永远都是坐不安稳的，就算是我的江山坐稳了，子子孙孙们的江山也难保不被他们篡夺。怎么办？杀无赦！杀了个江河惨淡，天下胆寒，以至于后来朱棣南下，朝廷居然派不出得力将领去带兵。即便杀到了这个地步，朱氏的江山也终于没有永固。世上哪有永固的江山！它只是当权者千古不醒的黄粱梦！

自古患难易共，富贵难同啊！乡村的狗们，在谈论历史的时候，大抵会这样感叹。狗老了，因为见多识广，也会变成哲学家。

狗们最热衷于谈论的还是黄耳犬的故事。晋初大诗人陆机养了一只狗，名叫黄耳，甚受喜爱。陆机久寓京师洛阳，十分想念江南的家乡，有一天便对黄耳开玩笑说：我很久不能和家里通信，你能帮忙传递消息吗？不想这只狗竟摇着尾巴，连连发出声音，似乎表示答应。陆机大为惊诧，立即写了一封信，装入竹筒，绑在黄耳的颈上，放它出门。黄耳不仅把信送到了陆机的家里，还把家人的回信带了回来。家乡和洛阳相隔千里，人往返需五十天，而黄耳只用了二十天。后来，黄耳就经常在南北两地奔跑，为陆机传递书信，成了狗信使。为了感谢"黄耳"传书之功，它死后，陆机把它埋葬在家乡，村人呼之为"黄耳冢"。

死后都立碑立传了，作为一只狗，这也算得上是莫大的的造化了。谈起这件事，乡下的狗们都觉得活着很有奔头。"就算不能立碑立传，咱也不能坏了狗的名声。人过留名，雁过留声，狗这一辈子，图的，不就是个好名声吗？"一只德高望重的狗，这样感慨万千地作着总结，温暖的太阳底下，一群点头称是的狗，个个都有些困意了。

> 如果能体会到这一层意思，小时候，对乡间那些悠然散步的大智若愚的鸡，我一定不会也像其他人那样带着几分蔑视，而会满怀着敬意了。

鸡的哲学

鸡们最可爱的时候，是它们的童年时代，也就是它们被叫做鸡仔的时候。每年孵化鸡仔的季节，城市街头都有许多人兜售毛茸茸的鸡仔，引得小孩子恋恋不舍地围观。也有不少家长买了拿回家给孩子当宠物养，养的结局大约无一例外都是不久就死掉了。所以总觉得无论是买鸡仔还是卖鸡仔的人，都不自觉地充当了一回杀手，是一桩挺残忍的合谋。卖者为利，买者为欲，为了一点蝇头小利和一点莫名其妙的快乐，人类竟然就能够这样麻木不仁地充当杀手和阴谋家，想想真是一件很可怕的事。所以，我总是断然地拒绝孩子要买鸡仔当宠物的要求。我相信那些买卖鸡仔的人，一定从来没有看到过鸡们在乡下的生活。

如果没有人为制造的灾难，鸡在乡下过的实在是神仙一样的生活。你如果留意一些乡村题材的画作,你就会发现,鸡们几乎是画面上必不可少的点缀,它们几乎成了乡村安闲舒适生活的经典符号。如果没有一群群笃笃啄食的鸡,村庄就不像个村庄,院落就不像个院落。

在我童年的记忆里,乡下的鸡们,除了一天到晚惦记着四处寻找吃食,显得有点格调低俗,似乎也没有什么太大的毛病,说起来,还应该授予它们一个劳动模范的称号,因为公鸡总是黎明即起,认真司晨,母鸡则执着于养儿育女,为人类提供高蛋白食品,也很有几分任劳任怨的品质。

可是,有史以来,如此辛勤奉献的鸡却并没有落下什么好名声,鸡飞狗跳、鸡犬不宁、鸡鸣狗盗、鸡零狗碎、小肚鸡肠,鸡们总是与这些不清爽的事物脱不清干系。公鸡引吭高歌,有人说它爱显示自己;母鸡孕育了新生命喜不自禁,咯咯嗒嗒叫几声,有人说它好大喜功,张扬显摆;要是有哪一只母鸡忽然心血来潮,替公鸡打了一回鸣,那更是犯下了弥天大罪,你以为你是谁呀,牝鸡司晨,不知轻重,真是无纲无常无法无天了!

处在各种非议和指责的中心,鸡们的形象便有些暧昧,很有些让人瞧不起,关于这些非议和指责,鸡们知道不知道呢,反正,我所见到的那些乡下公鸡母鸡白鸡黑鸡芦花鸡,看起来都是一副浑然无事的样子,有的还气宇轩昂很有风度,一派自我感觉良好的派头,更从没听说有哪一只鸡像小崔那样抑郁了。难道鸡们也有自己坚定的人生信条——走自己的路,让别人说去吧!这也说不定,鸡类的历史上也可能出过彪炳千秋的思想家,其名望大约也不亚于人类的但丁,只是鸡们没有史书记载。

虽然鸡们没有史书，也有一只鸡青史留名了，却是一只呆头呆脑的鸡。这事还得感谢庄子，据他说，战国时期，齐王好斗鸡，请纪渻子代为喂养和训练。十天后，齐王问：鸡训练好没有？纪渻子说：还没有，现在这些鸡还骄傲自大得不得了。又十天，齐王问：鸡训练好没有？纪渻子说：还不行，这些鸡一听到声音就惊惶起来。又十天，齐王又问，纪渻子说：还不行，还是目光犀利，盛气凌人。过十天，齐王到鸡场亲自巡视。纪渻子说：大王，鸡已经训练差不多啦。齐王看到鸡场的鸡一个个呆呆站立，如同木头鸡一样。后来，这些鸡在斗鸡时果然迅猛无比，所向披靡。这就是成语"呆若木鸡"的来源。纪渻子驯鸡的过程就是儒家训练人的方法：去其骄气、傲气、盛气，适其呆气，达到遇敌不动，闻声不惊的境界。

原来，鸡们才是真正有大智慧的哲学家，它们对种种非议置若罔闻的麻木态度，竟是一种猝然临之而不惊、无故加之而不怒的大将风度！如果能体会到这一层意思，小时候，对乡间那些悠然散步的大智若愚的鸡，我一定不会也像其他人那样带着几分蔑视，而会满怀着敬意了。可见，自以为万物灵长的人类，有时候连一只鸡的情怀都理解不了，长之又长的一生中，有多少时候我们是在自作聪明而浑然不觉呢！

如今，在乡下，想要碰到一只悠然散步的鸡已经很不容易，过去被一个个院落连缀的村庄，现在都盖起了农民公寓，鸡们的生存方式变成了被大规模饲养，我想，它们被各种激素充满的大脑里早已没有了思想，更别提什么处世哲学了。

> 大凡农家养育的动物，都是有明确担当的，鸡鸭鹅要辛勤下蛋，猪牛羊要奋力增膘，驴子骡马要拉磨挑担，狗要昼夜不眠看家护院。一只猫能干点什么呢？

猫的角色

在乡下，猫的角色，有点儿暧昧。

乡下人忙，又少有余钱余力，所以，大凡农家养育的动物，都是有明确担当的，鸡鸭鹅要辛勤下蛋，猪牛羊要奋力增膘，驴子骡马要拉磨挑担，狗要昼夜不眠看家护院。一只猫能干点什么呢？就像一个机构臃肿的单位里无所事事的闲人，既然存在就得有个名目，于是，猫也有了个冠冕堂皇的使命：捉老鼠。

至于老鼠到底是不是确实需要猫来捉，或者老鼠到底是不是一定要赶尽杀绝，那都是次要的事，反正乡下人都是死心眼，千百年来，他们家里一直喂养着猫，他们便觉得养猫是天经地义的事，不仅养一只，还要三只两只四五只地养，所以，猫们的队伍在乡下颇成气候，走上三五步你就能看到一只只气色不错的猫，在心满意足地散步。

捉老鼠那差使，说到底莫须有得很，一只猫一天到底捉了几只老鼠？到底捉没捉老鼠？谁都扯不清，也懒得管这事，反正少捉几只老鼠地球也照样转得动，所以猫实在是乡下少见的有闲一族。

有闲情就会生闲事。偏偏猫们又具有许多超乎寻常的能力，说出来简直有些惊人。猫的听力超过人类听力的2倍以上，即使在噪音中，也能区别距离15—20米的各种不同声音；猫的眼睛长在头的前方，双眼视野的广度有285度，同时，它的脖子可以自由转动，更扩大了视野范围。夜间，只要有微弱的光线，猫的眼睛就能立即将光线放大40—50倍，因而可以看见东西；猫的嗅觉和味觉相当灵敏，有三种化学感受器；猫的前脚有5趾、5爪，后脚有4趾、4爪，每只脚下面都有一个肉垫，每一脚趾下又有一个小的趾肉垫，起着良好的缓冲和防滑作用，可使猫无声无息地行走出出；猫的爪子锋利无比，平时用来捕捉猎物，搏斗时是锐器，遇到强敌时，利爪有助于攀援奔逃。

一个无所事事的猫所具有的这些超常能力，对其他动物们来说，实在是一种灾难性的打击。

满院子的鸡鸭鹅狗猪马牛羊骡子驴，没有一个不在它的严密监控之下，因此，平静的农家院落，也时时波澜迭起。哪只鸡少下了一个蛋，哪个驴子拉磨少转了半圈，哪头猪贪吃了两口好食，哪几只鸡鸭鹅聚在一起发了几句关于主子的牢骚，这一切，都是猫打小报告的绝好机缘，甚至狗看到满院子的老鼠到处跑，实在看不下去追赶了几下，也难逃责罚，狗拿耗子多管闲事，看好你的家就行了！狗对此着实有些郁闷不解，按说这事还算是帮了猫的忙，不言谢倒也罢了，还要倒打一耙？殊不知这事比什么事都更犯了猫的忌讳，狗拿耗子，岂不显得猫在其位不谋其政玩忽职守无所建树？这也是动物界新兴的处事潜规则之一。据说博雅高深的狐狸最近还出了一本书，专门论述"潜规则"，现在动物们都讲究按潜规则行事，表面一套，暗里一套，如果凡事规规矩矩按理出牌，是要吃大亏的。据说连最死脑筋的猪读了狐狸的专著都开窍了，这阵子下狠心戒掉了贪吃的毛病，搞起了节食。因为狐狸的专著里说，人怕出名猪怕壮，作为一头猪，越肥壮说明死期就越近了。无论是一个人还是一头猪，韬光养晦锋芒内敛才是长久之道。狐狸还引用了庄子的著作来证明自己的观点，它说，《庄子·内篇·人间世》记述，有一株栎树，因百无一用而始终未被砍伐，独得保全。而山楂树、梨树、柑橘树、柚子树等果木，果实熟了就要被采摘，采摘就要遭受侮辱，大枝被拉断，小枝被拖歪；楸树、柏树、桑树之类，长到一把、一捧粗时，就有做对付猕猴的桩子的人来砍它，长到周长三四尺时，就有做高屋大梁的人来砍它，长到周长七八尺粗时，贵人富商之家要用完整木料做棺材的，就要来砍它，这都是有用造成的祸患。

猪对狗讲起这些的时候激动得涕泗交流："狗老弟啊，你要是不读狐狸的这本书啊，这辈子就算是白活了，白当了一辈子狗！"

有时候大家聚在一起提起猫也是义愤填膺：这个搬弄是非的小人，我们是不是该结结实实地教训它一顿？这事议到最后总是不了了之，莫说那猫爪子挠人实在不是一般人能招架了的，就算是能掐掉它的爪子，可是谁能受得了主人的责打？打死它倒也罢了，打不死的话，它再装死弄活，梨花带雨地往那儿一躺，绝上两天食，病西施一般可怜巴巴，那可真真是活活摘了主人的心尖子，骡子驴马说不定要被剥皮抽筋，鸡鸭鹅要扔到沸锅里受刑，猪的好日子也彻底到头了，一刀宰了完事。说到底猫不是最可怕的，可怕的是猫背后的主子，后台呀！

　　让鸡鸭鹅狗骡子驴马们百思不得其解的是，主人为什么要养猫这个东西呢？似乎完全没有必要。耗子，说实在的，让狗来拿也完全不成问题。

　　关于这个疑问，狐狸的"潜规则"专著里也给出了答案，它还引经据典，用人类的历史来说明动物界的问题：譬如君主治天下，既需要拼却生死打江山呕心沥血治天下的干将能臣，也需要献媚讨巧装点太平耍些花招有点机巧的弄臣术士，帝王天子这活计不是好干的，一味地板起脸来治江山，那叫一个字，累呀！

　　鸡鸭鹅狗骡子驴马仔细想想，觉得狐狸的论述也完全在情在理，主人虽然不是帝王天子，可是这满院子动物再加上田里的那些活计，主人的操劳也比一个帝王少不到哪里去，也应该理解他们需要一只猫在脚底下献个媚子撒个娇么！说到底猫那套本事，换了它们谁它们还真都不会！

　　还有一个原因，就是君主们总是对自己的江山放心不下，不弄点波澜出来，让大家人人自威，恐怕一干臣子就会各怀心机，横生枝节。像武则天，就老觉得天下时时处处危机四伏，于是普天之下，遍布鹰犬，开创了人类历史上"告密"业的极盛时代，以至于像周兴和来俊臣等酷吏粉墨登场，大行其道。说起来，说猫们像周兴和来俊臣倒也不会委屈了它们。请君入瓮的故事听说过吧，等着吧，猫大抵也会像周兴，自己领受自设的陷阱，人类不是常说嘛，多行不义必自毙，猫这样子下去也不会有什么好结局。

"是狗咱就老实看家，是驴咱就低头拉磨吧，啥也别说了！动物的命，如钉钉，胡思乱想没有用！"

到最后，驴做了一个总结，还挺深刻，显出了少有的明白，也得到了大家的一致认同。这当儿，一只懒洋洋的猫正在墙根打盹，不知道它听见没听见，也不知道这句话有没有可以拿去告密的价值？

> 我仿佛看到善良的羊在用泪光盈盈的眼睛望着我,真诚地说:"吃吧,能给你营养!"
>
> 这是一只羊,在这个世界上的最后的、善良的心愿。

羊的样子

　　羊的样子,想起来就让人心疼。

　　它们始终在安静地咀嚼,无声无息地喝水,拿起一根小草也要仔细瞧瞧,上面有没有趴着蚂蚁,以防不小心把它们吃进肚里去。一只羊怀有的,实在是一副菩萨心肠。

　　如果要选一个动物代表温顺,那么这个"物选"一定非羊莫属。说起来,似乎任何动物都具有一定的攻击性,最起码具有防御意识。本来,天生万物都是为了让它合理生存,攻击和防御,对任何动物而言都是无可厚非的事。狗急了会跳墙,兔子急了也会咬人,没谁觉得这有什么不正常。但是,一只羊,却好像完全放弃了上帝赋予它的权利,它们怀着绝对的诚意,想要和这个世界上所有的事物和平共处。你如果踢它一脚,它会以为它碍了你的事,于是不声不响地挪一下地方。

我就这样考验过一只羊的诚意，那是一只趴在树荫下休息的羊，我踢它一下，它躲一躲，再踢，它再躲，直到躲到墙根，再也无处可躲，它才抬起头来，无奈地望着我。你无法想象，那一刻，一只羊的眼睛，是怎样震撼了我！此前，我还从没有注意到，一只羊会拥有那样一双温柔美丽的眼睛，因为真诚而清澈，因为善良而透明，并且那只羊的眼睛里竟然蓄着盈盈欲滴的一汪泪水！我在它的眼睛里看到了我，一个七八岁的女孩子，扎着羊角小辫，系着美丽的蝴蝶结，眼睛还没有蒙尘，却有为恶而浑然不觉的懵懂。人之初，性本善。是谁教会了我，欺负一只善良的羊呢？一只羊，就那样泪光盈盈地望着我，不诘问，不退缩，不怨恨，却让我终于流下泪来。

除了这只曾经用泪光盈盈的眼睛望着我的羊，还有好几只羊给我留下了深刻的印象。曾经有一只羊总喜欢跟着我，我走它也走，我停它也停，我望着它，它也望着我，竟然有一种很调皮的意味了。大约它也是个美丽的女孩子吧，在羊群里，它确实是很清秀的一个。可惜我辜负了它的这份友谊，因为那时候，乡下孩子的朋友实在是非常之多，鸡鸭猫狗，好像个个都想和我套近乎。直到很多天不见，我才想起那只把我当朋友的羊，对于它的去向，母亲不置可否，其实我知道，一只羊的归宿就是走上餐桌，我也知道，直到被呈上餐桌，它们温柔的眼睛还是清澈透明地圆睁着，也只是睁着，并没有怨恨。

一只羊的渺小生存，是谈不上什么命运的，因为注定，再美丽的一只羊，也是为了成为人们的盘中美味。羊对这个事实从来没有异议，它们从来不像猪，在最后的时刻发出撕心裂肺的嚎啕。安静地奔赴自己既定的命运，这是一只羊保留自己的尊严的唯一方式。

小时候，与羊有关的盘中美味，就算是含泪下咽，我也是要吃的，我仿佛看到善良的羊在用泪光盈盈的眼睛望着我，真诚地说："吃吧，能给你营养！"

这是一只羊，在这个世界上的最后的、善良的心愿。

我不可辜负了它！

羊在我童年的记忆里，就这样悄无声息地存在，又悄无声息地消失。时光渐远，那些曾有过的伤感离愁已经被岁月轻描淡写地忽略。

离我而去的羊，曾经以不同的形式与我在远离乡村的地方重逢。

"羔羊之皮，素丝五紽……羔羊之革，素丝五緎……羔羊之缝，素丝五总"。再美丽的羊皮衣裳，我也是不穿的，它们总让我想起故乡的羊那善良温柔的样子。

"我愿做一只小羊，跟在她身旁，我愿她拿着细细的皮鞭，不断轻轻地打在我身上。"这首歌，总让我觉得是儿时跟在我身边的那只小羊在唱，很清秀的像一个美丽女孩子一样的小羊。

我和羊的最美的重逢是在画家的作品里。19世纪法国画家库尔贝的《村庄少女》、英国画家布朗的《美丽的羔羊》都对羊的样子加以诗意的描绘，美丽的羔羊们和少女、婴孩、温柔的母亲一起表达着生活的宁静祥和。也许，除了羊，没有别的动物更适合表达这样的主题。达·芬奇在《圣母子和圣安娜》中，则把一只可爱的小羊羔放在小基督的怀抱里，让它和圣家族一起享受融融泄泄的天伦之乐。在这样神圣纯洁的场合里,一只美丽的羔羊,它是以天使的身份隆重出席的。羊的善和美,已经达到了"圣"的境界。

仰脸望着小基督,被一片温馨的慈光笼罩着,这是终于让我心生安慰的羊的样子。

飞鸟印象

燕燕于飞
维鹊有巢
绵蛮黄鸟
关关雎鸠
杜鹃啼血

> 陌上蒙蒙残絮飞，杜鹃花里杜鹃啼。杜鹃花和杜鹃鸟都是春天的使节，春风吹拂白云舒卷的高天之上，杜鹃鸟神秘空灵的天籁之音急急游走，声声凄切。

杜鹃啼血

杜鹃是鸟名，也是花名。花鸟同名，风情独具。

陌上蒙蒙残絮飞，杜鹃花里杜鹃啼。杜鹃花和杜鹃鸟都是春天的使节，春风吹拂白云舒卷的高天之上，杜鹃鸟神秘空灵的天籁之音急急游走，声声凄切。

关于它的啼声，民间有多种不同版本的解读。

中林子规啼，云是古蜀帝。一说杜鹃鸟是古蜀帝杜宇的精魂化成。杜宇号称望帝，他自以为德薄，于是禅让了帝位而出亡，死后化为杜鹃鸟。每到暮春时节，乡思难抑，它就悲鸣起来，声声恰似："不如归去！不如归去！"啼鸣昼夜不止，哀伤欲绝，直至血染双唇。

另一说关于爱情，传说古时有一对恩爱夫妻，丈夫被官府抓去做苦役，客死他乡。妻子在家思念丈夫，望眼欲穿，恹恹病亡,死后化为一只杜鹃鸟,日日夜夜在山间啼鸣,呼唤着丈夫归来:"哥哥也!布谷!哥哥也!布谷!"直叫得口舌出血,血溅泥土,化为漫山遍野的杜鹃花。

对杜鹃,还有种种更沉重的解读,事关身世沉浮、江山得失:"可堪孤馆闭春寒,杜鹃声里斜阳暮。""啼鸟还知如许恨,料不啼清泪长啼血。"这些,都是风雅才子、爱国志士的移情了。

杜鹃鸟我很熟悉,却从没见到过它们的身影。苏北春天辽阔的田野之上,悠远的蓝天之下,杜鹃鸟的啼鸣是农民们膜拜耕织的第一声领颂。父老乡亲对它们的啼鸣给出的是完全乡土化的解读:"打麦落谷!打麦落谷!"在所有的解读中,唯有这一种少了些凄凉,多了些家常的亲切。在这里,杜鹃鸟也就是个爱操心的好邻居:"打麦落谷!打麦落谷!"一年之计在于春,可别误了农时啊!好心是好心,提醒得也太早了些,麦子刚抽穗呢,落谷则是更长远的事,大可以慢慢筹划。老农们坐在田头抽着旱烟,不急不躁,且把这催促当成音乐来听。

打麦落谷!打麦落谷!除了杜鹃,乡亲们还真没见过别的什么鸟,敢这样对人类郑重说教。鹦鹉学舌,孔雀开屏,百灵放歌,说到底都是取悦于人类的事体,鸟儿们没读过所谓的"厚黑学",却也深谙生存之道:在人类屋檐下讨生活,能不学得乖巧些?事实证明,那些乖巧的鸟儿们确实获得了人类非同寻常的喜爱,只要它们愿意,它们大可以衣食无忧地久天长地学舌、开屏、放歌……只有杜鹃不认这个理,它们坚信一只小鸟也应该有自己的信仰,它们血染唇舌,拼死苦谏,如果农民们会学纣王，它们也会毫不犹豫地学比干、梅伯，剖腹挖心、炮烙凌迟，万死不辞。所幸农民们大多心地善良而且十分谦逊，他们给予了一只行事另类的小鸟充分的尊重，年长者还总是拿杜鹃教育有懒惰倾向的儿孙："连布谷鸟都知道要勤劳耕种呢，你们这么懒，连一只鸟都比不上了！"

在苏北乡下，乡亲们唤的总是杜鹃的乳名：布谷。如此亲近农事牵挂耕种的一种鸟，乡亲们没把它们当外人看，只有叫它们的乳名才显得更亲切。布谷在乡亲们那里赢得的尊重是鹦鹉孔雀百灵们永远也得不到的，对一只小鸟，人们是喜欢还是尊重，这应该是一个意义重大的本质区别。

我们小孩子对杜鹃的称呼更简洁，我们叫它们咕咕鸟。因为我们对其啼声的解读就是"咕咕、咕咕"，像童心一样单纯直截，一派天真，现在想起来也很好笑。我们许多小孩子都曾经在春天的田野里飞一样疾奔，追逐咕咕鸟的啼鸣，却从来没有追上过它们的身影。它们像神秘的预言家，洒下一路谶语，消失在我们永远无法触及的天空。

杜鹃花我倒是见过的，盆养的，三两株、四五株，虽然艳丽，却不成阵势。想象中，寄托着那样庞大而久远的悲凉的杜鹃花，只能以万山红遍的气势来出场。那种气势，应该让所有的人都在一瞬间彻底迷失自己。

杜鹃花与鸟，怨艳两何赊。疑是口中血，滴成枝上花。据说，别名映山红的杜鹃花，在春深时节，万山红遍，确是如火如荼，炫人眼目。

因了凄凉的传说，印象中，如此绝对的浓艳，却总是一种凄凉的感觉，有一种艳极而悲的宿命感，像已步末路的红楼夜宴，一派歌舞承平的喜庆排场下面是掩不住的悲凉颓势。

"蜀国曾闻子规鸟，宣城还见杜鹃花。一叫一回肠一断，三春三月忆三巴。"写乡愁，还是李白一句断人肠！与杜鹃纠结缠绵的乡愁更是让人思之味之，怅惘久之。

离开了童年的田野，我已经更追不上布谷鸟的身影，万山红遍的杜鹃花却一定要看一看！据说，杜鹃花自古以巴蜀之地者为魁，巴蜀之地倒是去过，可惜与花期擦肩而过，不知他日再相逢，是何时？是何处！

> 诗三百的第一声吟咏，中国古代韵律诗开山之作的首句起兴，如此独步巅峰千古无两的辉煌舞台，隆重推出的主角竟然是鱼鹰。

关关雎鸠

暮雨敲窗的秋日，偶尔翻开落了微尘的《诗经》，忽然想起故乡的鱼鹰。

关于鱼鹰的名字，我记得小时候我们家乡似乎有好几种叫法，可惜现在我竟然全都忘记了！对此，我感到深深的自责和内疚，就像一个人离开故土不久就忘记了自己的乳名，这实在是一种莫大的隔膜和背离。

"关关雎鸠，在河之洲。窈窕淑女，君子好逑。"

诗三百的第一声吟咏，中国古代韵律诗开山之作的首句起兴，如此独步巅峰千古无两的辉煌舞台，隆重推出的主角竟然是鱼鹰。

印象中的鱼鹰是沉默的，因此它们在我小时候的心目中也多了几分神秘感。鱼鹰不读庄子，却似深谙"大音希声"之道，它们只在繁殖期发出带喉音的咕哝声，其他时候，它们一直是沉默无语的。所以，它们偶抒情怀便永载青史，"关关、关关"之啼，是高山流水之思，是凤飞求凰之意，是愿得一心人、白首不相离之叹。河边徘徊的君子因雎鸠求偶之鸣而勃兴向钟情淑女求爱之意，与雎鸠一起带着爱的渴慕和忧伤走进千古吟咏的经典："参差荇菜，左右流之。窈窕淑女，寤寐求之。求之不得，寤寐思服。悠哉悠哉，辗转反侧。"

在《诗经》里，鱼鹰几乎是作为只为爱情歌唱的情圣，高高在上地接受着人们对圣洁爱情的庄严膜拜。子曰："诗三百，一言以蔽之，曰思无邪。"乐而不淫，哀而不伤；发乎情，止乎礼义。雎鸠的"关关"之鸣，矜持节制，含蓄优雅，君子对淑女的追求，亦止于"寤寐求之、琴瑟友之、钟鼓乐之"，可谓至善至美。

鱼鹰竟然进入了这样的境界，实在是一种无法理解的事。在儿时的故乡，缚于渔人船头的鱼鹰更像是苦难的化身。鱼鹰是用来捕鱼的，现在这种捕鱼方式大约已经绝迹。经过渔民长期系统的训练，鱼鹰就会以为捕鱼便是它们的天职，就算是有翅膀，它们也忘记了自己会飞。鱼鹰的喉咙下面有一个天生的皮囊，可以储存捕捉到的鱼。为了不让鱼鹰直接吞咽下捕捉到的鱼，渔民通常在鱼鹰皮囊的下端用比较结实的水草或者绳子扎上。为了让鱼鹰更勤奋地捕鱼，还要让它们始终处于饥饿状态，而捕到鱼以后，大的只能吐出来交给主人，它们得到的报酬只是主人赏给它们的一些小鱼。

鱼鹰的命运完全是悲剧性的。这种通体灰黑、相貌有些丑陋的鸟，彻底远离了鸟类的自由精神，有翅膀的鸟，原本拥有不受羁绊的骄傲，可是，鱼鹰放弃了原本属于它的骄傲，安之若素地栖于渔人的船头，并且一言不发。它们在思考吗？我想，纵然它们是鸟类中的黑格尔和康德，关于它们自己的命运，它们最后得出的结论也只能是悲剧性的。

我终于明白，其实《诗经》里的雎鸠，还没有鱼鹰这个名字，那时候，它们还没有被用来捕鱼，即使拥有其他的名字，也是学名"鸬鹚"，这才是一只鸟的纯粹的体面的名字。那时候它们还是真正的鸟，拥有鸟类的所有自由、尊严和骄傲，而拥有这一切，即使相貌丑陋，它们也能够发出风度优雅的爱情的吟唱。

我对故乡的鱼鹰，一直怀着深深的怜悯和同情。它们不仅被夺去辛辛苦苦捕来的鱼，也被夺去作为鸟类的全部尊严。我也终于慢慢想起，除了鱼鹰，我们大抵还叫它们黑鱼郎、鱼老鸭等等，都和它们悲苦的捕鱼生涯有关。名叫鱼鹰、黑鱼郎、鱼老鸭的它们一言不发地立于船头的时候，不知是否也会勾起关于祖先的朦胧记忆，那些春风沉醉的晚上，它们独抒性灵启迪众生的吟唱：关关、关关……

> 二十多年前，苏北农村的村庄田野，路边院落，蹦蹦跳跳的小麻雀叽叽喳喳地开会是最寻常的风景，既是开会，雀儿们的数量自是相当可观，那时，这个世界实在还是鸟儿们的盛世天堂。

绵蛮黄鸟

绵蛮黄鸟，止于丘阿。

初次读到《诗经》里的这个句子，是一种彻底的惊艳感觉。

小黄鸟就是一种小麻雀，它们小巧、机警，模样也算是俊俏，小学时的作文里我常常会写到它们，虽然我的作文总是得到老师的大力褒奖，但是关于麻雀，我的描写形容大抵局限于"可爱的"一词，再也难有新的突破。我从来没想到过小麻雀可以用这个词来形容——绵蛮。这个词，温润、明媚、悠扬、婉转，读来几乎齿颊生香又余音绕梁。

绵蛮黄鸟，止于丘阿。大意就是：毛茸茸的小黄鸟，栖息在那山坳中。二十多年前，苏北农村的村庄田野，路边院落，蹦蹦跳跳的小麻雀叽叽喳喳地开会是最寻常的风景，既是开会，雀儿们的数量自是相当可观，那时，这个世界实在还是鸟儿们的盛世天堂。说起来，除了人类，最喜欢开会的大约就是麻雀们了，它们叽叽喳喳叽叽喳喳争论不休，好像讨论的都是主宰世界格局的重大议题，估计像"房价到底降到什么程度老百姓才买得起""三鹿奶粉事件应该引起国人怎样的反思"之类话题，它们都是要认真地议一议的。

在没有多少文化的农民们眼里，那样喜欢三五成群地饶舌的麻雀也许更像一群嘴巴永远无法闭紧的婆娘，有她们，会显得聒噪，没有她们，世界又未免太寂寞了，权衡得失，还是不能没有她们。

在没有电脑电视甚至电影也难得一睹的乡村，麻雀还是一种最活泼的点缀。所以，乡村对麻雀采取的是一种友好的接纳态度，农民们甚至谁也不敢在麻雀面前充二大爷，他们的所有领地都是和麻雀共享的，田野、院落、粮食、餐桌甚至床铺。婆娘们在院子里晒粮食的时候，麻雀们就一点点试探着向粮食靠近，小心翼翼，慢慢试探，探头探脑，目光诡谲，俨然一副权谋家的派头，殊不知，这举止就算是在头发长见识短的婆娘们眼里也很可笑："犯得着这样啊，撑死你吃不了一斗粮，吃吧，吃吧，别可怜兮兮鬼鬼祟祟的了！"更有好心的婆娘们，总是故意在院子角落里撒几把粮食，鸡鸭鹅狗吃得，麻雀也吃得，没什么大不了的事。乡下人穷，再穷也穷不到哪里去了，再穷也穷不死人，所以，乡下人从不吝惜麻雀从自己嘴里夺几粒粮食。

乡下人这样善待麻雀，除了因为天性豪爽，大约还有一些赎罪的意思在里面。上了年纪的人都知道，人类曾经怎样冤枉过麻雀。上世纪五十年代中期，因为和人类争吃粮食，麻雀被打入害鸟之列，与老鼠、苍蝇、蚊子并称"四害"。

关于麻雀的益害，在捕雀运动后，人们进行了冷静思考。实验生物学家朱洗提到了一个前人灭雀的故事："1774年，普鲁士国王下令消灭麻雀，并宣布杀死麻雀有奖赏。百姓争相捕雀。不久，麻雀被捉光了，各地果园却布满了害虫，连树叶子也没有了。国王不得不急忙收回成命，并去外地运回雀种，加以繁殖保护。"

鸟类学家郑作新和他的同事在北京近郊农村和河北昌黎果产区采集了848个麻雀标本，对麻雀的嗉囊和胃一一解剖，得出结论："冬天，麻雀以草籽为食；春天养育幼雀期间，大量捕食虫子和虫卵；七八月间，幼雀长成，啄食庄稼；秋收以后主要吃农田剩谷和草籽。总之，对麻雀的益害问题要辩证地看待，要因季节、环境区别对待。"

更有一位科学家大胆提出："替麻雀翻案，比替曹操翻案的意义大。"

后来，被捕捉了几年的麻雀，终于被平反了。

物竞天择，适者生存，存在即合理。一种生物存在于这个世界上，一定有它的合理性。自然界生生不息的生命链条更隐含着一些神奇的因果联系。为了激活鹿的生命力，美国西部某州一片水美草肥的草原曾经引进狼；为了让长途运送的沙丁鱼活下去，高明的船长在装满沙丁鱼的鱼槽里放进以鱼为主要食物的鲶鱼。

同样，在离开麻雀的日子里，人类也感到了失落和不完美。

报载，近日，在新疆阿瓦提县的田间地头，处处可见类似于楼房的塔形"别墅"，里面居住着特殊居民——麻雀。为减少农药对环境造成的污染，阿瓦提县通过筑巢引鸟来防治害虫，县里还筹措专项资金，为修建麻雀塔的农民提供相应补贴。

无独有偶，贵州省凤冈县城管局更公开面向社会有偿引进200只野生麻雀，以保护城市绿地，维护生态平衡。

银川市园林局与野生动物保护协会在中山公园挂了55个鸟巢后，公园的麻雀等鸟类大量增多，随之，以蚜螬为代表的害虫几乎绝迹。

在好多省，麻雀已经被列为一级或是二级保护动物了！

不知道麻雀们会不会因此而深深感叹人情冷暖世态炎凉，但愿它们能体谅到，就算人类伤害过它们，那也是一场误会。度尽劫波兄弟在，相逢一笑泯恩仇。过去的，就让它过去吧！

说起来我也伤害过麻雀们，而且伤害它们对童年的我来说还是一件天大的乐事。雪天里捕麻雀，鲁迅先生在《从百草园到三味书屋》里有详尽描写，和我童年捕麻雀的情节毫无二致。我们也捕捉到过一些麻雀，也有几次想把麻雀养起来，结局都是死掉了。鲁迅说它们"性子很躁"，乡下人则说是麻雀气性大，非独白颊的"张飞鸟"如此，所有的麻雀都如此，人类是养不活的。

一只小鸟，竟有这样的脾性，倒让我肃然起敬了。它们竟然不肯像画眉、鹦鹉等鸟儿们一样，被人收进精致的笼子里，过锦衣玉食的生活，而甘愿为了自由去选择朝不保夕的生涯，哪怕是遭受致命的误解。升华一下，这为什么不能叫做气节！

> 夫妻同心，其利断金。雌雄双飞不离不弃的小小喜鹊，就这样年复一年建筑着叩问人类良知的爱巢，让人类在漠然麻木之时能够回忆起它们古老的啼鸣：上邪！我欲与君相知，长命无绝衰。山无陵，江水为竭，冬雷震震，夏雨雪，天地合，乃敢与君绝！

维鹊有巢

乡下人不能没有喜鹊。

乡下人的日子是沉重的，面朝黄土背朝天日夜劳作的艰辛生涯，使他们太需要在偶尔抬头望天的时刻，看到一只飞掠而过的鸟儿了，它们轻捷的飞翔，使他们觉得自己也好像脱离了泥土沉重的牵绊，在高天之上彩云之间信步漫游，飘然若仙。

喜鹊叫，喜讯到。乡下人确信喜鹊能够带来好运，所以他们总是以迎接至尊贵宾的至高礼仪迎接喜鹊。喜鹊的身影在乡下人的院子里随处可见，苏北农家的院落，阔气一点的人家，会在院落进门处的正对面，修建一个影壁，这种影壁，有的是单独建筑的，有的是镶在厢房山墙上的。影壁正对门的一面通常会描画些充满喜庆气氛的图案，而"喜鹊登梅"是最常见的一种，一壁四季常艳的梅，一群喜气洋洋的鹊，在一家又一家院落的最显眼处喧闹着，显得乡下人的日子实在是殷实而热闹，没有一丝儿冷清。纵使贫寒些建不起影壁的人家，也一定要在最尊贵的堂屋里，挂上一幅"喜鹊登梅"的年画，而且还要每年一换，让相同的喜气保持着年年不同的新鲜。这大约是我所见过的最整齐划一而又让人不觉得俗气的艺术雷同。

除了"喜鹊登梅"，乡下人的影壁和年画大抵还有 "松鹤延年"、"五谷丰登"、"福如东海"等等诸如此类的主题，但是，都不如"喜鹊登梅"留给我的印象深刻，大约是因为我家的堂屋里就有一幅"喜鹊登梅"年画，那一群喜气洋洋不问春秋的喜鹊一直看着我长大，看了十几年，直到我家扒掉了土墙屋盖起了新楼房。新房堂屋里，一幅黄山云海代替了"喜鹊登梅"。

在新人的新房里，乡下人也喜欢帖上一幅和喜鹊有关的图画，在乡下人眼里，喜鹊不仅代表喜庆吉祥，也是一种很家常很和美的意象。《诗经·召南·鹊巢》云："维鹊有巢，维鸠居之。" 在乡下人眼里，喜鹊堪称十足的劳动模范和道德楷模。它们喜欢在农户的房前檐下、大树、烟囱等处筑巢，所筑的巢结构复杂而且非常坚实。对一只小鸟来说，营建一个巢是一件十分浩大而艰巨的"工程"，细心的鸟类学家做过精确的记录，一对灰喜鹊在筑巢的四五天内，共衔取巢材 666 次，其中枯枝 253 次，青叶 154 次，草根 123 次，牛、羊毛 82 次，泥团 54 次。这样浩大的工程，喜鹊还能做到每年都对自己的房子进行翻新。之所以有这样不断打造新生活的追求，大约还要归功于爱情的力量。作为乡下人新房装饰的首选代言人，喜鹊确实是专一于爱情的楷模，它们全年雌雄结伴生活，实行一夫一妻制，除非丧偶，否则它们谁也不会抛弃自己的另一半，雄喜鹊纵使再富贵些，也不会轻易去找情人。雌雄双飞不离不弃的小小喜鹊，就这样年复一年建筑着叩问人类良知的爱巢，让人类在漠然麻木之时能够回忆起它们古老的啼鸣：上邪！我欲与君相知，长命无绝衰。山无陵，江水为竭，冬雷震震，夏雨雪，天地合，乃敢与君绝！

维鹊有巢，维鸠居之。喜鹊留下了好名声，占了鹊巢的鸠则留下了永远脱不了的坏名声。鸠又叫红脚隼，是一种猛禽，它总是耐心地等待喜鹊将巢筑好，然后住进巢中。失去巢的喜鹊则不停地在巢的周围鸣叫，甚至向红脚隼发动攻击，但红脚隼依仗其尖利的喙和爪，可以轻易地将喜鹊击败。这样红脚隼往往要与喜鹊争噪数日，才能把巢占住。鸠在乡下人眼里，大抵相当于游手好闲、不学无术的泼皮无赖之流，世上既有这样的人，也难免有这样的鸟。退一步海阔天空，随他去吧，老天爷会来教育他的！乡下人这样劝自己也劝喜鹊。乡下人不喜欢替天行道，他们相信善有善报、恶有恶报，老天爷最后的审判是人世间的终极公正。

乡下人遇到喜鹊是常有的事，特别是那些婆娘们，三天两头就会说自己看到了喜鹊或是听到了喜鹊叫，甚至于形成了攀比，你见到一次，她就见到两次三次，终于弄到她们自己也不知道自己是否真的见到了喜鹊，到底见到了多少次。见到喜鹊，成了她们单调甚至有些灰暗的生活里最浪漫的事，乡下婆娘，也有做梦的权力，谁会跟她们较真呢！

生长在乡下十几年，我到底也许或者可能看到过几次喜鹊，其实它们比乌鸦漂亮不到哪里去，从外形上看，它们酷似乌鸦，只是尾巴较长，除腹部和肩部外，通体黑色，不是纯黑，而是散发着蓝绿色金属光泽。它们的叫声也并不美，我几乎都找不到恰当的词语来描述，好在我在一本书中看到过关于喜鹊叫声的科学描述："鸣声洪亮且粗厉，无韵律。"就是这个感觉。但是它承载着乡下人最美好的梦想，所以，我对于童年记忆里这份"洪亮且粗厉，无韵律"的鸟鸣，一直怀着从未变更的深深怀念之情。

> 在一个心机重重的城市,你还能见到燕子的踪迹吗?它们是不屑于和我们玩弄什么处世智慧的。它们决绝而去,留下自负而孤独的人类,仰望寂寥长空,徒然兴叹:当年燕子知何处,但苔深韦曲,草暗斜川!

燕燕于飞

有史以来,燕子就以人类芳邻的形象存在。

"燕燕于飞,差池其羽,之子于归,远送于野。"朝夕相伴的姑娘要出嫁了,燕子流连不舍,徘徊翻飞,送了一程又一程。悲远嫁,伤别离,《诗经》里的燕子大约是一个最多情重义的邻居。

无论是城里的孩子还是乡下的孩子,无论有没有见过燕子,生于中国 960 万平方公里版图上的中国儿童,可能都会唱着同一首儿歌长大:"小燕子,穿花衣,年年春天到这里……"我见过幼儿园的小朋友们以稚嫩的童声合唱这首儿歌,他们花蕾样的小脸齐齐仰望辽远的天空,城市的天空,却没有燕子的身影!因此,我始终觉得,乡下的孩子,哪怕有一千种理由痛恨自己生在乡村而不是生在繁华大都市的命运,也有一种绝对的理由可以让他们感到庆幸，那就是，在乡下，他们拥有燕子！

"还相雕梁藻井，又软语商量不定。飘然快拂花梢，翠尾分开红影。"商量什么呢？大约是商量要把家安在哪里吧。在乡下，燕子选谁做邻居还真是件大事。乡亲们约定俗成地认为，燕子来栖，是个吉兆，能给这个家庭带来吉祥富贵，所以，纵使破屋烂椽，家里有窝燕子进进出出，脸上也很有面子，反之，连一窝燕子都招不来的人家，会让人觉得很是个问题，站在人前说句话都没有底气。

童年时，我对燕子，存有的是十分的敬畏。母亲吩咐过，燕子是绝不能去打扰的贵客。她说，很久以前有户人家，很穷，住着茅草屋，有一年春天家里住进来一窝燕子，从此，这户人家的日子越过越红火，后来盖起了红砖绿瓦的房子，嫌燕子吵闹而且会弄脏了新房子，就把燕子赶走了，从此便家道中落，以至于不得不卖掉新房子，又住进了茅草屋。很久以前是什么时候？那户人家是谁？母亲的故事，从来都给人一种无从考究的渺茫之感，却又有一种神圣不容置疑的意味。其实在这个故事里，燕子演绎的是贫贱之交不可忘的经典主题，是人类"苟富贵、无相忘"的古老誓言，只不过掺杂了母亲这位有神论者的宿命感。

人类只要不抛弃燕子，燕子是不会抛弃人类的。年年春天，燕子都要飞过万水千山，从遥远的南方，回到熟悉的家园，而且一定要找到去年的那扇门、那根房梁。见到久别的老主人，它们一定要叽叽喳喳叙上半天。

对童年的我而言，燕子还是一种温暖的想念。童年的冬天总是很冷，地道的白棉花也只能带给我们有限的温暖，其实那样的冬天才是真正的冬天，可是我们还不懂得珍惜那种纯净的没有被温室效应等等因素干扰的冬天，我们只知道没心没肺地诅咒漫长的冬天盼望温暖的春天，母亲说，燕子来了天就暖了。母亲也盼望冬天，她的针线活再好，冬天也总是让她发愁，哥哥们的衣服再缝补也挡不住风寒了，而添一件新衣，实在是一笔不小的开支。所以，燕子归来并且带来春天，实在是一个欢天喜地的盛典。清贫的童年总有许多愁苦，我们却总有幸福的向往将这些愁苦抵消，因此我们竟然从来不知道什么叫做绝望。我终于明白了，那些单纯美好的日子为什么能够那样吸引着我们一再恋恋回望！

童年印象里的燕子，纯粹是喜庆的，"思为双飞燕，衔泥巢君屋"，表达爱情的追求，"燕尔新婚，如兄如弟"，象征婚姻的美好，"鸟啼芳树丫，燕衔黄柳花"，是惬意的闲情，"莺莺燕燕春春，花花柳柳真真，事事丰丰韵韵"，简直就是满怀满抱的幸福美好。

知道燕子也有愁肠是长大以后的事。"落花人独立，微雨燕双飞"是晏几道的寂寞清愁；"泪眼倚楼频独语，双燕来时，陌上相逢否"是冯延巳的离怀别绪；"望长安，前程渺渺鬓斑斑，南来北往随征燕，行路艰难"是张可久的身世浮沉之感；"旧时王谢堂前燕，飞入寻常百姓家"是刘禹锡的人事代谢之叹；"满地芦花伴我老，旧家燕子傍谁飞？"是文天祥的江山家国之悲……

燕子似乎已经和我一起长大，告别了单纯美好的童年，背负起不可避免的一切沉重和复杂。如果这是成长的代价，那就是你不想接受也必须接受的东西。

庄子也审视过在他的茅草屋檐下飞进飞出的燕子，结果他说：鸟都怕人，所以巢居深山、高树以免受害；但燕子特别，它就住在人家的屋梁上，却没人去害它，这便是处世的大智慧！

有人解读曰：燕子智慧的核心是什么？那就是距离。人类是一种你不能离他太远，又不能离他太近的动物。比如珍禽猛兽害怕人，躲得远远的，人便结伙去深山猎捕它们，这是因为离人类太远。家畜因完全被人家豢养和左右，人便可以随意杀戮，这是因为离人类太近，近得没有了自己的家园。只有燕子看懂了人类，摸透了人类的脾气。又亲近人又不受人控制，保持着自己精神的独立。于是人就像敬神一样敬着燕子。

在这个解读里，燕子和人都显得有几分阴险，是各怀心机的相处，我所知道的燕子是没有这些心计的，我所记得的住在茅草屋里的那些乡下人，也没有这样怪异和难以捉摸，它们彼此之间是彻底的不设防，是坦诚以对，融融相处。我相信，燕子也不会同意这个解读，如果它们不相信人类，它们宁愿彻底逃离和隐遁。

在一个心机重重的城市，你还能见到燕子的踪迹吗？它们是不屑于和我们玩弄什么处世智慧的。它们决绝而去，留下自负而孤独的人类，仰望寂寥长空，徒然兴叹：当年燕子知何处，但苔深韦曲，草暗斜川！